主编◎乔继堂

编委◎鄢晓霞／李剑霞／李晓丽／崔人元

中华散文百家

中华散文百家

庐　隐◎著

杨　敏◎选编

庐隐散文

散文百家

上海图书馆馆藏经典阅读

上海科学技术文献出版社

出版说明

在中国文学史上，散文具有突出的地位，这恐怕是谁也不能否认的。在文体以有韵无韵区分的时代，散文与韵文相对，固然得占大半壁江山；即使是到了诗歌、散文、小说、戏剧四大文学体裁齐备的时代，散文亦是一方重镇。近世以来，其他文学样式尤其是小说等长足发展，但散文依然焕发着耀眼的光彩，不但有作家钟情此种文体，专事散文随笔的创作而卓成大家，即使以其他体裁创作为主的作家，也或多或少地从事过散文写作；而且由于散文体裁较为广泛的适用性，众多不以作家名世的人也留下了丰富的散文作品。这些散文作品不仅是我们的文学遗产，也是我们的思想文化遗产，其所蕴涵的滋育我们的营养真可谓“无穷无尽”。正是为了较为系统地整理这笔宝藏，挖掘其丰富营养，我们编辑出版了这套丛书。

这套丛书计划以二十世纪初为起点，以人为单位，从我国历代散文作家中选取名家精品，汇成丛集。入选作者除专门的散文家之外，自然也包括其他作家，甚至不以作家名世的作者；与此相应，不仅选取狭义的纯粹散文作品，也选取那些在历史上曾经影响甚巨但不那么纯粹的大散文作品，从而不仅体现散文的文学价值，更体现散文创作在思想文化方面的价值。也可以说，这是这套散文丛书最为突出的特色——不仅是文学的，更是思想文化的；不仅关乎写作技巧，更是关乎素质养成；不仅可供了解作家作品，更可以由此体察历史洪流、社会巨变的大风景……

丛书所选各家散文的编排，或按其原集编排，或重新分辑编排，一视作者原作情况而定。选文除作必要的技术处理外，其余一仍其旧，以见作品原貌。为了阅读的方便，对一些于今天的读者不太熟悉的专门术语等作了适当的注释。关于具体的编选情况，以及作者及其作品的情况，每一集后缀以编后语，给以简略的说明。

丛书计划分批相对集中出版，先期推出二十世纪上半叶的名家名作，随后向两个方向延伸，陆续成其规模，期于有所贡献。

愿广大读者襄助之；愿广大作者襄助之。

上海科学技术文献出版社

目　录

碧涛之滨

今天的天气燥热极了，使得人异常困倦。我从电车下来的时候，上眼皮已经盖住下眼皮；若果这时有一根柱子支住我的摇撼的身体，我一定可以睡着了。

竹�、玉亭、小酉、名涛、秀澄都主张到中国饭店去吃饭；我虽是正在困倦中，不愿多说话，但听见了他们的建议，也非常赞成，便赶紧接下道："好极！好极！"在中国饭店吃了一饱，便出来打算到我们预计的目的地——碧涛之滨去。

一带的樱花树遮住太阳，露出一道阴凉的路来。几个日本的村女站在路旁对我们怔视，似乎很奇异的样子；我们有时也对他们望望，那一双阔大的赤脚，最足使我们注意。

樱花的叶长得十分茂盛；至于樱花呢，只余些许的残香在我意象中罢了。走尽了樱花荫，便是快到海滨了，眼前露出一片碧绿平滑的草地来。我这时走的很乏，便坐在草地上休息。这时一阵阵地草香打入鼻观，使人不觉心醉。他们催促我前进，我努力的爬了起来，奔那难行滑泞的山径。在半山上，我的汗和雨般流了下来；我的心禁不住乱跳。到山滨的时候，凉风打过来，海涛澎湃，激得我的心冷了，汗也止了，神情也消沉了。我独自立在海滨，看波浪上的金银花，和远远的云山；又有几支小船，趁风破浪从东向西去，船身前后摇荡，那种不能静止的表示，好像人们命运的写生。我不禁想到我这次到日本的机遇，有些实在是我想不到；今天这些同游的人，除了玉亭、竹筠、秀澄是三年以来芸窗相共的同学外，小酉和名涛全都是萍水相逢，我和他们在十日以前，都没有见过面，更说不到同好，何况同到这人迹稀少的乡村里来听海波和松涛的鸣声……

我正在这样沉思的时候，他们忽催我走，我只得随了他们更前奔些路程。后来到了一个所在，那边满植着青翠的松柏，艳丽的太阳从枝柯中射进来，更照到那斜坡上的群草，自然分出阴阳来。

我独自坐在群草丛中，四围的芦苇差不多把我遮没了；同来的人，他们都坐在上边谈笑。我拿了一枝秃笔，要想把这四围的景色描写些下来，作为游横滨的一个纪念；无如奔腾的海啸，澎湃的松涛，还有那风动芦苇刷刷的声浪，支配了我的心灵，使我不知道要从什么地方写起来。

在芦苇丛中沉思的我，心灵仿佛受到深醇的酒香，只觉沉醉和麻木。他们在上面喊道："草上有大蚂蚁，要咬着了！"但是我绝不注意这些，仍坐着不动。后来小酉他跑在我的面前来说："他们走了，你还不回去吗！"我只是摇头微笑。这时我手里的笔不能再往下写了；我对着他不禁又想起一件事来。前此我想不到我会到日本来，现时我又想不到会到横滨来，更想不到在这碧涛之滨，他伴着我作起小说来；这不只我想不到，便是他恐怕也想不到。天下想不到的事，原来很多；但是我的遭遇，恐怕比别人更不同些。

我无意的下写，他无意的在旁边笑；竹�更不久也跑到这里来，不住地催我走。我舍不得斜阳，我舍不得海涛，我怎能应许她就走呢？并且看见她，我更说不出来的感想，在西京的时候，我认识了一个朋友，和她的容貌正是一样。现在我们相隔数百里，我看不见她天真的笑容，也听不着她爽利的声音；但她是我淘气的同志，在我脑子里所刻的印象，要比别的人深一些。世界上是一个大剧场，人类都是粉墨登场的俳优；但是有几个人知道自己是正在作戏，事事都十分认真，他们说人大了就不该淘气，什么事都要板起面孔，这就是道德，就是作人的第一要义；若果有个人他仍旧拿出他在娘怀里时的赤子天真的样子来，人家要说不会作人。我现在已经不是娘怀里的赤子了，然而我有时竟忘了我是应该学作人，正经的面孔竟没有机会板起，这种孩气差不多会作人的人都要背后讥笑呢。想不到他又是一样不会作人，不怕冷讥热嘲，竟把赤子的孩气拿出来了。——我从前是孤立的淘气鬼，现在不期而遇见同调了；所以我用不着人们介绍，也用不着剖肝沥胆，我们竟彼此了解，彼此明白，虽是相聚只有几天，然而我们却作了很好的朋友。……我想到这里，小西又来催我归去，我只顾向海波点头，我何尝想到归去！

竹�悄悄地站在我的身后，我无意回头一看，竟吓了一跳，不觉对她怔视；她也不说什么，用手拊在我的肩上，很温存的对我轻轻说道："回去罢！"这种甜蜜的声浪，使得我的心醉了……

名涛从老远的跑来道："快交卷罢！不交便要抢了！"其实我的笔是随我的心停或动的，而我的心意是要受四围自然的支配的；若要我停笔，止有四围的环境寂静了，那时候我便可掷我的秃笔在那阔无际涯的海波里……。现在呢，我的笔不能掷；不过我却不能不同碧海暂且告别，也不能同涛声暂时违离。我又决不忍心叫这些自然寂寞；碧涛之滨的印象，要同我生命相终始呢！

（原刊1922年8月《学艺》杂志第4卷第3号）

华严泷下[①]

呵！千辛万苦走尽了层叠不绝的群山，奔腾急湍的瀑布声，推出听觉中的一切声浪而占据了。白云般的急流，从半空中涌出来，细密的水花溅到面部来，一阵阵地微寒沁入心灵里；这时的知觉只有感到沉默和神秘。同游的伴侣乃和对我说："到了这种景地，叫人实在难以描写：四面削立千仞的高山隔绝尘世的一切；现在的思想，已经不是平日我们所有的思想了！现在的四围只有伟大的神秘可以形容他们。"我这时为一种神秘的静寞支配了，我对于乃和所说的话，只有心许，却不能回答她。

我独自沉默着。把心灵交给白云了，交给流水了；我万千的柔情，和沉迷的深恋，也都交给这一刹那的自然了。丞姐她好像是得到宇宙的生机，她永远不受神秘的支配，她从不曾说过灰心的话，她也从不问宇宙是什么，她喜欢活动，她到一个地方，她便想再换一个地方。这时她又在催我们走，她说："看见就完了，我们再到别处玩去罢！"我被她催促了，不知不觉心里一酸，流下泪来，唉！我知道自己的渺小，我更知道尘梦的短促，我何苦离开他作个失恋的可怜人！

乃和胆怯地坐在我的身旁，她悄悄地叹道："人事有完的时候，水流没有竭的时候。"我听了这话，更由不得伤心，我忏悔我已往我的种种……"唉！这时的心真失却主张了！

丞姐在半山上招手，劝我们更前进，我只懒懒地不愿动。她

---

① 华严泷：日本三大瀑布之一，位于栃木县日光市。泷，瀑布。

说："你不是要看华严吗？为什么在那里老坐着不动呢？"我听了这话仍在踌躇，丞姐又高叫道："唉呀！这真是奇怪极了！在高山时是水，流下来便成了烟了……"她的话打动了我的心，便随了她又奔了许多羊肠的山路，转弯处果见飞烟软雾中，云织成般的梯子，从山巅下垂，半生梦想的华严果然看见了！我理想中的瀑布，以为只是丝丝流水，却想不到从山巅上涌下来的急水，竟不是水，是一道的飞烟，是无数的白云，几至流到山湾时，因激流激石的缘故，喷出细腻的水花，那水花便随空气四散，因其浓厚，又像是半山罩了白雾。

我不禁迷醉了！怔怔坐在飞泷的对面凝望，忽然从左边山坡上下来几个人——搢绅样的态度，站在我的斜对面，指点评论，我无意中对他们望了望，在他们怅惘怜乞的脸上，使我发觉了一件不幸的认识，我平日觉得人生事业的成功，是有无上的光荣，而这时我总觉成功实在是最伤心的事，并且是最有限的事。当我未到华严之前，我心灵中充满了无限的渴望，这个渴望增我许多生趣；我有时坐在葡萄架下看云天飘渺，我便在云端里造无穷的意象，那时白云作了我温柔的褥子，蓝天作了我遮日的屏风，月亮作了我的枕头；我安静睡在那里，永远不会想到失望的苦痛；——现在呢，华严是在我的眼睛里；和从那烂湿的污泥，爬到高坡上时的艰难；所得到的代价，当时的喜悦，只一声的长叹表示出来了；现在心里所有的除了忏悔和沉闷——间或含着些羞耻和惭愧的念头外，没有更多的思想了。

丞姐依旧兴高采烈，她发起一同照相，作个游华严的纪念；我没什么意见，因坐在乃和的旁边，手里拿着我唯一的良伴——日记本——对着瀑布下面潺潺的细流，寄我无穷的深意，和怅惘的情绪，照相我始终没有在意。

我好思虑的心，这时更跑到绝路上去了！我想到广漠的世界，只有一面真理的镜子是透明的，除了这面真理的镜子外，便全都有色彩了，无论什么人要是不拿那赤裸裸透明的真理镜子来照，自己是永远不认识自己，也更不认识别人了。

一个人被认识是最不容易的事，也是最不幸的事，我永不希望人们知道我，因为我是流动的，是矛盾的，是有限的；人们认识了我，便是苦了自己。

去年的夏天，一个黄昏里，我依稀记得那时候，正是下过一阵暴雨之后，斜阳从一带深碧的树林里，反射在白色的粉墙上，放出灿烂的金光，映出疏淡的树影；阵阵微风，吹过醉人的玫瑰花香。我独自坐在荼蘼架下，看被雨洗过的树叶，格外显得翠绿，衬着那如美人带酒，娇媚无力的红花，加倍使人迷醉了；那时我的朋友澄如，她从外面进来，拿着雨伞指着我说："这种美景，——在这所房子，除了你谁来享受?"我听了这话很觉不安——我相信多和一个人接触便多一重苦恼。

我有时觉得我的生命太短促，不够我使用；有时我又觉得一天好像一年，实在太长久了，竟没有法子消遣。

吃饭，穿衣服，住房子，真是一件大事！不过若有一个人对我说，"你是为吃饭，穿衣服，住房子，而生活的"，我一定觉得那个人太轻视我了。我一定要为自己申辩，或者还要恨说这个话的人；但是我今天认识我自己了，在我过去的历史中，我的生活除了吃饭，穿衣服，住房子，我真不知道还为什么？不过在全世界全人类组织体中的一个小我，原值不得什么。

现在我悄悄站在瀑布面前，看那不断的激湍，心里禁不住乱跳，我想若使我把躯壳交给他，这洁白的飞泉里就染上尘垢了！——其实用不到顾及这些，不过没有勇气的我，这一念也未尝不能造成未来万劫之因了！

我自己不自觉，对着那三千尺的华严泷，神往了多少时候；不过最后，在我麻木的心里，又起了变动，我仿佛看见，那飞泷里，所喷出来的水烟，都含着神秘的暗示；假若我这时是在水烟的中心，身上的污汗一定消涤无余，若再到了飞烟的深处，我的心——尘俗的心，——一定由极热而变到极冷，极浊而变极清，便是那不可捉摸的灵魂，也要同水烟搅和起来，随着空气的激荡，送到未来的许多游客脸上身上，更浸入他们的心里，使他们消了污汗，息了罪恶之愤火，灭了贪狠的欲望，而投降了伟大的自然。

绵绵不断的思想，忽被冷不防的一击而打断了，回头又见丞姐含笑说：“还不让开，有人要在此地照像。”我无奈只得懒懒地走开了，回头看见秀姐还默默地蹲在山涧旁边，玩弄那石缝中的流水，丞姐叫了她两声，她才惊觉，深深地长叹一声躲开了。

那几个游人照完了像，他们不知想起什么来了，跑到我们面前打探我们的来历。我们和他们言语不通，始终不能彼此了解，后来引导我们来的那位山田先生替我们作了翻译。他们听说我们是中国的女学生，脸上的惊奇色，使我们震惊；后来他们拿出一张名片来，叫我们随意写几个字，或几句话作个游华严遇见我们的纪念；其实我真嫌他们多余，我接了片子不知写什么好，沉吟了半天，才随意把我那时的感想，作成一首短诗给他们道：——

唉！庄严的女神呵！
在你的足下藐小的更藐小了！
纯洁的女神呵！
在你的足下尘浊的更尘浊了！
用你的泪洗清了吧！
用你的爱臂环抱了吧！
生命的认识者，向你膜拜了！

他们拿了片子，离开我们回去了。四面不透日光的深山里，罩上将近黄昏的微雾，更觉得阴深幽秘了。同来的伴侣，也来催我归去；我不能对她们宣示我心头的隐秘，只得勉强离开灵魂的恋者，受那刺心离别的苦痛了！

我一壁扶着那石缝中的石根，向上攀缘，我竟忘了我这时足所履的地方，是上不接天日，下不着平地，是半山上的险径，两只眼睛，只管注视那多情的碧水，由不得流下泪来！

唉！险径走完了，到了山顶的平地上，更助人愔然的，是那将要下山的斜阳，照着那山阴下几株杜鹃，犹徘徊不忍归去，这情景更摧断我的愁肠，再回头，华严已经又是已往的印象了！

（原刊 1922 年 9 月 11 日《时事新报·文学旬刊》第 49 号）

东京小品（节选）

一、咖啡店

橙黄色的火云包笼着繁闹的东京市，烈焰飞腾似的太阳，从早晨到黄昏，一直光顾着我的住房；而我的脆弱的神经，仿佛是林丛里的飞萤，喜欢忧郁的青葱，怕那太厉害的阳光，只要太阳来统领了世界，我就变成了冬令的蛰虫，了无生气。这时只有烦躁疲弱无聊占据了我的全意识界；永不见如春波般的灵感荡漾，……呵！压迫下的呻吟，不时打破木然的沉闷。

有时勉强振作，拿一本小说在地席上睡下，打算潜心读两行，但是看不到几句，上下眼皮便不由自主地合拢了。这样昏昏沉沉挨到黄昏，太阳似乎已经使尽了威风，渐渐地偃旗息鼓回去，海风也凑趣般吹了来，我的麻木的灵魂，陡然惊觉了，“呵！好一个苦闷的时间，好像换过了一个世纪！”在自叹自伤的声音里，我从地席上爬了起来，走到楼下自来水管前，把头脸用冷水冲洗以后，一层遮住心灵的云翳遂向苍茫的暮色飞去，眼前现出鲜明的天地河山，久已凝闭的云海也慢慢掀起波浪，于是过去的印象，和未来的幻影，便一种种的在心幕上开映起来。

忽然一阵非常刺耳的东洋音乐不住地送来耳边，使听神经起了一阵痉挛。唉！这是多么奇异的音调，不像幽谷里多灵韵的风声，不像丛林里清脆婉转的鸣鸟之声，也不像碧海青崖旁的激越澎湃之声……而只是为衣食而奋斗的劳苦挣扎之声，虽然有时声带颤动得非常婉妙，使街上的行人不知不觉停止了脚步，但这只是好奇，也许还含着些不自然的压迫，发出无告的呻吟，使那些久受生之困厄的人们同样地叹息。

这奇异的声音正是从我隔壁的咖啡店里一个粉面朱唇的女郎樱口里发出来的。——那所咖啡店是一座狭小的日本式楼房改造成的，在三四天以前，我就看见一张红纸的广告贴在墙上，上面写着本咖啡店择日开张。从那天起，有时看见泥水匠人来洗刷门面，几个年青精壮的男人布置壁饰和桌椅，一直忙到今天早晨，果然开张了。当我才起来，推开玻璃窗向下看的时候，就见这所咖啡店的门口，两旁放着两张红白夹色纸糊的三角架子，上面各支着一个满缀纸花的华丽的花圈，在门楣上斜插着一枝姿势活泼鲜红色的枫树，沿墙根列着几种松柏和桂花的盆栽，右边临街的窗子垂着淡红色的窗帘，衬着那深咖啡色的墙，真有一种说不出的鲜明艳丽。

在那两个花圈的下端，各缀着一张彩色的广告纸，上面除写着本店即日开张，欢迎主顾以外，还有一条写着“本店用女招待”字样。——我看到这里，不禁回想到西长安街一带的饭馆门口那些红绿纸写的雇用女招待的广告了。呵！原来东方的女儿都有招徕主顾的神通！

我正出神地想着，忽听见叮叮当当的响声，不免寻声看去，只见街心有两个年青的日本男人，身上披着红红绿绿仿佛袈裟式的半臂，头上顶着像是凉伞似的一个圆东西，手里拿着铙钹，像戏台上的小丑一般，在街心连敲带唱，扭扭捏捏，怪样难描，原来这就是活动的广告。

他们虽然这样辛苦经营，然而从清晨到中午还不见一个顾客光临，门前除却他们自己做出热闹声外，其余依然是冷清清的。

黄昏到了，美丽的阳光斜映在咖啡店的墙隅，淡红色的窗帘被晚凉的海风吹得飘了起来，隐约可见房里有三个年青的女人盘膝跪在地席上，对着一面大菱花镜，细细的擦脸，涂粉，画眉，点胭脂，然后袒开前胸，又厚厚地涂了一层白粉，远远看过去真是“肤如凝脂，领如蝤蛴”，然而近看时就不免有石灰墙和泥塑美人之感了。其中有一个是梳着两条辫子的，比较最年轻也最漂亮，在打扮头脸之后，换了一身藕荷色的衣服，腰里拴一条橙黄色白花的腰带，背上驮着一个包袱似的东西，然后款摆着柳条似的腰肢，慢慢下楼来，站在咖啡店的门口，向着来往的行人“巧笑倩兮，美目盼兮”①，大施其外交手段。果然没有经过多久，就进去两个穿和服木屐的男人。从此冷清清的咖啡店里骤然笙箫并奏，笑语杂作起来。有时那个穿藕荷色衣服的雏儿唱着时髦的爱情曲儿，灯红酒绿，直闹到深夜兀自不散。而我呢，一双眼的上眼皮和下眼皮简直分不开来，也顾不得看个水落石出。总而言之，想钱的钱到手，赏心的开了心，圆满因果，如是而已，只应合十念一声“善哉！”好了，何必神经过敏，发些牢骚，自讨苦趣呢！

二、庙　会

正是秋雨之后，天空的雨点虽然停了，而阴云兀自密布太虚。夜晚时的西方的天，被东京市内的万家灯火照得起了一尺乌灰的绛红色。晚饭后，我们照例要到左近的森林中去散步。这时地上的雨水还不曾干，我们各人都换上破旧的皮鞋，拿着雨伞，踏着泥滑的石子路走去。不久就到了那高矗入云的松林里。林木中间有一座土地庙，平常时都是很清静的闭着山门，今夜却见庙门大开，门口挂着两盏大纸灯笼。上面写着几个蓝色的字——天主社——庙里面灯火照耀如同白昼，正殿上搭起一个简单的戏台，有几个戴着假面具穿着彩衣的男人——那面具有的像龟精鳖怪，有的像判官小鬼。大约有四五个人，忽坐忽立，指手划脚的在那里扮演，可惜我们语言不通，始终不明白他们演的是什么戏文。看来看去，总感不到什么

---

① “巧笑倩兮，美目盼兮”：语出《诗经·卫风·硕人》，赞美卫庄公夫人庄姜。

趣味，于是又到别处去随喜。在一间日本式的房子前，围着高才及肩的矮矮的木栅栏，里面设着个神龛，供奉的大约就是土地爷了。可是我找了许久，也没找见土地爷的法身，只有一个圆形铜制的牌子悬在中间，那上面似乎还刻着几个字，离得远，我也认不出是否写着本土地神位，——反正是一位神明的象征罢了。在那佛龛前面正中的地方悬着一个幡旌似的东西，飘带低低下垂。我们正在仔细揣摩赏鉴的时候，只见一位年纪五十上下的老者走到神龛面前，将那幡旌似的飘带用力扯动，使那上面的铜铃发出零丁之声，然后从钱袋里掏出一个铜钱——不知是十钱的还是五钱的，只见他便向佛龛内一甩，顿时发出铿锵的声响，他合掌向神前三击之后，闭眼凝神，躬身膜拜，约过一分钟，又合掌连击三声，这才慢步离开神龛，心安意得的走去了。

自从这位老者走后，接二连三来了许多人，男的女的，老的少的，——还有尚在娘怀抱里的婴孩也跟着母亲向神前祈祷求福，凡来顶礼的人都向佛龛中舍钱布施。还有一个年纪二十多岁的女人，身上穿着白色的围裙，手中捧着一个木质的饭屉，满满装着白米，向神座前贡献。礼毕，那位道袍秃顶的执事僧将饭屉接过去，那位善心的女施主便满面欣慰的退出。

我们看了这些善男信女礼佛的神气，不由得也满心紧张起来，似乎冥冥之中真有若干神明，他们的权威足以支配昏昧的人群，所以在人生的道途上，只要能逢山开路，见庙烧香，便可获福无穷了。不然，自己劳苦得来的银钱柴米，怎么便肯轻轻易易双手奉给僧道享受呢？神秘的宇宙！不可解释的人心！

我正在发呆思量的时候，不提防同来的建扯了我的衣襟一下，我不禁“呀！”了一声，出窍的魂灵儿这才复了原位。我便问道：“怎么？”建含笑道：“你在想什么？好像进了梦境，莫非神经病发作了吗？”我被他说得也好笑起来，便一同离开神龛到后面去观光。吓！那地方更是非常热闹，有许多倩装艳服，然而脚着木屐的日本女人，在那里购买零食的也有，吃冰激凌的也有。其中还有几个西装的少女，脚上穿着长统丝袜和皮鞋，——据说这是日本的新女性，也在人丛里挤来挤去，说不定是来参礼的，还是也和我们一样来看热闹的。总之，这个小小的土地庙里，在这个时候是包罗万象的。不过倘使佛有眼睛，瞧见我满脸狐疑，一定要瞪我几眼吧。

迷信——具有伟大的威权，尤其是当一个人在倒霉不得意的时候，或者在心灵失却依据徘徊歧路的时候，神明便成为人心的主宰了。我有时也曾经历过这种无归宿而想象归宿的滋味，然而这在我只像电光一瞥，不能坚持久远的。

说到这里，使我想起童年的时候——我在北平一个教会学校读书。那一个秋天，正遇着耶稣教徒的复兴会，——期间是一来复。在这一来复中，每日三次大祈祷，将平日所作亏心欺人的罪恶向耶稣基督忏悔，如是，以前的一切罪恶便从此洗涤尽净——哪怕你是个杀人放火的强盗，只要能悔罪便可得救，虽然是苦了倒霉钉在十字架的耶稣，然而那是上帝的旨意，叫他来舍身救世的，这是耶稣的光荣，人们的福音。——这种无私的教理，当时很能打动我弱小的心弦，我觉得耶稣太伟大了，而且法力无边，凡是人类的困苦艰难，只要求他，便一切都好了。所以当我被他们强迫的跪在礼拜堂里向上帝祈祷时，——我是无情无绪的正要到梦乡去逛逛，恰巧我们的校长朱老太太颤颤巍巍走到我面前也一同跪下，并且抚着我的肩说：“呵！可怜的小羊，上帝正是我们的牧羊人，你快些到他们面前去罢，他是仁爱的伟大的呵！”我听了她那热烈诚挚的声音，竟莫明其妙的怕起来了，好像受了催眠术，觉得真有这么一个上帝，在睁着眼看我呢，于是我就在那些因忏悔而痛哭的人们的哭声中流下泪来了。朱老太太更紧紧的把我搂在怀里说道：“不要伤心，上帝是爱你的。只要你虔心的相信他，他无时无刻不在你的左右……”最后她又问我：“你信上帝吗？……好像相信我口袋中有一块手巾吗？”我简直不懂这话的意思，不过这时我的心有些空虚，想到母亲因为我太顽皮送我到这个学校来寄宿，自然她是不喜欢我的，倘使有个上帝爱我也不错，于是就回答道：“朱校长，我愿意相信上帝在我旁边。”她听了我肯皈依上帝，简直喜欢得跳了起来，一面笑着一面擦着眼泪……从此我便成了耶稣教徒了。不过那年以后，我便离开那个学校，起初还是满心不忘上帝，又过了几年，我脑中上帝的印象便和童年的天真一同失去了。最后我成了个无神论者了。

但是在今晚这样热闹的庙会中，虔信诚心的善男信女使我不知不觉生出无限的感慨，同时又勾起既往迷信上帝的一段事实，觉得大千世界的无量众生，都只是些怯弱可怜的不能自造命运的生物罢了。

在我们回来时，路上依然不少往庙会里去的人，不知不觉又连想到故国的土地庙了，唉！……

三、邻　居

别了，繁华的闹市！当我们离开我们从前的住室门口的时候，恰恰是早晨七点钟。那耀眼的朝阳正照在电车线上，发出灿烂的金光，使人想象到不可忍受的闷热。而我们是搭上市外的电车，驰向那屋舍渐稀的郊野去；渐渐看见陂陀起伏的山上，林木葱茏，绿影婆娑，丛竹上满缀着清晨的露珠，兀自向人闪动。一阵阵的野花香扑到脸上来，使人心神爽快。经过三十分钟，便到我们的目的地。

在许多整饬的矮墙里，几株姣艳的玫瑰迎风袅娜，经过这一带碧绿的矮墙南折，便看见那一座郁郁葱葱的松柏林，穿过树林，就是那些小巧精洁的日本式的房屋掩映于万绿丛中。微风吹拂，树影摩荡，明窗净几间，帘幔低垂，一种幽深静默的趣味，顿使人忘记这正是炎威犹存的残夏呢。

我们沿着鹅卵石垒成的马路前进，走约百余步，便见斜刺里有一条窄窄的草径，两旁长满了红蓼白荻和狗尾草，草叶上朝露未干，沾衣皆湿。草底鸣虫唧唧，清脆可听。草径尽头一带竹篱，上面攀缘着牵牛茑萝，繁花如锦，清香醉人。就在竹篱内，有一所小小精舍，便是我们的新家了。淡黄色木质的墙壁、门窗和米黄色的地席，都是纤尘不染。我们将很简单的家具稍稍布置以后，便很安然的坐下谈天。似乎一个月以来奔波匆忙的心身，此刻才算是安定了。

但我们是怎么的没有受过操持家务的训练呵！虽是一个很简单的厨房，而在我这一切生疏的人看来，真够严重了。怎样煮饭——一碗米应放多少水，煮肉应当放些什么浇料呵！一切都不懂，只好凭想象力一件件地去尝试。这其中最大的难题是到后院井边去提水，老大的铅桶，满满一桶水真够累人的。我正在提着那亮晶晶发光的水桶不知所措的时候，忽见邻院门口走来一个身躯胖大，满面和气的日本女人，——那正是我们头一次拜访的邻居胖太太——我们不知道她姓什么，可是我们赠送她这个绰号，总是很合式的吧。

她走到我们面前，向我们咕哩咕噜说了几句日本话，我们是又聋又哑的外国人，简直一句也不懂，只有瞪着眼向她呆笑。后来她接过我手里的水桶，到井边满满的汲了一桶水，放在我们的新厨房里。她看见我们那些新买来的锅呀、碗呀，上面都微微沾了一点灰尘，她便自动地替我们一件一件洗干净了，又一件件安置得妥妥帖帖，然后她鞠着躬说声サセぅチぅ（再见）走了。

据说这位和气的邻居，对中国人特别有感情，她曾经帮中国人做过六七年的事，并且，她曾嫁过一个中国男人，……不过人们谈到她的历史的时候，都带着一种猜度的神气，自然这似乎是一个比较神秘的人儿呢，但无论如何，她是我们的好邻居呵！

她自从认识我们以后，没事便时常过来串门。她来的时候，多半是先到厨房，遇见一堆用过的锅碗放在地板上，或水桶里的水完了，她就不用吩咐地替我们洗碗打水。有时她还拿着些泡菜、辣椒粉之类零星物件送给我们。这种出乎我们意外的热诚，不禁使我有些赧然。

当我没有到日本以前，在天津大阪公司买船票时，为了一张八扣的优待券，——那是由北平日本公使馆发出来的，——同那个留着小胡子的卖票员捣了许久的麻烦。最后还是拿到天津日本领事馆的公函，他们这才照办了。而买票找钱的时候，只不过一角钱，那位含着狡狯面像的卖票员竟让我们等了半点多钟。当时我曾赌气牺牲这一角钱，头也不回地离开那里。他们这才似乎有些过不去，连忙喊住我们，从桌子的抽屉里拿出一角钱给我们。这样尖酸刻薄的行为，无处不表现岛国细民的小气。真给我一个永世不会忘记的坏印象。

及至我们上了长城丸（日本船名）时，那两个日本茶房也似乎带着些欺侮人的神气。比如开饭的时候，他们总先给日本人开，然后才轮到中国人。至于那些同渡的日本人，有几个男人嘴脸之间时时表现着夜郎自大的气概——自然也由于我国人太不争气的缘故——那些日本女人呢，个个对于男人低首下心，柔顺如一只小羊。这虽然惹不起我们对她们的愤慨，却使我们有些伤心，“世界上最没有个性的女性呵，你们为什么情愿做男子的奴隶和傀儡呢！”我不禁大声的喊着，可惜她们不懂我的话，大约以为我是个疯子吧。

总之我对于日本人从来没有好感，豺狼虎豹怎样凶狠恶毒，你们是想象得出来的，而我也同样地想象那些日本人呢。

但是不久我便到了东京，并且在东京住了两个礼拜了。我就觉得我太没出息——心眼儿太窄狭，日本人——在我们中国横行的日本人，当然有些可恨，然而在东京我曾遇见过极和蔼忠诚的日本人，他们对我们客气，有礼貌，而且极热心地帮忙，的确的，他们对待一个异国人，实在比我们更有理智更富于同情些。至于做生意的人，无论大小买卖，都是言不二价，童叟无欺，——现在又遇到我们的邻居胖太太，那种慈和忠实的行为，更使我惭愧我的小心眼了。

我们的可爱的邻居，每天当我们煮饭的时候，她就出现在我们的厨房门口。

“奥サン（太太）要水吗?”柔和而熟习的声音每次都激动我对她的感愧。她是怎样无私的人儿呢！有一天晚上，我从街上回来，穿着一件淡青色的绸衫，因为时间已晏，忙着煮饭，也顾不得换衣服，同时又怕弄脏了绸衫，我就找了一块白包袱权做围裙，胡乱地扎在身上，当然这是有些不舒服的。正在这时候，我们的邻居来了。她见了我这种怪样，连忙跑到她自己房里，拿出一件她穿着过于窄小的白围裙送给我，她说："我现在胖了，不能穿这围裙，送给你很好。"她说时，就亲自替我穿上，前后端详了一阵，含笑学着中国话道："很好！很好！"

她胖大的身影，穿过遮住前面房屋的树丛，渐渐地看不见了。而我手里拿着炒菜的勺子，竟怔怔地如同失了魂。唉！我接受了她的礼物，竟忘记向她道谢，只因我接受了她的比衣服更可宝贵的仁爱，将我惊吓住了；我深自忏悔，我知道世界上的人类除了一部分为利欲所沉溺的以外，都有着丰富的同情和纯洁的友谊，人类的大部分毕竟是可爱的呵！

我们的邻居，她再也想不到她在一些琐碎的小事中给了我偌大的启示吧。愿以我的至诚向她祝福！

四、沐　浴

说到人，有时真是个怪神秘的动物，总喜欢遮遮掩掩，不大愿意露真相；尤其是女人，无时无刻不戴假面具，不管老少肥瘠，脸上需要脂粉的涂抹，身上需要衣服的装扮，所以要想赏鉴人体美，是很不容易的。

有些艺术团体，因为画图需要模特儿，不但要花钱，而且还找不到好的，——多半是些贫穷的妇女，看白花花的洋钱面上，才不惜向人间现示色相，而她们那种不自然的姿势和被物质压迫的苦相，常常给看的人一种恶感，什么人体美，简直是怪肉麻的丑像。

至于那些上流社会的小姐太太们，若是要想从她们里面发见人体美，只有从细纱软绸中隐约的曲线里去想象了。在西洋有时还可以看见半裸体的舞女，然而那个也还有些人工的装点，说不上赤裸裸的。至于我们礼教森严的中国，那就更不用提了。明明是曲线丰富的女人身体，而束腰扎胸，把个人弄得成了泥塑木雕的偶像了。所以我从来也不曾梦想赏鉴各式各样的人体美。

但是，当我来到东京的第二天，那时正是炎热的盛夏，全身被汗水沸湿，加之在船上闷了好几天，这时要是不洗澡，简直不能忍受下去。然而说到洗澡，不由得我蹙起双眉，为难起来。

洗澡，本是平常已极的事情，何至于如此严重？然而日本人的习惯有些别致。男人女人对于身体的秘密性简直没有。在大街上，可以看见穿着极薄极短的衫裤的男人和赤足的女人。有时从玻璃窗内可以看见赤身露体的女人，若无其事似的，向街上过路的人们注视。

他们的洗澡堂，男女都在一处，虽然当中有一堵板壁隔断了，然而许多女人脱得赤条条的在一个汤池里沐浴，这在我却真是有生以来破题儿第一遭的经验。这不能算不是一个大难关吧。

“去洗澡吧，天气真热！”我首先焦急着这么提议。好吧，拿了澡布，大家预备走的时候，我不由得又踌躇起来。

“呵，陈先生，难道日本就没有单间的洗澡房吗？”我向领导我们的陈先生问了。

“有，可是必须到大旅馆去开个房间，那里有西式盆汤，不过每次总要三四元呢。”

“三四元！”我惊奇地喊着，“这除非是资本家，我们哪里洗得起。算了，还是去洗公共盆汤吧。”

陈先生在我决定去向以后，便用安慰似的口吻向我道：“不要紧的，我们初来时也觉着不惯，现在也好了。而且非常便宜，每人只用五分钱。”

我们一路谈着，没有多远就到了。他们进了左边门的男汤池去。我呢，也只得推开女汤池这边的门，呵，真是奇观，十几个女人，都是一丝不挂的在屋里。我一面脱鞋，一面踌躇，但是既到了这里，又不能做唐明皇光着眼看杨太真沐浴，只得勉强脱了上身的衣服，然后慢慢地脱衬裙袜子，……先后总费了五分钟，这才都脱完了。急忙拿着一块极大的洗澡手巾，连遮带掩地跳进温热的汤池里，深深地沉在里面，只露出一个头来。差不多泡了一刻钟，这才出来，找定了一个角落，用肥皂乱擦了一遍，又跳到池子里洗了洗。就算完事大吉。等到把衣服穿起时，我不禁嘘了一口长气，严紧的心脉才渐渐地舒畅了。于是悠然自得地慢慢穿袜子。同时抬眼看着那些浴罢微带娇慵的女人们，她们是多么自然的，对着亮晶晶的壁镜理发擦脸，抹粉涂脂，这时候她们依然是一丝不挂，并且她们忽而起立，忽而坐下，忽而一条腿竖起来半跪着，各式各样的姿势，无不运用自如。我在旁边竟得饱览无余。这时我觉得人体美有时候真值得歌颂，——那细腻的皮肤，丰美的曲线，圆润的足趾，无处不表现着天然的艺术。不过有几个鸡皮鹤发的老太婆，满身都是瘪皱的，那还是披上一件衣服遮丑好些。

我一面赏鉴，一面已将袜子穿好，总不好意思再坐着呆着。只得拿了手巾和换下来的衣服，离开这现示女人色相的地方了。

在回家的路上，我的神经似乎有些兴奋，我想到人间种种的束缚，种种的虚伪，据说这些是历来的圣人给我们的礼赐——尤其严重的是男女之大防，然而日本人似乎是个例外。究竟谁是更幸福些呢？

（原刊 1931 年《妇女杂志》第 1 卷第 8 号）

灵魂的伤痕

我没有事情的时候，往往喜欢独坐深思，这时我便把我自己站在高高的地方，——暂且和那旅馆作别，不轩敞的屋子——矮小的身体——和深闭的窗子——两只懒睁开的眼睛——我远远地望着，觉得也有可留恋的地方，所以我虽然和他是暂别，也不忍离他太远，不过在比较光亮的地方，玩耍些时，也就回来了。

有一次我又和我的旅馆分别了，我站在月亮光底下，月亮光的澄澈便照见了我的全灵魂。这时自己很骄傲的，心想我在那矮小旅馆里，住得真够了，我的腰向来没伸直过，我的头向来没抬起来过，我就没有看见完全的我，到底是什么样子，今天夜里我可以伸腰了！我可以抬头了！我可以看见我自己了！月亮就仿佛是反光镜，我站在他的面前，我是透明的，我细细看着月亮中透明，自己十分的得意。后来我忽发见在我的心房的那里，有一个和豆子般的黑点，我不禁吓了一跳，不禁用手去摩，谁知不动还好，越动着这个黑点越大，并且觉得微微发痛了！黑点的扩张竟把月光遮了一半，在那黑点的圈子里，不很清楚的影片一张一张的过去了，我把我所看见的记下来：——

眼前一所学校门口挂着一个木牌，写的是："京都市立高等女学校"。我走进门来，觉得太阳光很强，天气有些燥热，外围的气压，使得我异常沉闷，我到讲堂里看她们上课，有的作刺绣，有的作裁缝，有的作算学，她们十分的忙碌，我十分的不耐烦，我便悄悄地出了课堂的门，独自站在院子里，想藉着松林里吹来的风，和绿草送过来的草花香，医医我心头的燥闷。不久下堂了，许多学生站在石阶上，和我同进去的参观的同学也出来了，我们正和她们站个面对面，她们对我们作好奇的观望，我们也不转眼的看着她们。在她们中间，有一个穿着紫色衣裙的学生，走过来和我们谈话，然而她用的是日本语言，我们一句也不能领悟，石阶上她的同学们都拍着手笑了。她羞红了两颊，低头不语，后来竟用手巾拭起泪来，我们满心罩住疑云，狭窄的心，也几乎迸出急泪来！

我们彼此忙忙地过了些时，她忽然蹲在地下，用一块石头子，在土地上写道："我是中国厦门人"。这几个字打到大家眼睛里的时候，都不禁发出一声惊喜，又含着悲哀的叹声来！

那时候我站在那学生的对面，心里似喜似悲的情绪，又勾起我无穷的深思。我想，我这次离开我自己的家乡，到此地来，不是孤寂的，我有许多同伴，我，不是飘泊天涯的客子，我为什么见了她——听说是同乡，我就受了偌大的刺激呢？……但是想是如此想，无奈理性制不住感情。当她告诉我，她在这里，好像海边一只雁那么孤单，我竟为她哭了。她说她想说北京话，而不能说，使她的心急得碎了，我更为她止不住泪了！她又说她的父母现在住在台湾，她自幼就看见台湾不幸的民族的苦况，……她知道在那里永没有发展的机会，所以她才留学到此地来，……但她不时思念祖国，好像想她的母亲一样，她更想到北京去，只恨没有能力，见了我们增无限的凄楚！她伤心得哭肿了眼睛，我看着她那暗淡的面容，莹莹的泪光；我实在觉得十分刺心，我亦不忍往下看了，也忍不住往下听了！我一个人走开了，无意中来到一株姿势苍老的松树底下来。在那树荫下，有一块平滑的白石头，石头旁边有一株血般的红的杜鹃花，正迎风作势；我就坐在石上，对花出神；无奈兴奋的情绪，正好像开了机关的车轮，不绝的旋转。我想到她孤身作客——她也许有很好的朋友，但是不自然的藩篱，已从天地开始，就布置了人间，她和她们能否相容，谁敢回答呵！

她说她父亲现在台湾，使我不禁更想到台湾，我的朋友招治，——她是一个台湾人——曾和我说：“进了台湾的海口，便失了天赋的自由；若果是有血气的台湾人，一定要为应得的自由而奋起，不至像夜般的消沉！”唉！这话能够细想吗？我没有看见台湾人的血，但是我却看见眼前和血一般的杜鹃花了；我没有听见台湾人的悲啼，我却听见天边的孤雁嘹栗的哀鸣了！

呵！人心是肉作的。谁禁得起铁锤打，热炎焚呢？我听见我心血的奔腾了，我感到我鼻管的酸辣了！我也觉得热泪是缘两颊流下来了！

天赋我思想的能力，我不能使他不想；天赋我沸腾的热血，我不能使他不沸；天赋我泪泉，我不能使他不流！

呵！热血沸了！

泪泉涌了！

我不怕人们的冷嘲，也不怕泪泉有干枯的时候。

呵！热血不住地沸吧！

泪泉不竭地流吧！

万事都一瞥过去了，只灵魂的伤痕，深深地印着！

（原刊1922年8月11日《时事新报·文学旬刊》第46期）

月下的回忆

晚凉的时候，困倦的睡魔都退避了，我们便乘兴登大连的南山，在南山之巅，可以看见大连全市。我们出发的时候，已经是暮色苍茫，看不见娇媚的夕阳影子了。登山的时候，眼前模糊，只隐约能辨人影；漱玉穿着高底皮鞋，几次要摔倒，都被淡如扶住，因此每人都存了戒心，不敢大意了。

到了山巅，大连全市的电灯，如中宵的繁星般，密密层层满布太空，淡如说是钻石缀成的大衣，披在淡装的素娥身上；漱玉说比得不确，不如说我们乘了云梯，到了清虚上界，下望诸星，吐豪光千丈的情景为逼真些。

他们两人的争论，无形中引动我们的幻想，子豪仰天吟道："举首问明月，不知天上今夕是何年？"她的吟声未竭，大家的心灵都被打动了，互相问道："今天是阴历几时？有月亮吗？"有的说十五；有的说十七；有的说十六，漱玉高声道："不用争了。今日是十六，不信看我的日记本去！"子豪说："既是十六，月光应当还是圆的，怎么这时候还没有看见出来呢？"淡如说："你看那两个山峰的中间一片红润；不是月亮将要出来的预兆吗？"我们集中目力，都望那边看去了，果见那红光越来越红，半边灼灼的天，像是着了火，我们静悄悄地望了些时，那月儿已露出一角来了；颜色和丹砂一般红，渐渐大了，也渐渐淡了，约有五分钟的时候，全个团团的月儿，已经高高站在南山之巅，下窥芸芸众生了。我们都拍着手，表示欢迎的意思；子豪说："是我们多情欢迎明月？还是明月多情，见我们深夜登山来欢迎我们呢？"这个问题提出来后，大家议论的声音，立刻破了深山的寂静，和夜的消沉，那酣眠高枝的鹧鸪也吓得飞起来了。

淡如最喜欢在清澈的月下，妩媚的花前，作苍凉的声音读诗吟词，这时又在那里高唱南唐李后主的《虞美人》，诵到“故国不堪回首月明中”声调更加凄楚；这声调随着空气震荡，更轻轻浸进我的心灵深处；对着现在玄妙笼月的南山的大连，不禁更回想到三日前所看见污浊充满的大连，不能不生一种深刻的回忆了！

在一个广场上，有无数的儿童，拿着几个球在那里横穿竖冲地乱跑，不久铃声响了，一个一个和一群蜜蜂般地涌进学校门去了；当他们往里走的时候，我脑膜上已经张好了白幕，专等照这形形式式的电影；顽皮没有礼貌的行动，憔悴带黄色的面庞，受压迫含抑闷的眼光，一色色都从我面前过去了，印入心幕了。

进了课堂，里头坐着五十多个学生，一个三十多岁，有一点胡须的男教员，正在那里讲历史，“支那之部”四个字端端正正写在黑板上；我心里忽然一动，我想大连是谁的地方啊？用的可是日本的教科书——教书的又是日本教员——这本来没有什么，教育和学问是没有国界的，除了政治的臭味——他是不许藩篱这边的人和藩篱那边的人握手以外，人们的心都和电流一般相通的——这个很自然……

“这是那里来的，不是日本人吗？”靠着我站在这边的两个小学生在那窃窃私语，遂打断我的思路，只留心听他们的谈话。过了些时，那个较小的学生说：“这是支那北京来的，你没有看见先生在揭示板写的告白吗？”我听了这口气真奇怪，分明是日本人的口气，原来大连人已受了软化了吗？不久，我们出了这课堂，孩子们的谈论听不见了。

那一天晚上，我们住的房子里，灯光格外明亮；在灯光之下有一个瘦长脸的男子，在那里指手划脚演说：“诸君！诸君！你们知道用吗啡培成的果子，给人吃了，比那百万雄兵的毒还要大吗？教育是好名词，然而这种含毒质的教育，正和吗啡果相同……你们知道吗？大连的孩子谁也不晓得有中华民国呵！他们已经中了吗啡果的毒了！……

“中了毒无论怎样，终久是要发作的，你看那一条街上是西岗子，一连有一千余家的暗娼，是谁开的？原来是保护治安的警察老爷，和暗探老爷们勾通地棍办的，警察老爷和暗探老爷，都是吃了吗啡果子的大连公学校的卒业生呵！”

他说到那里，两个拳头不住在桌上乱击，口里不住的诅咒，眼泪不竭的涌出，一颗赤心几乎从嘴里跳了出来！歇了一歇他又说：——

“我有一个朋友，在一天下午，从西岗子路过；就见那灰色的墙根底下每一家的门口，都有一个邪形鸩面的男子蹲在那里，看见他走过去的时候，由第一个人起，连续着打起呼啸来；这种奇异的暗号，真是使人惊吓，好像一群恶魔要捕人的神气；更奇怪的，打过这呼啸以后立刻各家的门又都开了；有妖态荡气的妇人，向外探头；我那个朋友，看见她们那种样子，已明白她们要强留客人的意思，只得低下头，急急走过；经过她们门前，有的捉他的衣袖，有的和他调笑，幸亏他穿的是西装，她们不知道他到底是什么来历不敢过于造次，他才得脱了虎口。当他才走出胡同口的时候，从胡同的那一头，来了一个穿着黄灰色短衣裤的工人；他们依样的作那呼啸的暗号，他回头一看，那人已被东首第二家的一个高颧骨的妇人拖进去了！”

唉！这不是吗啡果的种子，开的沉沦的花吗？

我正在回忆从前的种种，忽然漱玉在我肩上击了一下说：“好好的月亮不看，却在这漆黑树影底下发什么怔。”

漱玉的话打断我的回忆，现在我不再想什么了，东西张望，只怕辜负了眼前的美景！

远远地海水，放出寒栗的光芒来；我寄我的深愁于流水，我将我的苦闷付清光；只是那多事的月亮，无论如何把我尘浊的影子，清清楚楚反射在那块白石头上；我对着她，好像怜她，又好像恼她；怜她无故受尽了苦痛的磨折，恨她为什么自己要着迹，若没这有形的她，也没有这影子的她了；无形无迹，又何至被有形有迹的世界折磨呢？……连累得我的灵魂受苦恼……夜深了！月儿的影子偏了，我们又从来处去了。

（原刊1922年《小说月报》第13卷第10号）

醉　后

——最是恼人拼酒，欲浇愁偏惹愁！回看血泪相和流。

我是世界上最怯弱的一个，我虽然硬着头皮说："我的泪泉干了，再不愿向人间流一滴半滴眼泪，因此我曾博得'英雄'的称许，在那强振作的当儿，何尝不是气概轩昂……"

北京城重到了，黄褐色的飞尘下，掩抑着琥珀墙、琉璃瓦的房屋，疲骡瘦马，拉着笨重的煤车，一步一颠地在那坑陷不平的土道上努力地走着，似曾相识的人们，坐着人力车，风驰电掣般跑过去了……一切不曾改观，可是疲惫的归燕呵，在那堆浪涌波的灵海里，都觉到十三分的凄惶呢！

车子走过顺城根，看见三四匹矮驴，摇动着它们项下啷啷的金铃，傲然向我冷笑，似笑我转战多年的败军，还鼓得起从前的兴致吗……

正是一个旖旎美妙的春天，学校里放了三天春假，我和涵、盐、琪四个人，披着残月孤星，和迷濛的晨雾奔顺城根来，雇好矮驴，跨上驴背，轻扬竹鞭，得得声紧，西山的路上骤见热闹，这时道旁笼烟含雾的垂柳枝，从我们的头上拂过，娇鸟轻啭歌喉，朝阳美意酣畅，驴儿们驮着这欣悦的青春主人，奔那如花如梦的前程：是何等的兴高采烈……而今怎堪回首！归来的疲燕，裹着满身漂泊的悲哀，无情的瘦驴！请你不要逼视吧！

强抑灵波，防它捣碎了灵海，及至到了旧游的故地，黯淡白墙，陈迹依稀可寻，但沧桑几经的归客，不免被这荆棘般的冻迹，刺破那不曾复元的旧伤，强将泪液咽下，努力地咽下。我曾被人称许我是"英雄"哟！

我静静在那里忏悔，我的怯弱，为什么总打不破小我的关头，我记得：我曾想象我是“英雄”的气概，手里拿着明晃晃的雌雄剑，独自站在喜玛拉雅的高峰上，傲然的下视人寰。仿佛说：我是为一切的不平，而牺牲我自己的，我是为一切的罪恶，而挥舞我的双剑的呵！“英雄”，伟大的英雄，这是多么可崇拜的，又是多么可欣慰的呢！

但是怯弱的人们，是经不起撩拨的，我的英雄梦正浓酣的时候，波姊来叩我的门，同时我久闭的心门，也为她开了。为什么四年不见，她便如此地憔悴和消瘦，她黯然地说：“你还是你呵！”她这一句话，好像是利刃，又好像是百宝匙，她掀开我的秘密的心幕，她打开我勉强锁住的泪泉，与一切的烦恼。但是我为了要证实是英雄，到底不曾哭出来。

我们彼此矜持着，默然坐夜来了。于是我说：“波，我们喝他一醉吧，何若如此扎挣，酒可以蒙盖我们的脸面！”波点头道：“好早预备陪你一醉。”于是我们如同疯了一般，一杯，一杯，接连着向唇边送，好像鲸吞鲵饮，也不知道什么时候，把一小坛子的酒吃光了，可是我还举着杯“酒来！酒来！”叫个不休！波握住我拿杯子的手说：“隐！你醉了，不要喝了吧！”我被她一提醒，才知道我自己的身子，已经像驾云般支持不住，伏在她的膝上。唉！我一身的筋肉松弛了，我矜持的心解放了，风寒雪虐的春申江头，涵撒手归真的印影，我更想起萱儿还不曾断奶，便离开她的乳母，扶她父亲的灵柩归去。当她抱着牛奶瓶，宛转哀啼时，我仿佛是受绞刑的荼毒，更加着吴淞江的寒潮凄风，每在我独伴灵帏时，撕碎我抖颤的心。……一向茹苦含辛的扎挣自己，然而醉后，便没有扎挣的力量了，我将我泪泉的水闸，开放了干枯的泪池，立刻波涛汹涌，我尽量的哭，哭那已经摧毁的如梦前程，哭那满尝辛苦的命运，唉！真痛恨呵，我一年以来，不曾这样哭过。但是苦了我的波姊，她也是苦海里浮沉的战将，我们可算是一对“天涯沦落人”。她呜咽着说：“隐！你不要哭了，你现在是做客，看人家忌讳！你扎挣着吧！

你若果要哭，我们到空郊野外哭去，我陪你到陶然亭哭去。那里是我埋愁葬恨的地方，你也可以借他人酒杯，浇自己块垒，在那里我们可尽量的哭，把天地哭毁灭也好，只求今天你咽下这眼泪去罢！”惭愧！我不知英雄气概抛向哪里去了，恐怕要从喜玛拉雅峰，直坠入冰涯愁海里去。我仍然不住地哭，那可怜双鬓如雪的姨母，也不住为她不幸的甥女，老泪频挥，她颤抖着叹息着，于是全屋里的人，都悄默地垂着泪！可怜的萱儿，她对这半疯半醉的母亲，小心儿怯怯地惊颤着，小眼儿怔怔地呆望着。呵！无辜的稚子，母亲对不住你，在别人面前，纵然不英雄些，还没有多大羞愧，只有在萱儿面前不英雄，使她天真未凿的心灵里，了解伤心，甚至于陪着流泪，我未免太忍心，而且太罪过了。后来萱儿投在我的怀里，轻轻地将小嘴，吻着泪痕被颊的母亲，她忽然哭了。唉！我诅咒我自己，我愤恨酒，她使我怯弱，使我任性，更使我羞对我的萱儿！我决定止住我的泪液，我领着萱儿走到屋里，只见满屋子月华如水，清光幽韵，又逗起我无限的凄楚，在月姊的清光下，我们的陈迹太多了！我们曾向她诚默的祈祷过；也曾向她悄悄地赌誓过。但如今，月姊照着这飘泊的只影，他呢——人间天上。我如饿虎般的愤怒，紧紧掩上窗纱，我搂着萱儿悄悄的躲在床上。我真不敢想象月姊怎样奚落我。不久萱儿睡着了，我仿佛也进了梦乡，只觉得身上满披着缟素，独自站在波涛起伏的海边，四顾辽阔，没有岸际，没有船只，天上又是蒙着一层浓雾，一切阴森森的。我正在彷徨惊惧的时候，忽见海里涌起一座山来，削壁玲珑，峰崖峻崎，一个女子披着淡蓝色的轻绡，向我微笑点头唱道：

独立苍茫愁何多？
抚景伤飘泊！
繁华如梦，
姹紫嫣红转眼过！
何事伤飘泊！

我听那女子唱完了，正要向她问明来历，忽听霹雳一声，如海倒山倾，吓了我一身冷汗，睁眼一看，波姊正拿着醒酒汤，叫我喝，我恰一转身，不提防把那碗汤碰泼了一地，碗也打得粉碎，我们都不禁笑了。波姊说：“下回不要喝酒吧，简直闹得满城风雨！……我早想到见了你，必有一番把戏，但想不到闹得这样凶！还是扎挣着装英雄吧！”

“波姊！放心吧！我不见你，也没有泪，今天我把整个儿的我，在你面前赤裸裸地贡献了，以后自然要装英雄！”波姊拍着我的肩说，“天快亮了，月亮都斜了，还不好好睡一觉，病了又是白受罪！睡吧！明天起大家努力着装英雄吧！”

（收入1928年1月北平古城书社初版《曼丽》）

几句实话

一个终朝在风尘中奔波倦了的人，居然能得到与名山为伍、清波作伴的机会，难道说不是获天之福吗？不错，我是该满意了！——回想起从前在北平充一个小教员，每天起早困晚，吃白粉条害咳嗽还不算，晚上改削那山积般的文卷真够人烦。而今呵，多么幸运！住在山青水秀的西子湖边，推窗可以直窥湖心；风云变化，烟波起伏，都能尽览无余。至于夕阳晚照，渔樵归休，游侣行歌互答，又是怎样美妙的环境呢！

但是冤枉，这两个月以来，我过的，却不是这种生活。最大的原因，湖色山光，填不满我的饥肠辘辘。为了吃饭，我与一支笔干儿结了不解缘，一时一刻离不开它。如是，自然没有心情、时间去领略自然之美了。——所以我这才明白，吟风弄月，充风流名士，那只有资产阶级配享受，贫寒如我，那只好算了吧，算了吧！

那么，我现在过的又是什么生活呢？——每天早晨起来，好歹吃上两碗白米粥，花生米嚼得喷鼻香，惯会和穷人捣乱的肚子算是有了交代。于是往太师椅上一坐，打开抽屉，东京带回来的漂亮稿纸，还有一大堆，这很够我造谣言发牢骚用的了。于是由那暂充笔筒用的绿瓷花瓶里，请出那三寸小毛锥，开宗明义第一件事，是瞪着眼，东张西望，搜寻一个好题目。——这真有点不易，至少要懂点心理学，才好捉摸到编辑先生的脾味；不然题目不对眼，恼了编辑先生，一声“狗屁”，也许把它扔在字纸篓里换火柴去。好容易找到又新鲜又时髦的题目了，那么写吧。一行，两行，三行，……一直写满了一张稿纸。差不多六百字，这要是运气好，就能换到块把大洋。如是来上十几页，这个月的开销不愁了。想到这里，脸上充满了欣慰之色。但是且慢高兴！昨天刮了一顿西北风，天气骤然冷下来，回头看看床上，只有一床棉被，不够暖。无论如何，要添作一床才过得去。

再说厨房里的老叶，今早来报告：柴快没了；煤只剩了几块；米也该叫了。这一道催命符真凶，立刻把我的文思赶跑了。脑子里塞满了债主自私的刻薄的面像，和一切未来的不幸。……不能写了，放下笔吧！不成，那更是饥荒！勉强的东拉西凑吧。夜深了，头昏眼花，膀子疼，腰杆酸，“唉呀”真不行了，明天再说吧！数数稿纸，只写了四张半，每张六百字，再除去空白，整整还不到两千五百字。棉被还是没着落，窗外的北风，仍然虎吼狼啸，更觉单衾欠暖。然而真困，还是睡下吧。把一件大衣盖在被上，幸喜睡魔光顾得快，倒下头来便梦入黑酣。我正在好睡，忽听扑冬一声，把我惊醒。翻身爬起来一看：原来是小花猫把热水瓶打倒了。这个家伙真可恨，好容易花一块多钱买了一只热水瓶，还没有用上几天，就被它毁了，真叫做“活该”！我气哼哼的把小花猫摔了出去，再躺下睡，这一来可睡不着了。忽见隔床上的他，从睡梦里跳起有半尺高，一连跳了五六下，我连忙叫醒他说：“你梦见什么了，怎么睡梦里跳起来?”他“哎哟”了一声道：“真累死我了！我梦见爬了多少座高高低低的山峰，此刻还觉得一身酸痛！”

“唉！不用说了，你白天翻了多少书？……大概是累狠了?!”他说：“是了。我今天差不多写了五千字吧！”

“明天还是少写点好。”我说。

“不过今天已经十五了，房钱电灯钱都还没有着落，少写行吗?”

我听了这话不能再勉强安慰他了。大半夜，我只是为这些问题盘算，直到天色发白时，我才又睡着了。

八点半了，他把我喊醒。我一睁眼看太阳光已晒在窗子上，我知道时候不早了。连忙起来，胡乱吃了粥，就打算继续写下去，但是当我坐在太师椅上时，我觉得我的头部，比压了一块铅板还重，眼睛发花，耳朵发聋。不写吧，真怕到月底没法交代；写吧，没有灵感不用说，头疼得也真支不住。但是生活的压迫，使我到底屈服了。一手抱着将要暴裂的头；一手不停的写下去。连我自己都不知道我在纸上画的是什么？——“苦闷可以产生好文艺”，在无可如何之时，我便拿它来自慰！来解嘲！

这时他由街上回来，看见我那狼狈像，便说道：“你又头疼了吧，快不要写，去歇歇呀！——我译的小说稿已经寄去了，月底一定可以领到稿费。我想这篇稿子译得不错，大约总可以卖到十五块钱，屉子里还有五块，凑合着也就过去了。”

“唉！只要能凑合着过去，我还愁什么？但是上个月我们寄出去三四万字的稿子，到现在只收回十几块钱，谁晓得月底又是怎样呢？只好多写些，希望还多点，也许可以碰到一两处给钱的就好了！”

他平常是喜说喜笑，这一来也只有皱了一双眉头道：“你本来身体就不好，所以才辞去教员不干，到这里休养。谁想到卖文章度日，竟有这些说不出的压扎的苦楚！早知道这样，打死我也不想充什么诗人艺术家了。……怎么人家菊池宽就那么走红运①，住洋房坐汽车，在飞机上打麻雀！……”

“人家是日本人呵！……其实又何止菊池宽，外国的作家比我们舒服的多着呢！所以人家才有歌德有莎士比亚有拜伦有易卜生等等的大艺术家出现。至于我们中国，艺术家就非得同时又充政治家，或教育家等，才能生活，谁要打算把整个的生命献给艺术，那只有等着挨饿吧！在这种怪现象之下，想使中国产生大艺术家，不是作梦吗？唉！吃饭是人生的大问题，——非天才要吃饭，天才也要吃饭，为了吃饭去奋斗，绝大的天才都不免要被埋葬；何况本来只有两三分天才的作家，最后恐怕要变成白痴了……”我像煞有些

---

① 菊池宽（1888—1948）：日本小说家、戏剧家，作品有《无名作家的日记》等。

愤慨似的发着牢骚，同时我的头部更加不舒服起来。他叫我不要乱思胡想，立刻要我去睡觉。我呢，也真支不住了，睡去吧！正在有些昏迷的时候，邮差送信来了。我拆开一看，正是从北平一个朋友寄来的，他说：“听说你近状很窘，还是回来教书吧！文艺家那么容易作？尤其在我们贵国！……”

不错，从今天起，我要烧掉和我缔了盟约的那一支造谣言的毛锥子，规规矩矩去为人之师，混碗饱饭吃，等到那天发了横财，我再来充天才作家吧！正是“放下毛锥，立地得救”。哈哈！善哉！

（原刊1931年3月26日、27日

《北平晨报》副刊《学园》第45、46号）

秋光中的西湖

我像是负重的骆驼般，终日不知所谓的向前奔走着。突然心血来潮，觉得这种不能喘气的生涯，不容再继续了，因此便决定到西湖去，略事休息。

在匆忙中上了沪杭甬的火车，同行的有朱、王二女士和建，我们相对默然的坐着。不久车身蠕蠕而动了，我不禁叹了一口气道："居然离开了上海。"

"这有什么奇怪，想去便去了！"建似乎不以我多感慨的态度为然。

查票的人来了，建从洋服的小袋里掏出了四张来回票，同时还带出一张小纸头来，我捡起来，看见上面写着："到杭州：第一大吃而特吃，大玩而特玩……"真滑稽，这种大计划也值得大书而特书，我这样说着递给朱、王二女士看，她们也不禁哈哈大笑了。

来到嘉兴时，天已大黑。我们肚子都有些饿了，但火车上的大菜既贵又不好吃，我便提议吃茶叶蛋，便想叫茶房去买，他好像觉得我们太吝啬，坐二等车至少应当吃一碗火腿炒饭，所以他冷笑道："要到三等车里才买得到。"说着他便一溜烟跑了。

"这家伙真可恶！"建愤怒的说着，最后他只得自己跑到三等车去买了来。吃茶叶蛋我是拿手，一口气吃了四个半，还觉得肚子里空无所在，不过当我伸手拿第五个蛋时，被建一把夺了去，一面埋怨道："你这个人真不懂事，吃那么许多，等些时又要闹胃痛了。"

这一来只好咽一口唾沫算了。王女士却向我笑道；"看你个子很瘦小，吃起东西来倒很凶！"其实我只能吃茶叶蛋，别的东西倒不可一概而论呢！——我很想这样辩护，但一转念，到底觉得无谓，所以也只有淡淡的一笑，算是我默认了。

车子进杭州城站时，已经十一点半了，街上的店铺多半都关了门，几盏黯淡的电灯，放出微弱的黄光，但从火车上下来的人，却吵成一片，挤成一堆，此外还有那些客栈的招揽生意的茶房，把我们围得水泄不通，不知化了多少力气，才打出重围叫了黄包车到湖滨去。

车子走过那石砌的马路时，一些熟习的记忆浮上我的观念里来。一年前我同建曾在这幽秀的湖山中作过寓公，转眼之间早又是一年多了，人事只管不停的变化，而湖山呢，依然如故，清澈的湖波，和笼雾的峰峦似笑我奔波无谓吧！

我们本决意住清泰第二旅馆，但是到那里一问，已经没有房间了，只好到湖滨旅馆去。

深夜时我独自凭着望湖的碧栏，看夜幕沉沉中的西湖。天上堆叠着不少的雨云，星点像怕羞的女郎，踯躅于流云间，其光隐约可辨。十二点敲过许久了，我才回到房里睡下。

晨光从白色的窗幔中射进来，我连忙叫醒建，同时我披了大衣开了房门。一阵沁肌透骨的秋风，从桐叶梢头穿过，飒飒的响声中落下了几片枯叶，天空高旷清碧，昨夜的雨云早已躲得无影无踪了。秋光中的西湖，是那样冷静，幽默，湖上的青山，如同深纽的玉色，桂花的残香，充溢于清晨的气流中。这时我忘记我是一只骆驼，我身上负有人生的重担。我这时是一只紫燕，我翱翔在清隆的天空中，我听见神祇的赞美歌，我觉到灵魂的所在地，……这样的，被释放不知多少时候，总之我觉得被释放的那一霎那，我是从灵宫的深处流出最惊喜的泪滴了。

建悄悄的走到我的身后，低声说道："快些洗了脸，去访我们的故居吧！"

多怅惘呵，他惊破了我的幻梦，但同时又被他引起了怀旧的情绪，连忙洗了脸，等不得吃早点便向湖滨路崇仁里的故居走去。到了弄堂门口，看见新建的一间白木的汽车房，这是我们走后唯一的新鲜东西。此外一切都不曾改变，墙上贴着一张招租的帖子，一看是四号吉房招租……“呀！这正是我们的故居，刚好又空起来了，喂，隐！我们再搬回来住吧！”

“事实办不到……除非我们发了一笔财……”我说。

这时我们已到那半开着的门前了，建轻轻推门进去。小小的院落，依然是石缝里长着几根青草，几扇红色的木门半掩着。我们在客厅里站了些时，便又到楼上去看了一遍，这虽然只是最后几间空房，但那里面的气氛，引起我们既往的种种情绪，最使我们觉到怅然的是陈君的死。那时他每星期六多半来找我们玩，有时也打小牌，他总是摸着光头懊恼的说道：“又打错了！”这一切影像仍逼真地现在目前，但是陈君已作了古人，我们在这空洞的房子里，沉默了约有三分钟，才怅然的离去。走到弄堂门的时候，正遇到一个面熟的娘姨——那正是我们邻居刘君的女仆，她很殷勤的要我们到刘家坐坐。我们难却她的盛意，随她进去。刘君才起床，他的夫人替小孩子穿衣服。我们这两个不速之客够使她们惊诧了。谈了一些别后的事情，抽过一支烟后，我们告辞出来。到了旅馆里，吃过鸡丝面，王、朱两位女士已在湖滨叫小划子，我们讲定今天一天玩水，所以和船夫讲定到夜给他一块钱，他居然很高兴的答应了。我们买了一些菱角和瓜子带到划子上去吃。船夫是一个五十多岁的忠厚老头子，他洒然的划着。温和的秋阳照着我——使全身的筋肉都变成松缓，懒洋洋的靠在长方形的藤椅背上。看着划桨所激起的波纹，好像万道银蛇蜿蜒不息。这时船已在三潭印月前面，白云庵那里停住了。我们上了岸，走进那座香烟阒然的古庙，一个老和尚坐在那里向阳。菩萨案前摆了一个签筒，我先抱起来摇了一阵，得了一个上上签，于是朱、王二女士同建也都每人摇出一根来。我们大家拿了签条嘻嘻哈哈笑了一阵，便拜别了那四个怒目咧嘴的大金刚，仍旧坐上船向前泛去。

船身微微的撼动，仿佛睡在儿时的摇蓝里，而我们的同伴朱女士，她不住的叫头疼。建像是天真般的同情地道："对了，我也最喜欢头疼，随便到那里去，一吃力就头疼，尤其是昨夜太劳碌了不曾睡好。"

"就是这话了，"朱女士说："并且，我会晕车!"

"晕车真难过……真的呢!"建故作正经的同情她，我同王女士禁不住大笑，建只低着头，强忍住他的笑容，这使我更要大笑。船泛到湖心亭，我们在那里站了些时，有些感到疲倦了，王女士提议去吃饭。建讲："到了实行我'大吃而特吃'的计划的时候了。"

我说："如要大吃特吃，就到'楼外楼'去吧，那是这西湖上有名的饭馆，去年我们曾在这里遇到宋美龄呢!"

"哦，原来如此，那我们就去吧!"王女士说。

果然名不虚传，门外停了不少辆的汽车，还有几个丘八先生点缀这永不带有战争气氛的湖边。幸喜我们运气好，仅有唯一的一张空桌，我们四个人各霸一方，但是我们为了大家吃得痛快，互不牵掣起见，各人叫各人的莱，同时也各人出各人的钱，结果我同建叫了五只湖蟹，一尾湖鱼，一碗鸭掌汤，一盘虾子冬笋；她们二位女士所叫的莱也和我们大同小异。但其中要推王女士是个吃喝能手，她吃起湖蟹来，起码四五只，而且吃得又快又干净。再衬着她那位最不会吃湖蟹的朋友朱女士，才吃到一个的时候，便叫起头疼来。

"那么你不要吃了，让我包办吧!"王女士笑嘻嘻的说。

"好吗!你就包办，……我想吃些辣椒，不然我简直吃不下饭去。"朱女士说。

"对了，我也这样，我们两人真是事事相同，可以说百分之九九一样，只有一分不一样……"建一本正经的说。

"究竟不同是哪一分呢!"王女士问。

"你真笨伯，这点都不知道，一个是男人，一个是女人呵!"建说。

这时朱女士正捧着一碗饭待吃，听了这话笑得几乎把饭碗摔到地上去。

“简直是一群疯子，”我心里悄悄的想着，但是我很骄傲，我们到现在还有疯的兴趣。于是把我们久已抛置的童年心情，从坟墓里重新复活，这不能说这不是奇迹罢！

黄昏的时候，我们的船荡到艺术学院的门口，我同建去找一个朋友，但是他已到上海去了。我们嗅了一阵桂花的香风后，依然上船。这时凉风阵阵的拂着我们的肌肤，朱女士最怕冷，裹紧大衣，仍然不觉得暖，同时东方的天边已变成灰黯的色彩，虽然西方还漾着几道火色的红霞，而落日已堕到山边，只在我们一霎眼的工夫，已经滚下山去了。远山被烟雾整个的掩蔽着，一望苍茫。小划子轻泛着平静的秋波，我们好像驾着云雾，冉冉的已来到湖滨。上岸时，湖滨已是灯火明耀，我们的灵魂跳出模糊的梦境。虽说这马路上依然是可以漫步无碍，但心情却已变了。回到旅馆吃了晚饭后，我们便商量玩山的计划：上山一定要坐山兜，所以叫了轿班的头老，说定游玩的地点和价目。这本是小问题，但是我们却充分讨论了很久：第一因为山兜的价钱太贵，我同朱女士有些犹疑；可是建同王女士坚持要坐，结果是我们失败了，只得让他们得意扬扬的吩咐轿班第二天早晨七点钟来。

今日是十月九日——正是阴历重九后一日，所以登高的人很多，我们上了山兜，出涌金门，先到净慈观去看浮木井——那是济颠和尚的灵迹。但是在我看来不过一口平凡的井而已，所闻木头浮在当中的话，始终是半信半疑。

出了净慈观又往前走，路渐荒芜，虽然满地不少黄色的野花，半红的枫叶，但那透骨的秋风，唱出飒飒瑟瑟的悲调，不禁使我又悲又喜。像我这样劳碌的生命，居然能够抽出空闲的时间来听秋蝉最后的哀调，看枫叶鲜艳的色彩，领略丹桂清绝的残香，——灵魂绝对的解放，这真是万千之喜。但是再一深念，国家危难，人生如寄，此景此色只是增加人们的哀痛，又不禁悲从中来了……我尽管思绪如麻，而那抬山兜的伕子，不断的向前进行，渐渐的已来到半山之中。这时我从兜子后面往下一看，但见层崖叠壁，山径崎岖，不敢胡思乱想了。捏着一把汗，好容易来到山顶，才吁了一口长气，在一座古庙里歇下了。

同时有一队小学生也兴致勃勃的奔上山来，他们每人手里拿了一包水果一点吃的东西，都在庙堂前面院子里的雕栏上坐着边唱边吃。我们上了楼，坐在回廊上的藤椅上，和尚泡了上好的龙井茶来，又端了一碟瓜子。我们坐在藤椅上，东望西湖，漾着滟滟光波；南望钱塘，孤帆飞逝，激起白沫般的银浪。把四围无限的景色，都收罗眼底。我们正在默然出神的时候，忽听朱女士说道；“适才上山我真吓死了，若果摔下去简直骨头都要碎的，等会儿我情愿走下去。”

“对了，我也是害怕，回头我们两人走下去罢，让她们俩坐轿！”建说。

“好的，”朱女士欣然的说。

我知道建又在使促狭，我不禁望着他好笑。他格外装得活像说道：“真的，我越想越可怕，那样陡削的石级，而且又很滑，万一伕子脚一软那还了得，……”建补充的话和他那种强装正经的神气，只惹得我同王女士笑得流泪。一个四十多岁的和尚，他悄然坐在大殿里，看见我们这一群疯子，不知他作何感想，但见他默默无言只光着眼睛望着前面的山景。也许他也正忍俊不禁，所以只好用他那眼观鼻、鼻观心的苦功罢！我们笑了一阵，喝了两遍茶才又乘山兜下山。朱女士果然实行她步行的计划，但是和她表同情的建，却趁朱女士回头看山景的一刹那，悄悄躲在轿子里去了。

“喂！你怎么又坐上去了？”朱女士说。

“呀！我这时忽然想开了，所以就不怕摔，……并且我还有一首诗奉劝朱女士不要怕，也坐上去罢！”

“到底是诗人，……快些念来我们听听罢！”我打趣他。

“当然，当然，”他说着便高声念道：“坐轿上高山，头后脚在先。请君莫要怕，不会成神仙。”

这首诗又使得我们哄然大笑。但是朱女士却因此一劝，她才不怕摔，又坐上山兜了。中午的时候我们在龙井的前面斋堂里吃了一顿素菜。那个和尚说得一口漂亮的北京话，我因问他是不是北方人。他说：“是的，才从北方游方驻扎此地。”这和尚似乎还文雅，他的庙堂里挂了不少名人的字画，同时他还问我在什么地方读书，我对他说家里蹲大学，他似解似不解的诺诺连声的应着，而建的一口茶已喷了一地。这简直是太大煞风景，我连忙给了他三块钱的香火资，跑下楼去。这时日影已经西斜了，不能再流连风景。不过黄昏的山色特别富丽，彩霞如垂幔般的垂在西方的天际，青翠的岗峦笼罩着一层干绡似的烟雾，新月已从东山冉冉上升，远远如弓形的白堤和明净的西湖都笼在沉沉暮霭中。我们的心灵浸醉于自然的美景里，永远不想回到热闹的城市去。但是轿夫们不懂得我们的心事，只顾奔他们的归程。“唷咿”一声山兜停了下来，我们翱翔着的灵魂，重新被摔到满是陷阱的人间。于是疲乏无聊，一切的情感围困了我们。

晚饭后草草收拾了行装，预备第二天回上海。这秋光中的西湖又成了灵魂上的一点印痕，生命的一页残史了。

可怜被解放的灵魂眼看着它垂头丧气的又进了牢囚。

十一，八日上海

（原刊1932年11月13日《申江日报》副刊《海潮》第9号）

玫瑰的刺

当然一个对于世界看得像剧景般的人，他最大的努力就是怎样使这剧景来得丰富与多变化，想使他安于任何一件事，或一个地方，都有些勉强。我的不安于现在，可说是从娘胎里带来的，而且无时无刻不想把这种个性表现在各种生活上，——我从小就喜欢飘萍浪迹般的生活，无论在什么地方住上半年就觉得发腻，总得想法子换个地方才好，当我中学毕业时虽然还只有十多岁的年龄，而我已开始撇开温和安适的家庭去过那流浪的生活了。记得每次辞别母亲和家人，独自提着简单的行李奔那茫茫的旅途时，她们是那样的觉得惘然惜别，而我呢，满心充塞着接受新刺激的兴奋，同时并存着一肩行李两袖清风，来去飘然的情怀。所以在一年之中我至少总想换一两个地方——除非是万不得已时才不。

但人间究竟太少如意事，我虽然这样喜欢变化，而在过去的三四年中，我为了生活的压迫，曾经俯首帖耳在古城中度过。这三四年的生活，说来太惨，除了吃白粉条，改墨卷，作留声机器以外，没有更新鲜的事了。并且天天如是，月月如是，年年如是。唉！在这种极度的沉闷中，我真耐不住了。于是决心闯开藩篱，打破羁勒，还我天马行空的本色，狭小的人间世界，我不但不留意了，也再不为它的职权所屈伏了。所以在过去的一年中，我是浪迹湖海——看过太平洋的汹涛怒浪，走过繁嚣拥挤的东京，流连过西湖的绿漪清波。这些地方以西湖最合我散荡的脾味，所以毫不勉强的在那里住了七个多月，可惜我还是不能就那样安适下去，就是这七个月中我也曾搬了两次家。

第一次住在湖滨——那里的房屋是上海式的鸽子笼，而一般人或美其名叫洋房。我们初搬到洋房时，站在临湖的窗前，看着湖中的烟波，山上的云霞，曾感到神奇变化的趣味，等到三个月住下来，顿觉得湖山无色，烟波平常，一切一切都只是那样简单沉闷，这个使我立刻想到逃亡。后来花了两天工夫，跑遍沿湖的地方，最终在一条大街的弄堂里，发现了一所颇为幽静的洋房；这地方很使我满意，房前有一片苍翠如玉的桑田，桑田背后漾着一湾流水。这水环绕着几亩禾麦离离的麦畦；在热闹的城市中，竟能物色到这种类似村野的地方：早听鸡鸣，夜闻犬吠，使人不禁有世界外桃源之想。况且进了那所房子的大门，就看见翠森森一片竹林，在微风里摇掩作态；五色缤纷的指甲花，美人蕉，金针菜，和牵牛，木槿都历历落落布满园中；在万花丛里有一条三合土的马路，路旁种了十余株的葡萄，路尽头便是那又宽畅又整洁的回廊。那地方有八间整齐的洋房，绿阴阴的窗纱，映了竹林的青碧，顿觉清凉爽快。这确是我几年来过烦了死板和繁嚣的生活，而想找得的一个休息灵魂的所在。尤其使我高兴的是门额上书着“吾庐”两个字；高人雅士原不敢希冀，但有了正切合我脾味的这个所在，谁管得着是你的“吾庐”，或他的“吾庐”？暂时不妨算是我的“吾庐”，我就暂且隐居在这里，何尝不算幸运呢？

在“吾庐”也仅仅住了一个多月，而在这一个多月中，曾有不少值得记忆的片段，这些片段正像是长在美丽芬芳的玫瑰树上的刺，当然有些使接触到它的人们，感到微微的痛楚呢！

一、捉　贼

当我们初到一个地方——一个陌生的地方，容易感到兴趣，但也最容易感到一种莫明其妙的疑惧，好像对于一个初次见面的朋友，多少总有些猜不透的感想。

当天我们搬到“吾庐”来——天气正是三伏，太阳比火伞还要灼人，大地生物都蒸闷得抬不起头来。我们站在回廊下看那些劳动的朋友们，把东西搬进来，他们真够受，喉咙里想是冒了火，口张着直喘气，额角上的青筋变成红紫色，一根根的隆起来。汗水淋着他们红褐色的脸，他们来往搬运了足足有二十多趟，才算完事。他们走后，我同建又帮着叶妈收拾了大半天，不知不觉已近黄昏了，——这时候天气更蒸闷，云片呆板着纹丝不动，像一个严肃无情的哲人面孔。树木也都静静的立着，便是那最容易被风吹动，发出飒飒声音的竹叶，也都是死一般的沉寂。气压非常低，正像铅块般罩在大地上。这时候真不能再工作，那些搬来的东西虽只是安排了个大体，但谁真也不想再动一下。我们坐在回廊的石栏杆上，挥动大芭蕉叶，但汗依然不干。

吃过晚饭时，天空慢慢发生了变化。不知从那里来了一股不合作的气流，这一冲才冲破了天空的沉闷。一阵风过，竹叶也开始歌唱起来，哗哗飒飒的声响，充满了小小的庭园。忽然一个巨大的响声，从围墙那里发出来，我们连忙跑去看，原来前几天连着下雨，土墙都霉烂了。这时经过大风，便爽性倒塌了。——墙的用处虽然不大，但总强似没有。那么这倒了半边的墙，多少让我们有点窘；墙外面是隔壁农人家里的场院，那里堆了不少的干草，柳荫下还拴着一头耕田的黄牛。“呵，这里多么空旷，今夜要提防窃贼呢！”我看到之后不由对建和自己发出这样的警告。建也有同感，他皱紧眉头说：“也许不要紧，因为这墙外不是大街，只是农人的家，他们都有房产职业，必不致作贼。再说我们也是穷光蛋……不过倘使把厨房里的锅和碗都偷去，也就够麻烦的。”“是呵，我也有点怕。”我说。

“今夜我们留心些睡，明天我去找房东喊他派人来修理好了。”建在思索之后，这样对我说。这事情就这样解决了，大家都安然回到屋子里去。

“新地方总有些不着不落的，”我独自低语着。恰巧一眼又看到窗外黑黝黝的竹林，和院子中低矮而浓密的冬青树，这样幽怪的场所，——陡然使我想到一个眼露凶焰，在暗陬里窥望着我们的贼，正躲藏在那里。“哎呀！”我竟失声的叫了出来。建和同搬来的陈太太都急忙跑来问是见了什么？

我不禁脸红，本来什么都没见，只是心虚疑神疑鬼罢了，但偏像是见了什么。这简直是神经病吗？承认了究竟有点不风光。只好撒谎说是一只猫的影子从我面前闪过，不提防就吓得叫起来了。这算掩饰过了，不过这时更不敢独自个坐在屋里，只往有人的地方钻。

晚上睡觉的时候，也是抱着满肚子鬼胎的，不住把眼往黑漆的角落里望，很怕果真是见到什么。但越怕越要看，而越看也越害怕。最上的方法还是闭上眼，努力的把思想用到别方面去，这才渐渐的睡熟了。

在梦中也免不了梦到小贼和鬼怪一类可怕的东西。

恍惚中似有一只巨大的手，从脑后扑来，撼动我的头部。“糟了！”我喊着。心想这一来恐怕要活不成，我拼命的喊叫“救命！”但口里却发不出声音来，莫非声带已被那只大手掐断了吗？想到这里真想痛哭。隐隐听见有人在叫我的名字，我用力的睁开两眼一看，原来是建慌张的站在我的面前，他的手正撼动着我的头部——这就是我梦中所见到的大手。但时候已是深夜，他为什么不睡却站在这里，而且电灯也不开，我正怀疑着，只听他低声说：

“外面恐怕来了贼！”

“真的吗，你怎么晓得？”我问。

“我听见有人从瓦上走过的声音，像是到我们的厨房里去了。”“呀！原来真有人来偷我们的碗吗？”我自心里这么想着，但我说不出话来。只怔怔的看着建，停了一会儿，他说：

“我到外面看看去。”

“捉贼去吗？这是危险的事，你一个人不行，把陈喊起来吧！”我说。——陈是我们的朋友，他和夫人也住在我们的新居里，他是有枪阶级，这年头枪是好东西，尤其捉贼更要借重他。建很赞同我的提议，然而他有些着慌，本打算打开寝室的门，走过堂屋去找陈，而在慌忙中，门总打不开。窗外的竹林飒飒的只是响，颓墙上的碎瓦片又不住哗哗的往下落，深夜寂静中偏有这些恼人心曲的声响，使我更加怕起来。但为了建的缘故，我只得大着胆子走向门边帮他开门；其实那门很容易开，我微微用力一拧，便行了，不知建为什么总打不开，这使得我们都有些觉得可笑。他走到陈的住房门口敲门，陈由梦中惊醒问道："什么事呀！"

"你快点起来吧！"陈听了这话，便不再问什么，连忙开了房门，同时他把枪放在衣袋里。

"我们到院子里看看去，适才我听见些声响！"建说。

"好，什么东西，敢到这里来捣乱！"陈愤然的说。

陈的马靴走在地板上，震天价响，我听见他们打开堂屋的门走出去了。我两眼望见黑黝黝的窗外不禁怕起来，倘使贼趁他俩到外面去时，他便从前面溜进来，那怎么好？想到这里就打算先把房门关上，但两条腿简直软到举不起。于是我便作出蠢得令人发笑的事情来，我把夹被蒙住头，似乎这样便可以不怕什么了。

担着心，焦急的等待他们回来，时间也许只有五分钟，而我却闷出了一身大汗，直到建进来，我才把头从被里伸出来。

"怎么样，看见贼了吗？"我问。

"没有！"建说。

"你不是说听见有人走路的声音吗？"我问。

"真的，我的确是听见的，也许我们出去时，他就从缺墙那里逃去了！"建说。

"不是你作梦吧？"我有些怀疑，但他更板起面孔，一本正经的说道："没有的话，我明明听见的，我足足听了两三分钟，才叫你醒来的。"

"园子里到处都看过了吗？莫非躲在竹林子里吗？"我说。

"绝对没有，我同陈到处都看过了，竹林里我们看过两次，什么都没有看到，除了一只黑猫！"建说。

“没有就是了！……不然捉住他又怎样对付呢？”我说。

“你真傻，这有什么难办，送到公安局去好了！”建说。

“来偷我们的贼，也就太可怜，我们有什么可偷？偷不到还要被捉到公安局去，不是太冤了吗？”我说。

“世界上只有小贼才是贼，至于大贼偷名偷利，甚至于把国家都偷卖了，那都是人们所崇拜的大人物，公安局的人连正眼都不敢觑他一觑呢！”建说。

“你几时又发明了这样的真理！”

建不禁笑了，我也笑了，捉贼的一幕，就这样下了台。

二、池　旁

这所新房子里，原来还有一个小小的池塘，在竹林的前面的墙角边，今天下午我们才发现了。池塘中的水似乎不深，但用竹篙子试了试以后，才晓得虽不深，也有八九尺，倘若不小心掉下去，也有淹死的可能呢！

沿着池塘的边缘，石缝中，有几只螃蟹在爬着，据叶妈说里面也有三四寸长的小鱼——当她在那里洗衣服时，看见它们在游泳着。这些花园，池塘，竹林，在我们住惯了弄堂房子的人们从来只看见三合土如豆腐干大小的天井的，自然更感到新鲜有生机了。黄昏时我同建便坐在池塘的石凳上闲谈。

正在这时候门口的电铃响了一阵，我跑去开门，进来了两位朋友，一个瘦长脸上面有几点痘瘢的是万先生，另外一位也是瘦长脸，但没有痘瘢，面色比较近褐色的是时先生。

万先生是新近从日本回国，十足的日本人的气派，见了我们便打着日语道“シバテクデシタ”意思是久违了，我们也就像煞有介事的说了一声“イテッシセイ”意思是欢迎他们来，但说过之后，自己觉得有点肉麻，为什么好好的中国人见了中国人，偏要说外国话？平常听见洋学士洋博士们和人谈话，动不动夹上三两句洋文，

便觉得头疼，想不到自己今天也破了例，洋话到底是现代的时髦东西咧！

说到那位时先生虽不曾到过外洋，但究竟也是二十世纪的新青年，因此说话时夹上两三个英文名辞，也是当然的了。

我们请他们也坐在池塘旁的石凳上。

——这时我的思想仍旧跑到说洋话的问题上面去：据我浅薄的经验，我永不曾听见过外国人互相间谈话曾引用句把中文的，为什么我们中国人讲中国话一定要夹上洋文呢？莫非中国文字不足表达彼此间的意思吗？——尤其是洋学士大学生们——当然我也知道他们的程度是强煞一般民众，不过在从前闭关时代，就不见得有一个人懂洋文，那又怎么办呢？就是现在土货到底多过舶来品，然则这些人永远不能互相传达思想了，可是事实又不尽然——难道说，说洋话仅仅是为了学时髦吗？“时髦”这个名辞究竟太误人了，也许有那么一天，学者们竟为了“时髦”废除国语而讲洋文，……那个局面可就糟！简直是人不杀你你自杀，自己往死里钻呵！……

我只呆想着这些问题，倒忘记招呼客人，还是建提醒说：“天气真热，让叶妈剖个西瓜来吃吧？”

我到里面吩咐叶妈拿西瓜，同时又拿了烟来。客人们吸着烟，很悠闲的说东谈西，万先生很欣赏这所房子，他说这里风景清幽，大有乡村味道，很合宜于一个小说家，或一个诗人住的。时先生便插言道：

“很好，这里住的正是一位小说家，和一位诗人！”

我们对于时先生的话，没有谦谢，只是笑了一笑。

万先生却因此想到谈讲的题目，他问我：

“女士近来有什么新创作吗？我很想拜读！”

“天气太热，很难沉住心写东西，大约有一个多月，我不曾提笔写一个字。听说万先生近来很译些东西，是哪一个人的作品？”我这样反问他。

“我最近在译日本女作家林芙美子的《放浪记》[1]，这是一篇哄动日本现代文坛的新著作。”……万先生继续着谈到这一位女作家的生平……

“真的，这位女作家的生活是太丰富了，她当过下女，当过女学生，也当过戏子，并且嫁过几次男人。……我将来想写一篇关于她的生活的文章，一定很有趣味！”

叶妈捧着一大盘子的西瓜来了，万先生暂时截断他的话，大家吃着西瓜，渐渐天色便灰黯起来。建将回廊下的电灯开了，隐隐的灯光穿过竹林，竹叶的碎影，筛在我们的襟袖上，大家更舍不得离开这地方。池塘旁的青蛙也很凑趣，它们断断续续的唱起歌来。万先生又继续他的谈话：

“林芙美子的样子、神气，和不拘的态度都很像你。”他对我这样说。

“真的吗？可惜我在日本的时候没有去看看她，……我觉得一个人的样子和神气都能相像，是太不容易碰到的事情，现在居然有，……我倘使将来有机会再到日本去，一定请你介绍我见见她。……”

“她也很想见你。”万先生说。

“怎么她也想见我？……”我有些怀疑的问他。

“是的，因为我曾经和她谈过你，并且告诉她你在东京，当时她就要我替她介绍，但我在广岛，所以就没有来看你。”

谈话到了这里，似乎应当换个题目了，在大家沉默几分钟之后，我为了有些事情须料理便暂时走开。他们依然在那里谈论着，当我再回到池塘旁时，他们正在低声断续的谈着。

“喂，当心，拥护女权的健将来了！”建对我笑着说。

“你们又在排揎女子什么了？”

“没有什么，我们绝不敢……”时先生含笑说。

---

① 林芙美子（1903—1951），原名宫田芙美子，日本小说家、诗人。著有《放浪记》、《浮云》等。

“哼，没有什么吗？你们掩饰的神色，我很看得出，正像说‘此地无银三十两’，不是辩解，只是口供罢了！”

这话惹得他们全哈哈的笑起来，万先生和时先生竟有些不大好意思，在他们脸上泛了点微笑。

“我们只是讨论女性应当怎样才可爱，”万先生说。

“那为什么不讨论男性应当怎样才可爱呢？”我不平的反驳他们。

“本来也可以这样说，”万先生说。

“不见得吧！你们果真存心这样公平也就不会发生以上的问题了！”我说。

“不过是这样，女性天生是占在被爱的地位上，这实在是女性特有的幸福，并不是我们故意侮辱女性！”时先生说。

“好了，从古到今女子只是个玩物，等于装饰品一类的东西，……这是天意，天意是无论如何要遵从的；不过你们要注意在周公制礼作乐之前，男女确是平等的呢！”

“其实这都不成问题，我们不过说说玩笑罢了！”万先生说。

他们脸上，似乎都有些不自然的表情，我也觉得不好深说下去，无论如何，今天我总是个主人，对于一个客人，多少要存些礼貌。——我们正当辞穷境窘的时候，叶妈总算凑了趣，她来喊我们去吃饭。

三、小小的猜忌

我们的新家，不断的有客来，——最近万先生因为喜欢这里的环境好，他就搬到我们的厢房里住着，使这比较冷静的小家庭顿然热闹起来。每天在午饭后，我们多半齐集在客厅里谈谈笑笑，很有意思，并且时先生也多半要来加入的。

有一天，天色有些阴黯，但仍然闷热，我们都不想工作，万先生虽比我们吃得苦，不管汗怎么流，他还伏在桌旁译他的文章，不过也只写了三五行，便气喘着到客厅里来，人人都有些倦，谈话也不起劲。正在这时，听见铃响，门响，最后是许多细碎的高跟皮鞋走在石子路的声响。我们知道有客来，然而想不起是谁，好奇心驱逐着我，离开沙发走到门口去欢迎。纱门打开后只见时先生领着两位时髦的小姐，走了进来。——这两位小姐都是摩登式的，但一个是带有东方美人的姿态，长发掠得光光的披垂在肩上，身着水绿色镶花边的长旗袍，脚上穿着黑色的带钻花的漆皮鞋，长统肉色丝袜，态度称得起温柔婉媚，只是太富肉感，同时就不免稍嫌笨重。至于那一位呢，面容是比较清瘦，但因为瘦，所以脖颈就特别显长，再穿上中国化的西装，胸部的上端完全露在外面，更使人觉得瘦骨如柴的可怜了，她也是穿的黑皮鞋，肉色长统袜，但是衣服是鲜艳的桃色。时先生呢，还是穿的他那件已经旧了的白色夏布大衫。“究竟女子是被人爱的，”我莫明其妙的又想到这句话，神情呆板的忘却招呼这两位尊贵的来客，而客人竟来和我行握手礼。我有些窘，连忙问好，又请她们坐，仿佛在云端里似的忙乱了一阵。

这两位客人，绝不是初会，所以彼此间谈到别后的情形，竟至滔滔不绝，这一来把万先生和时先生都冷落在一旁，但我觉得他们也还感兴趣，大约这又是两位摩登小姐的魔力了。

天将近黄昏了，西北方的阴云更积得厚起来，两位小姐便站起来告辞，我当然要挽留她们再坐一坐，不过快到夜饭的时候了，家里没有留客吃饭的菜，也不敢着实的留住她们。而万先生和时先生挽留她们的态度就比我诚恳多了。两位小姐就允许明天早些来同我们玩个整天。

客人走后，我们仍旧回到客厅里来。

“你们看这两位小姐够得上几分？建！”万先生说。

“你们说说看，”建不曾具体答复。

“我说那位胖些的芝小姐还不错，可以得个七十五分，菡小姐呢，太瘦了，并且背似乎还有些驼，最多只得六十五分。”时先生这样批评。

“我觉得她们都很平常；大概也只能得这个分数吧！”建沉思后这样说了。

万先生听见他们两人的谈话，似乎有些不平，他很起劲的站起来，走到放在房中间的圆桌旁，倒了一杯茶喝过之后说：

“我的意思和你们两位正相反，我觉得菡小姐比芝小姐好，芝小姐那么胖，只能给人一些肉的刺激。菡小姐却有一种女性的美，眉梢眼角很有些动人处。”

“当然你是情人眼里出西施呀！”时先生似开玩笑似讥讽的说：“你们不晓得万先生对于菡小姐是一见倾心，他屡次在我面前夸奖她呢！”

“这真笑话，我老万何至于那么无聊！”万先生说。

“你何必说那样的撇清话呢，这个年头谁没有一两件浪漫事儿呢？”时先生打趣般的说。

“好了，老时你为什么不说说你自己的浪漫史呵！”万先生报复的说。

“万先生和时先生本来是很好的朋友，你们彼此间的浪漫史，自然谁也不必瞒谁，何妨说出来给我们听听呢？”我说。

“你们不晓得老时从前有许多爱人，就是那位玉小姐他也曾爱过。”万先生说。

“既是有过爱人怎么不爱到底呢？”建问。

“大约玉小姐又有了新欢吧？……这个年头的小姐们真不容易对付，因为恋爱不知害了多少好青年！”万先生说。

“不过恋爱到底是富于活跃的生命的，无论怎么可怕，我还是要爱，只可惜现在没有相当的对象，喂，你们也替我帮帮忙呵！”时先生说。

“你是不是想向芝小姐进攻？”万先生问。

“那也不一定……你呢？……不过你已经有了老婆，当然用不着了。”

“哦，万先生已经结过婚吗？……那真有点不对，前天晚上，你还要我替你介绍一个老婆，我幸喜还没替你进行！……”万先生本来说他需要一个老婆，我以为他还不曾结婚呢，时先生今夜无意中泄漏了他的秘密，我又责问他；自然他大不高兴，但他也不好说什么，只是无精打彩的沉默着。

一个小小猜忌的根芽就在这时候种下了。

第二天我们伴着两位小姐去游湖，划子到岳王庙时，我们上了岸，到附近的杏花村去吃饭。

杏花村是一个很有幽趣的所在，小小的园子里有几座灵巧的亭子，我们就在西南的那一个亭子里坐下。伙计在那铺着白色的台布上安放了象牙箸，银匙，酒杯，随后就端了几盆时鲜的雪藕和板栗来。

在吃栗子的时候，万先生剥了一个送到菡小姐的面前说：“请吃一个！”

“老万又要碰钉子了！”时先生插嘴说。

果然菡小姐将栗子送了回来说：“万先生请自己吃，我们虽是弱者，但剥栗的力量还有。”

“哈哈……”全桌的人都笑了。

万先生真不好意思，由不得迁怒到时先生身上：

“老时你何必专门敲边鼓！”

时先生不说什么，只是笑。万先生也沉默起来，而那两位小姐却高谈阔论得非常起劲。

今夜大家都喝了些酒。时先生格外高兴的同两位小姐攀谈着，只有万先生一声不响的望着湖水出神。

“老万！怎么不说话，莫非见景生情，想到日本的情人吗？”时先生似挑拨般的说。

“真怪事，我老万有没有情人想不想情人，与你老兄有什么关系？何必这样和我过不去！”万先生真有些气愤了。

为了他俩的猜忌，我们也没了兴致。

在回来的路上，建如有所感的对我说：

“女人究竟是祸水，为了一个女人，可以亡国，可以破家，当然也可以毁了彼此间的友谊！何况小小的猜忌！”

四、一阵暴风雨

吃过午饭后建出去看朋友。

万先生、陈太太和我都在客厅里坐着。不久时先生也来了，今天那两位小姐还要来——我们就在这里等候她们。

始终听不见门上的电铃响，时先生和我们都在猜想她们大概不来了。忽然沉默的陈太太叫道：“客人来了！客人来了！”万先生抢先的迎了出去，一个面生的女客提着一个手提箱，气冲冲的走了进来：

“这里有没有一位张先生？”

“有，但是他出去了。”

“什么时候回来？”

“那我们不清楚！……您贵姓？”万先生问她。

“我吗？姓张。”

“是张先生的亲眷吗？从那里来？”

“是的，我从上海来！”

万先生殷勤的递了一杯茶给她，她的眼光四处的溜着神气不善，我有些怀疑她的来路，因悄悄的走了出来，并向万先生和时先生丢了一个眼色。他们很机警，在我走后他们也跟了出来。

“你们看这个女人，是什么路道？”我问。

“来路有点不善，我觉得，……你同张先生很熟，大约总有点猜得出吧！”

张先生是我一个很好的朋友，他最近也搬到此地来住。他是一个好心的人，不过年轻的时候，有些浪漫，我曾听他说，当他在上海读书的时候，曾被一个咖啡店的侍女引诱过，——那时他住在学校附近的一所房子的三层楼上。有一天他到咖啡店里去吃点心，有一个女招待很注意他，——不过那个女招待样子既不漂亮，脸上还有历历落落的痘瘢，这当然不能引起他的好感。吃过点心后他仍回到家里去。

过了一天，他正在房里看书，只见走进一个女子——这突如其来的不速之客当然使他不由得吃惊，不过在他细认之后，就看出那女子正是咖啡店里注意他的侍女。

“哦，贵姓张吗？……请将今天的报借我看看。”

张先生把报递给她，她看过之后，仍旧坐着不动。

当然张先生不能叫她走，便和她谈东说西的说了一阵，直到天黑了她才辞去。

第二天黄昏时，她又来找张先生，她诉说她悲苦的身世，张先生是个热心肠的人，虽不爱她，却不能不同情她没有父母的一个孤苦女儿，——但天知道这是什么运命，这一天夜里，她便住在张先生的房里。

这样容易的便发生关系，张先生不能不怀疑是上了当，因此第三天就赶紧搬到他亲戚家里去了。

几个月之后，那个女子便来找他，在亲戚家里会晤这样一个咖啡店的侍女，究竟不风光，因此他们一同散步到徐家汇那条清静的路上去。

“你知道，我现在已经发觉生理上起了变化。”她说。

“什么生理上起了变化？我不懂你的意思！”但张先生心里也有点着慌，莫非说，就仅仅那夜的接触，便惹了祸吗？……

“怎么你不懂，老实告诉你吧，我已经怀了孕。”

“哦！”张先生怔住了。

“现在我不能回到咖啡店去，我又没有地方住，你得给我想想法子。”她说。

张先生心里不禁怦怦的跳动，可怜，这又算什么事呢？从来就没想和这种女人发生关系，更谈不到和她结婚，就不论彼此的地位，我对她就没有爱，但竟因她的诱引，最后竟得替她负责！……

张先生低头沉思着，一句话也说不出。

“你怎么不响？……我预备明天就搬出咖啡店，你究竟怎么对付我？”

“你不必急，我们去找间房子吧！”

总算房子找到了，把她安置好，又从各处筹了一笔款给了她，张先生便起身到镇江去作事。

两个月以后她来信报告说已经生了一个女孩。

这使张先生有点觉得怪，怎么这么快？不到六个月便生了一个女孩，……但究竟年轻，不懂得孩子到底可否六个月生出？因脸皮薄，又不好对旁人讲。

张先生从镇江回来时曾去看她，并且告诉她将要回到北方的家里去。

“你不能回去，要走也得给我一个保障！”那女子沉思后毅然绝然的说。

“什么保障？”张先生慌忙的问。

“就是我们正式结了婚你再走！”那女子很强硬的要求。

“那无论如何办不到！我已经定过婚。”张先生说。

“定过婚也没有关系，现在的人就是娶两个妻子并不是奇事，而且我已经是这个光景，怎能另嫁别人？”

“无论你的话对不对，我也得回去求得家庭的许可才是！”

“好吧，我也不忍使你为难，不过至少你得写一张婚书给我，不然你是走不得的。”

张先生本已定第二天就走，船票已经买好，想不到竟发生这些纠葛。“好吧！”张先生说：“你一定要我写，我就写一张！”

于是他在一张粗糙的信笺上写了：

“为订婚事，张某与某女士感情尚称融洽，订为婚姻，俟张某在社会上有相当地位时，再正式结婚……”

这么一张不成格式的婚书总算救了张先生的急。

张先生回到北方去后，才晓得那个孩子并不是他的；过了两个月孩子因为生病死了，张先生的责任问题，很自然的解除了。从那时起张先生便和那女子断绝了关系，不知怎么今天她又找了张先生来。……

我同万先生和时先生正谈讲着，那位女客竟毫不客气的，走了进来。

“张先生究竟什么时候回来？”

万先生道：“那说不定，这里是一个姓陈的军官的房子，我们都是客人。……”

“军官吗，军官我也不怕！”那女子神经过敏的愤怒起来。

“哦，我并没有说你怕军官，事实是如此，我只把事实告诉你……你不是找张先生吗？……但这里也不是张先生的房子，他也只是借住的客人！”万先生有些不高兴的说。

那女客没有办法又回到客厅里去，万先生和时先生也跟了进去。

“我从早晨六点钟从上海上车到此刻还没有吃东西，叫娘姨替我买碗面吃。”她说。

“她真越来越不客气，大有家主妇的神气，”万先生自心里想，但不好拒绝她，便喊娘姨来。可是娘姨的眼光是雪亮的，这种奇怪的女客没得主人的命令，她们是不轻易受支配的。

一个新来的湖南娘姨走了进来。

“万先生喊我什么事？”她说。

“你去给买一碗面来，这位女客要吃！”

“我是新来的，不晓得那里有面卖。而且我正哄着小妹妹呢，你叫别个去吧！”她说完头也不回的走了。万先生无故的碰了一个钉子，正在没办法的时候，门口响着马靴的声音，军官陈先生回来了。

这位陈军官是现代的军人，他虽穿着满身戎装，但人却很温文客气。

“好了，陈先生回来了，您有什么事尽可同陈先生说，他是这里的主人……”万先生对那个女子说。

“陈先生您同张先生是朋友吧！”她问。

“不错，我们是朋友。”陈先生说。

“那就好办了，唉，张先生太不漂亮了，为什么躲着不见我！”女子愤然的说。

“女子同张先生也是朋友吗？几时认识的？”陈先生问。

“我们呀也可以说是朋友，但实际上我们的关系要在朋友以上哩！”

“那么究竟是那种关系呢？……怎么我从来没听张先生说过。”

“这个你自己去问张先生，自然会明白的。”

“那且不管他，只是女士找张先生有什么事？……张先生也是初搬到这里暂住，有时他也许不回来，……我看女士无论有什么事告诉我，我可以替你转达，好吧？”

“不，我就在这里等他，今天不回来明天总要回来了！”女子悍然的说。

“但是女士在这里究竟不便当呵。”

“也没有什么不便当，我今夜就在这里坐一夜，再不然就在院子里站一夜也不要紧！”

“女士固然可以这么作，可是我不好这样答应，不但对不起女士，也对不起张先生的。我想女士还是把气放平些，先到旅馆里去，倘使张先生回来了，我叫他去看你，有什么问题你们尽可从长计议，这样不是两得其便吗？”陈先生委婉的说。

“但是我一个孤身女子住旅馆总不便当，而且我们上海也有许多亲戚朋友，说来不好听。”陈先生听见那女子推辞的话，不禁冷笑了一声，正在这时候门外又走进两位女客，正是我们所期待的芝小姐与菡小姐了。她们走进来看了这位面生的女客，大家都怔住不响。

“我想女士还是先到旅馆去吧，一个女子住旅馆并不算希奇的事，你看这两位小姐不也是住在旅馆里吗？”陈先生指着芝小姐和菡小姐说。

“不过她们是两个人呵！”她说。

“住旅馆有什么要紧，我在上海时还不是一个人住旅馆，像我们这种离家在外求学的人，不住旅馆又住在什么地方？没有关系的……”

“是呵，难道说她们两位住得，女士就住不得？……而且我这里还有熟识的旅馆可以送女士去。”

最后女子屈服了：“好吧，我就到旅馆去。”她说。“不过倘张先生不到旅馆来见我，我明天还是要来的。”她说。

“我想张先生再不会不见你的，放心好了！”陈先生说。

陈先生同着这位女客走了，一阵暴风雨也就消散了。

“你们猜要发生什么结果？”菡小姐说。

“不过破费几个钱，把那张婚书拿回来就完，还有什么大不了的事？”万先生说。

“对了，我看她的目的也不过要敲一笔竹杠而已。”

——这小庭园里一切都恢复了原状，正如暴风雨过后的晴天一样恬适清爽。

五、她

这几天我正在期待着一个朋友的来临，果然在一天的黄昏时她来了。

——我们不是初见，但她今夜的风度更使我心醉，一个脸色润泽而体态温柔的少妇，牵着一只西洋种的雄狗，款步走进来时，使我沉入美丽的梦幻里。如钩的新月，推开鱼鳞般的云，下窥人寰，在竹林的罅隙间透出一股清光，竹叶的碎影筛在白色的窗幔上，这一切正是大自然所渲染出最优美的色与光。

我站在回廊的石阶旁边迎接她，我们很亲切的行过握手礼。她说：“我早就想来看你，但这几天我有些伤风，所以没有来。”

那只披着深黄色厚裘的聪明的小狗，这时正跟在它主人的身旁，不住的嗅着。

Coming这是小狗的名字，当它陡然抛开女主人跑向园角的草丛时，女主人便这样的叫唤它。真灵，它果然应声跳着窜着来了。我们就在廊下的藤椅上坐下。

成群的萤火虫，从竹林子里飞出来，像是万点星光，闪过蔚蓝色的太空，青蛙开始在池旁歌唱了。“这里景致真好！”她赞美着。

“以后你来玩，好不？”我说。

“当然很好，只是我不久便打算到北平去！”

“作什么去？……游历吗？”

“也可以算作游历……许多人都夸说北平有一种静穆的美，而且又是中国文化的中心地点，所以我很想到北平去看看，同时我也想在那边读点书。”

“打算进什么学校？”

“我想到艺术学院学漫画。”

“漫画是二十世纪的时髦东西咧！”我说。

“不，我并不是为了时髦才学漫画，我只为了方便经济……你知道像我这样无产阶级的人，学油画无论如何是学不起，……其实我也很爱音乐，但是这些都要有些资本……所以我到如今颇后悔当初走错了路，我不应当学贵族们用来消遣的艺术。”

“你天生是一个爱好艺术，富于艺术趣味的人，为什么不当学艺术？”

“但是一切的艺术都是专为富人的，所以你不能忘记经济的势力。”

“的确这是个很重要的前提。”

我们谈话陡然停顿了，她望着那一片碧森森的翠竹沉思，我的思想也走入了别一个区域。——

真的，我对她有一种莫明其妙的同情与好感，也许是因为把她介绍给我的那一位朋友，给我的印象太好。——那时我还在北平，有一天忽然接到一封挂号信，信的字迹和署名对我都似乎是太陌生，我费很久的思索，才记起来，——是一年前所结识一位姓黎名伯谦的朋友——一个富有艺术趣味的青年，真想不到他此时会给我写信，我在下课的十分钟休息时间中，忙忙把信看了。里面有这样的一段：

“我替你介绍一个同志的好朋友，她对于艺术有十分的修养，并且其人风度潇洒，为近今女界中不多见的人材，倘使你们会了面一定要相见恨晚了，她很景慕北平的文风之盛，也许不久会到北平去。……”

我平生就喜欢风度潇洒的人，怎么能立刻见到她才好，在那时我脑子里便自行构造了一种模型。但是我等了好久，她到底不曾到北平来，暑假时我也离开北平了。

去年冬天，我从日本回来时，住在东亚旅馆里，在一天夜里，有三位朋友来看我，——一个男的两个女的，其中就有一个是我久已渴慕着要见的她。

——一个年轻而风度飘逸的少女，坐在我对面的沙发上，身上穿了一件淡咖啡色西式的大衣，衣领敞开的地方，露出玫瑰红的绸衫，左边的衣襟上，斜插着一朵白玫瑰。在这些色彩调和的衣饰中，衬托着一张微圆的润泽的面孔，一双明亮的眼瞳温和的看着我，……这是怎样使人不易消灭的印象呵，但是我们不曾谈过什么深切的话，不久他们就告辞走了。

春天，我搬到西湖来，在一个温暖的黄昏里，我同建在湖滨散着步，见对面走来一对年轻的男女——细认之后原来正是她同她的爱人，我们匆匆招呼着，已被来来往往的人影把我们隔断了。

从此我们又彼此不通消息，直到一个月以前，她同爱人由南方度过蜜月再回杭州来，我们才第二次正式的会面。他们打算在杭州常住，因此我们便得到时常会面的机会。——

“你预备几时到北平去呢？”在我们彼此沉默很久之后我又这样问她。

"大约在一个星期之后吧。"

"时间不多了，此次分别后又不知什么时候再能聚会……希望你在离开杭州以前再到我这里来一次吧！"

"好，我一定来的，你下半年仍住在杭州吗？这里真是一个好地方，不过太住久了也没有什么意思，到底嫌太平静单调，你觉得怎样？"

"不错，我也就这样的感觉着了。所以我下半年大约要到上海去，同时也是解决我的经济问题！"

"唉，经济问题——这是个太可怕的问题呢，我总算尝够了它的残酷，受够了它的虐待……你大约不明白我过去的生活吧！"

"怎么？你过去的生活……当然我没有听你讲过，但是最近我却听到一些关于你的消息！"

"什么消息？"

"但是我总有些怀疑那情形是真的，……他们说你在和你的爱人结婚以前，曾经和人订过婚！"

"唉，我知道你所听见不仅仅是这一点，其实说这些话的人恐怕也不见得十分明白我的过去，老实说吧，我不但订过婚而且还结过婚呢！"

她坦白的回答，使我有些吃惊，同时还觉得有点对她抱愧，我何尝不是听说她已结过婚，但我竟拿普通女子的心理来揣度她，其实一个女子结了婚，因对方的不满意离了婚再结婚难道说不是正义吗？为什么要避讳——平日自己觉得思想颇彻底，到头来还是这样掩掩遮遮的，多可羞，我不禁红着脸，不敢对她瞧了。

"这些事情，我早想对你讲，——你知道这个世界上，有同情心的人不多呢，尤其像你这样了解我的更少；所以我含辛茹苦的生活只有向你倾吐了。"

实在的，她的态度非常诚恳，但为了我自己的内疚，听了她的话，我更觉忸怩不安起来。我只握紧她的手，含着一包不知什么情绪的眼泪看着她。——这时冷月的清辉正射着她幽静的面容，她把目光注视在一丛纯白的玉簪花上，叹了一口气说：

“在我还是童年的时代，我已经是只有一个弱小的妹子的孤儿了。这时候我同妹妹都寄养在叔父的家里，当我在初小毕业的那一年，我弱小的妹妹，也因为孤苦的哀伤而死于肺病。从此我更是天地间第一个孤零的生命了。但是叔父待我很亲切，使我能继续在高小及中学求学，直到我升入中学三年级的那一年，叔父为了一位父执的介绍将我许婚给一个大学生，——他年轻老实，家里也还有几个钱，这在叔父和堂兄们的眼里当然是一段美满的姻缘。结婚时我仅仅十七岁。但是不幸，我生就是个性顽强的孩子，嫁了这样一个人人说好的夫婿，而偏感到刻骨的苦痛。婚后十几天，我已决心要同他离异，可是说良心话，他待我真好，爱惜我像一只驯柔的小鸟，因此他忽视了我独立的人格。我穿一件衣服，甚至走一步路都要受他的干涉和保护，——确然只是出于爱的一念，这也许是很多女人所愿意的，可是我就深憾碰到了这样一位丈夫。他给了我很大的苦头吃，所以我们蜜月时期还没有完，便实行分居了。分居以后我的叔父和堂兄们曾毫不同情的诘责我；但是那又有什么效果？最后我毅然提出离婚的要求，经过了很久的麻烦，离婚到底成了事实。叔父和堂兄宣告和我脱离关系。唉，这是多么严重的局面！不过‘个性’的威权，助我得了最后的胜利，我甘心开始过无告但是独立的生活。

“我自幼喜欢艺术，那时更想把全生命寄托在艺术上。于是我便提着简单的行装来到杭州艺术大学读书，在这一段艰辛的生活里，我可算是饱受到经济的压迫。我曾经两天不吃饭，有时弄到几个钱也只买一些番薯充充饥。这种不容易挣扎的岁月，我足足挨了两个多月。后来幸喜遇见了那位好心的女教授，她含泪安慰我，并且允许每月津贴我十块钱的生活费，嘱我努力艺术……这总算有了活路。

“那时候我天天作日记，我写我艰辛的生活，写我伤惨的怀抱，直到我和某君结婚后才不写了。前几天我收拾书箱把那日记翻来看了两页，我还禁不住要落泪，只恨我的文字不好，不能拿给世上同病的人看。……”

“不过真的艺术品是用不着人工雕饰的，我想你还是把它发表了吧！”

“不，暂且我不想发表它，因为自始至终都是些悲苦的哀调，那些爱热闹的人们不免要讥责我呢！”

“当然各人的口味不同，一种作品出版后很难博得人人的欢心。不过我以为在这个世界上究竟是欢乐的事情太少，哪一个人的生命史上没有几页暗淡的呢？……将来我希望你能给我看看！”

她没有许可，也不曾拒绝，只是无言的叹了一口气。

那只小狗从老远的草堆中窜了出来，嗅着它主人的手似乎在安慰她。

“我真欢喜这只狗！”她说。

“是的，有的狗很灵……”

“这只狗就像一个聪明的小孩般的惹人爱，它懂得清洁，从来不在房里遗屎撒尿，适才你不是看见它跑到草堆里去吗？那就是去撒尿。……”

“原来这样乖！”

她不住用手抚摸小狗的背。我从来对于这些小生物不生好感，并且我最厌恶是狗，每逢看见外国女人抱着一只大狼狗坐在汽车上我便有些讨厌。但今天为了她，我竟改了平日对狗的态度，好意的摸了它的头部，它真也知趣，两眼雪亮的望着我摆尾。

这时月光已移到院子正中来，时间已经不早了，几只青蛙在墙阴跳踉。她站起身整了整衣服道：

“我回去了，一两天再会吧！”

她的车子还等在门口，我送她上了车便折回来，走到院子里见了那如水的月光、散淡的花影，恍若梦境。

六、一个沉默的人

我们正预备搬家——可是为了那新房子太大我有些胆小，正在踌躇难决的时候，忽听见扶梯旁马靴声橐橐，走上来一位年轻的武装同志。

“从营里来吗？近来忙些什么？”我问。

“也没有什么大不了的事，不过这两天特别糟，到处去找房子，都找不着！”

“找房子作什么？”

“昨天接到我太太的快信，就是这几天以内要到杭州来。”

“那好极了，省得你常常闹寂寞呵！”

“好是好，但嫌太忙了些，一时哪里去找个相当的房子？”

“就是你太太一个人来吗？”

“是的，就是她一个人。”

“那么我们请她住到我们新房子里去好不好？”我问建说。

“也好，”建在思索后说：“不过不知道陈先生赞成不？”

“怎么，你们也要搬家吗？”

“对了，我们打算搬家，因为这地方太闹，简直不能写东西，并且天气热……”

“那么你们房子找到了没有呢？”

“找是找好了，只是房子太多，院子太大，我们单独住，我有些怕，倘使你来那就好了……并且可以借重你的武器壮壮胆！”

陈先生听了我这话，连忙笑道：“只要你们不嫌弃的话，我们就来同住吧！……”

建和我应道：“好，你们就来吧！”

陈先生虽然很年轻，但世故很深，他看见建有些踌躇的情形，他便自动的先把他太太的为人介绍我们。他说：

“我的太太是个中学生，年纪很轻，她顶不喜欢说话，人倒是极老实的。”

“那么是沉默一流的人了，我最喜欢沉默的人，我觉得一个人能够沉默，多少都有些伟大不可及的地方。”

“你太过奖了！她只是不懂得什么的一个小孩子，那里说得到伟大。”

“呃，呃，你也不必过谦吧！……我们还是谈谈房子的问题……”建插言说。

“你们打算几时搬？”

“倘使我们商议妥当了，明后天就可以搬。”

“那么你们就规定后天搬，我的太太明天下午就可以到杭州，我想先住一夜旅馆，后天就到新房子去。”

“何必住旅馆，就一直到这里来，将就住一夜，后天就可以一同搬过去了。”

“那也好，只是又麻烦你们。”

“自家人何必那么客气？”

“好吧，我们就决定这么办吧，现在我还要回到营里去料理些事情，今天晚车到上海去接她，……再会吧！”

“好，再会！明天到了就来吧。”

陈先生匆匆的走了，建忙着整理他自己的书籍，我只怔怔的坐在沙发上，揣想那一位不爱说话的陈太太。

——一个中学生，年纪很轻，并且不爱说话，一定是一个深沉而温柔的人儿。这是多么可爱，以后搬到那幽雅的新房子里一定有许多值得人留恋的生活呢！……我这样想着日色渐渐下沉了，夜里躺在凉榻上时，心里还急切的盼望陈太太的来临。

第二天我一面整理衣服箱子，一面看手上的表已经下午五点钟了，我的心更加慌了，“怎么他们还不来？”我对建说。

“总会来的，你着什么急！”

“不是，我想看看那位陈太太。”

“真奇怪，你为什么那样喜欢看她！”

“没有什么理由，我只喜欢沉默的人。”

“沉默比一切都伟大——这是你的哲学是不是?”建有些和我开玩笑。

“真讨厌，什么哲学不哲学，你专门会讥讽人!”

建同我都不禁笑了。

“砰砰砰砰”后门打得山响。

“喂，来了，叶妈，叶妈快下去开门!”叶妈被我催得发了昏，把茶杯放在床上就忙忙跑下去开门。果然是他们来了，橐橐的马靴声和细碎的高跟皮鞋声间杂着直响到楼梯上，我放下手里的衣服迎到楼门口。陈先生笑嘻嘻的领着他的太太站在我的面前。他对他的太太说这位是“黄先生!”我对面的那位太太一声不响的向我鞠躬。我连忙还礼，请他们里面坐。陈先生在这样的炎热天气里还穿着老布的军装，背上被汗水打湿了一片，他便连忙脱衣服到浴室去洗脸了。陈太太真沉默，她静静的坐在一张藤椅上。

“陈太太才从火车上下来吧?”

“是!”她又不说话了。

“天气很热呢!”

“是!”

我刺刺不休的问东问西，她只应道“是”，别的话再不多说一句，建向我看着笑，我装作看不见，侧转头去，也开始学沉默。不久陈先生从浴室回来了，建便和他计划明天搬家的事情。

吃晚饭了，我请陈太太到下面去，她也只应了一声“哦!”这一来把欢喜说话的我，也变成哑子了。晚饭后天气还是非常热，我请陈太太出去湖滨走走，陈太太依然是沉默的，我们绕着微有波皱的湖水走了大半个圈子。建和陈先生并肩的谈笑着，我同沉默的陈太太跟在后面，还只是沉默着。

晚上的西湖，被浓雾盖住了青山，只见一片黝黑，一片苍茫，在这时候沉默似乎更有意义；我不住揣想沉默的陈太太这时脑子里织些什么剧景，也许她在听大自然的低语，或在看天末的神影……”“到底沉默是伟大的!”我最后自己向自己下了这么个断语。

由湖滨回来时，我对陈太太说：“今天你们很累了，早些休息吧!”

“是!”她还只是一个“是”字回答我。当我们回到房里时，我不禁对建赞叹道:“陈太太真沉默。”建没有说什么，只是淡然一笑，我猜不透他的心事，大概又在笑我犯神经病吧!

第二天我绝早就起来了。八点钟，搬运汽车已经开到，我们忙着搬东西。陈太太站在院子里，依然沉默着，在一切喧嚣杂乱的空气中，我似乎更体会到沉默的意义，也更看重沉默的不平凡。搬到新房子的时候，已经十点多钟了，太阳的凶焰，逼得我头疼周身发软，这时候我真懒得开口，只怔怔的靠在还没有安置好的沙发上。建还没有来，他在料理交代房屋的事情。陈先生营里有公事不能久耽搁，他走后，偌大一所房子只有沉默的陈太太和我留在那里，叶妈还没有来，四境真是同死般的寂静。只有夏蝉拖着喑哑的鸣声穿过竹林，和小麻雀在葡萄架下面吱吱的叫。

中午时，建回来了，他为那些琐碎的事情麻烦得动了肝火，不住的向我唠叨。夏天人们的气分都不大好，我为了他的唠叨也就发起牢骚来。我们高声的谈讲着，而陈太太却默默无言的在收拾她自己的房屋。

搬了新家，有许多朋友不断的来看我们。所以客厅里差不多是每天都坐着客人，大家谈东说西，热闹非常。而陈太太总是默默的坐在沙发上，听那些客人们发狂论。她不答言，也并不露着厌烦，只是沉默的微笑。有时像是在沉思。有时客人来了，她便独自躲到院子里，坐在回廊的椅角上，无言的挥动着芭蕉扇。每天黄昏时，陈先生由营里办公回来，陈太太也只默默的随着陈先生回到房里。有时偶然也听见他俩低声的谈话，但是还是陈先生不断的说，而她只简单的回答。

“这真是一个怪人，我是头一次看到!”建对我说。

“对了，我也觉得她不平常，不过我不知道她的沉默是不是有意义的?”

“你也太神经过敏，世界上哪里有几个伟大的沉默，我看她只是麻木罢了!”

“真是的，你怎么总是这样看不起人?”

“什么看不起人，你只要仔细的观察就明白了!”

“什么！你难道已观察到什么了吗?”

“你看昨天我们都在忙着别的事情，门铃那样响，她站在院子里，动都不动，这不是麻木吗?”建的话果然提醒了我，她的动作有时真像是麻木的。

“不管她，总而言之她是一个沉默的人罢了，至于沉默得是否有意义，那又是另一件事。”

“无意义的沉默就是麻木。”建还是不肯让步。

“算了，我不同你多辩。”

“本来用不着辩。”

我们的话有些不投机，最后我也只有沉默了！……

七、时先生的帽子

我们的客厅，有时很像法国的“沙龙”。常来拜访的客人有著作家，诗人，也有雄辩家，每天三四点钟的时候，总可以听见门上的电铃断续的响着。在这样的响声中，走进各式各类的客人，带着各式各类的情感同消息。——炎夏不宜于工作，有了这些破除沉闷空气的来宾总算不坏。

这一天恰巧是星期日，那么来的人就更多了。因为陈先生的缘故，也很有几个雄纠纠的武装同志光临。他们虽不谈文艺，但很有几个现代的军人，颇能欣赏文艺；这一来，谈话的趣味更浓厚了。

“我很想写一篇军人的生活，”我说。

“啊，说到军人的生活，真是又紧张又丰富的。我也觉得很有写的价值，只可惜我们没有艺术的训练!”一位高身材的上校说。

“喂，你们军队里收不收女兵?”我问。

“怎么？你想从军吗？……不过你的体格不够……前些日子有一位女同志曾再三要求到军队里来，最初当然不能通过；后来经过多方面的商榷，才允许让她来检察体格，但结果是失败了。而且她的身体真不坏，个子比你高得多呢！可是和男子比起来还是不行!”另一位脸上微有痘瘢的中尉说。

“这样看来，我是没有希望写军队生活一类的小说了。”我很扫兴的说。

“我看也不尽然，当兵你固然没有希望，但作看护妇是可以的。”陈先生说。

“好，将来你去打仗的时候，就收我作看护队队员吧!”

“你何必一定要写军队生活……我看你就替我的帽子作一篇小传吧!”时先生忽然举起他的陈旧的草帽向我笑着说。

“怎么，你的帽子有什么样历史吗?”

“唉，你们作文学的人，难道还观察不出我这帽子有点特别吗?”我听了这话，不禁把时先生的帽子拿来仔细的看了又看——帽子是细草编就的，花纹是四棱形，没有什么出奇处，但是颜色有些近于古铜，很明显的告诉我，这帽子所经过风吹日晒的日子至少在五年以上，再翻过帽子里来看，那就更不得了，黝黑的垢腻，把白色的布质完全掩盖住。

“呵，你从那个古物陈列所里买得这顶帽子?”我说。

“哈，哈，哈，哈，”时先生大笑道：“那也不至于就成了古物吧？你们文学家真会虚张声势；老实说吧，这帽子在我头上盘旋的时候，不多不少，整整六个年头。”

“你真太经济，一顶草帽竟戴上六个年头!”建说。

“不，我并不是经济，只是这顶帽子曾经伴着我，经过最甜和最苦的日子，所以我不忍弃了它。”

“哦，原来如此，那么请你的帽子说说它的汗马功劳吧!”我说。

“好吧，我来替它说，可是有一个条件：我说完你一定要替我写一写。”

“那也要看值不值写！”

“密司黄你就答应他，我晓得那里面一定有一段有趣的浪漫史，……”陈先生含笑说。

“既然如此我就答应你。……请你开始述说吧！”

那几位武装同志，都挺直着身子坐在旁边笑眯眯的等待时先生的陈述：

“自从我被命定成了一顶帽子，我就被陈列在上海大马路的一家铺子的玻璃橱里。在我的四周有很多的同伴，它们个个都争奇斗艳的在引诱过往的游人。果然有西装少年，长衫阔少，都停住脚，有的对它们看一看，便走开了。有的摸一摸也就放下了。有的像是对它们亲切些，把它们拿下来摸着看着最后放在头上试了试，但很少能终得人们的欢心，最后依然把它们放在橱里，毫不留恋的去了。我看了这个情形心里很悲哀，不知哪一天才有好主顾呢？正在这时候，只见从外面走进一个身穿夏布大褂的青年来，他站在橱旁把所有的同伴看了又看，试了又试，最后他竟看上了我，他欣然的把我戴在头上，从此我便跟着这位青年去了。

“第一次他把我带到他的家里，放在他的书桌上，他拿起一根香烟，燃了自来火吸着，他像是在沉思什么，不久他便拿出一张美丽的绿色信笺写了一封信给他的女友琼。他约她今晚在夏令配克看电影[①]。我晓得今天晚上该我出风头了，我不禁喜欢的跳了起来，不小心几乎掉在地上，幸喜我的主人把我挡住，我才得安然无恙的伏在桌上。

“晚饭后我的主人一切都料理停当——皮鞋擦得雪亮，衣服穿得整整齐齐，又对着镜把头发梳了又梳，然后把我戴在头上，意气扬扬的出门去了。

① 夏令配克：上海早期的一家戏院，由西班牙商人雷玛斯所建，后改名新华电影院。

“到电影场时他买了两张头等的入场券，看看时间还早，他便不忙到里面去，只在门口徘徊着。九点钟到了，来看电影人的接连不断往里走，但还没有看见那位琼女士的仙踪。眼看场里的电灯全熄了，那位琼女士才姗姗的来了。他们在电影场虽然没有谈说什么，可是我也知道主人很爱这位琼女士，因为主人常常侧转头向琼女士好意的注视着。从这一次后，我常常同着主人会琼女士在公园里、电影场，有时也在大菜间里。

“不久秋天到了，一阵阵的凉风吹着，主人便对我起了憎嫌，暂且把我放在帽盒里。在我们分别的一段时间中，我不能知道主人又经过些什么变化。

“第二年的夏天来时，我又恢复了和主人的亲切关系，但是主人那时候似乎遇见了什么不幸的事，他总不大出门，只在书房里呆坐着，有时还听见他低声的叹息。唉！究竟为了什么呢？我真怀疑，便整天守着他，打算探出他的秘密。有一天夜里，全家的人都睡了。只有主人对着窗外的月儿出神。后来他从屉子里拿出一张红色的片子来。……

某月某日某君和琼女士结婚。

“‘呵，这就是了！’我不禁独自低语着：‘怪不得主人那样不高兴呢，原来那位美丽的琼女士竟被别人占有了。’这时主人看着片子，竟至滴下泪来。多可怜那失恋的人儿。

“过了几天我看见主人收拾了书籍衣物，像是要长行的神气。‘到那里去呢?’我怀疑着：‘为什么要离开自己的家乡呢?’可怜的主人近来更忧郁更憔悴了。

“在一天东方才有些发亮的时候，主人就起来，坐在什物杂乱的书案旁，在一张白色的信笺上写道：

‘唉！我走了，走到天之涯地之角去，琼既然是不能给我幸福，我在这里只增加苦恼，反不如远去的好。幸福往往只给走运的人，我呢！正是爱情上失败的俘虏。……’

“主人写了这张不知给什么人的信，他将信压在砚石下就匆匆拿着简单的行李走了。从此我同着主人过飘流的生活，在南洋的小岛上整整住了三年，主人似乎把从前的伤心事渐渐淡忘了，今年便又回到这里……”

时先生陈述到这里便停住了，所有在坐的人们不禁望望时先生憔悴的面靥，同时也看看那顶值得留存的帽子，大家的心灵上，都微微觉得曾闪过一道黯淡的火花。

夜深了，这时来宾全兴尽告辞，时先生也怅然的拿着他的帽子，穿过那条长甬道去了。……

（原刊1933年3月中华书局版《玫瑰的刺》）

最后的命运

突如其来的怅惘，不知何时潜踪，来到她的心房。她默默无语，她凄凄似悲。那时正是微雨晴后，斜阳正艳，葡萄叶上滚着圆珠，荼靡花儿含着余泪，凉飔呜咽正苦，好似和她表深刻的同情！

碧草舒齐的铺着，松荫沉沉的覆着；她含羞凝眸，望着他低声说："这就是最后的命运吗？"他看看她微笑道："这命运不好吗？"她沉默不答。

松涛慷慨激烈的唱着，似祝她和他婚事的成功。

这深刻的印象，永远留在她和他的脑里，有时变成温柔的安琪儿，安慰她干枯的生命；有时变成幽闷的微菌，满布在她的血管里，使她怅惘！使她烦闷！

她想：人们驾着一叶扁舟，来到世上，东边漂泊，西边流荡，没有着落固然是苦，但有了结束，也何尝不感到平庸的无聊呢？

爱情如幻灯，远望时光华灿烂，使人沉醉，使人迷恋。一旦着迷，便觉味同嚼蜡，但是她不解，当他求婚时，为什么不由得就答应了他呢？她深憾自己的情弱，易动！回想到独立苍冥的晨光里，东望滔滔江流，觉得此心赤裸裸毫无牵扯。呵！这是如何的壮美呵！

现在呢！柔韧的密网缠着，如饮醇醪，沉醉着，迷惘着！上帝呵！这便是人们最后的命运吗？

她凄楚着，沉思着，不觉得把雨后的美景轻轻放过，黄昏的灰色幕，罩住世界的万有，一切都消沉在寂寞里，她不久就被睡魔引入胜境了！

（原刊 1923 年 6 月 1 日《晨报副刊·文学旬刊》第 1 号）

月夜孤舟

发发弗弗的飘风，午后吹得更起劲，游人都带着倦意寻觅归程。马路上人迹寥落，但黄昏时风已渐息，柳枝轻轻款摆，翠碧的景山巅上，斜辉散霞，紫罗兰的云幔，横铺在西方的天际。他们在松荫下，迈上轻舟，慢摇兰桨，荡向碧玉似的河心去。

全船的人都悄默地看远山群岫，轻吐云烟，听舟底的细水潺湲，渐渐的四境包溶于模糊的轮廓里，远景地更清幽了。

他们的小舟，沿着河岸慢慢地前进。这时淡蓝的云幕上，满缀着金星，皎月盈盈下窥，河上没有第二只游船，只剩下他们那一叶的孤舟，吻着碧流，悄悄地前进。

这孤舟上的人们——有寻春的骄子，有飘泊的归客，在咿呀的桨声中，夹杂着欢情的低吟和凄意的叹息。把舵的阮君在清辉下，辨认着孤舟的方向，森帮着摇桨，这时他们的确负有伟大的使命，可以使人们得到安全，也可以使人们沉溺于死的深渊。森努力拨开牵绊的水藻，舟已到河心。这时月白光清，银波雪浪动了沙的豪兴，她扣着船舷唱道：

十里银河堆雪浪，
四顾何茫茫？
这一叶孤舟轻荡，
荡向那天河深处；
只恐玉宇琼楼高处不胜寒！
…………
我欲叩苍穹，

问何处是隔绝人天的离恨宫?
奈雾锁云封!
奈雾锁云封!
绵绵恨……几时终!

这凄凉的歌声使独坐船尾的颦黯然了，她呆望天涯，悄数陨堕的生命之花；而今呵，不敢对冷月逼视，不敢向苍天伸诉。这深抑的幽怨，使得她低默饮泣。

自然，在这展布无底缺限的人间，谁曾看见过不谢的好花？只要在静默中掀起心幕，摧毁和焚炙的伤痕斑斑可认。这时全船的人，都觉灵弦凄紧，虞斜倚船舷，仿佛万千愁恨，都要向清流洗涤，都要向河底深埋。

天真的丽，他神经更脆弱，他凝视着含泪的颦，狂痴的沙，仿佛将有不可思议的暴风雨来临，要摧毁世间的一切：尤其要捣碎雨后憔悴的梨花，他颤抖着稚弱的心，他发愁，他叹息，这时的四境实在太凄凉了！

沙呢，她原是飘泊的归客，并且归来后依旧飘泊，她对着这凉云淡雾中的月影波光，只觉幽怨凄楚，她几次问青天，但苍天冥冥依旧无言！这孤舟夜泛，这冷月只影，都似曾相识——但细听没有灵隐深处的钟磬声，细认也没有雷峰塔痕，在她毁灭而不曾毁灭尽的生命中，这的确是一个深深的伤痕。

八年前的一个月夜，是她悄送掉童心的纯洁，接受人间的绮情柔意，她和青在月影下，双影厮并，她那时如依人的小鸟，如迷醉的酴醾，她傲视冷月，她窃笑行云。

但今夜呵！一样的月影波光，然而她和青已隔绝人天，让月儿蹂躏这寞落的心。她扎挣残喘，要向月姊问青的消息，但月姊只是阴森的惨笑，只是傲然的凌视，——指示她的孤独。唉！她在将凄音冲破行云，枉将哀调深渗海底，——天意永远是不可思议！

沙低声默泣，全船的人都罩在绮丽的哀愁中。这时船已穿过玉桥，两岸灯光，映射波中，似乎万蛇舞动，金彩飞腾。沙凄然道：

“这到底是梦境，还是人间?”

簟道：“人间便是梦境，何必问哪一件是梦，哪一件非梦!”

“呵！人间便是梦境，但不幸的人类，为什么永远没有快活的梦，……这惨愁，为什么没有焚化的可能?”

大家都默然无言，只有阮君依然努力把舵，森不住地摇桨，这船又从河心荡向河岸，“夜深了，归去罢!”森仿佛有些倦了，于是将船儿泊在岸旁，他们都离开这美妙的月影波光，在黑夜中摸索他们的归程。

月儿斜倚翡翠云屏，柳丝细拂这归去的人们，——这月夜孤舟又是一番梦痕!

（原刊1927年5月24日《蔷薇周刊》第2卷第26期）

生命的光荣

——叩苍从狱中寄来的信

这阴森惨凄的四壁，只有一线的亮光，闪烁在这可怕的所在。暗陬里仿佛狞鬼睁视，但是朋友！我诚实的说吧，这并不是森罗殿，也不是九幽十八层地狱，这原来正是覆在光天化日下的人间哟！

你应当记得那一天黄昏里，世界逞一种异样的淆乱，空气中埋伏着无限的恐惧，我们正从十字街头走过。虽然西方的彩霞，依然罩在滴翠的山巅，但是这城市里是另外包裹在黑幕中，所蓄藏的危机时时使我们震惊。后来我们看见槐树上，挂着血淋淋的人头，峰如同失了神似“哎哟”一声，用双手掩着两眼，忙忙跑开。回来之后，大家的心魂都仿佛不曾归窍似的。过了很久峰才舒了一口气，凄然叹道：“为什么世界永远的如是惨淡？命运总是如饿虎般，张口向人间搏噬!?”自然啦，峰当时可算是悲愤极了。不过朋友你知道吧！不幸的我，一向深抑的火焰，几乎悄悄焚毁了我的心，那时我不由的要向天发誓，我暗暗咒诅道：“天！这纵使是上苍的安排，我必以人力挽回，我要扫除毒氛恶气，我要向猛虎决斗，我要向一切的强权抗衡……”这种的决心我虽不曾明白告诉你们，但是朋友只要你曾留意，你应当看见我眼内爆烈的火星。

后来你们都走了，我独自站在院子里，只见宇宙间充满了冷月寒光，四境如死的静默，我独自厮守着孤影。我曾怀疑我生命的荣光，在这世界上，我不是巍峨的高山，也不是湛荡的碧海，我真微小：微小如同阴沟里的萤虫，又仿佛冢间闪荡的鬼火，有时虽也照见芦根下横行跋扈的螃蟹，但我无力使这霸道的足迹，不在人间践踏。

朋友！我独立凄光下，由寂静中，我体验出我全身血液的滚沸，我听见心田内起了爆火。我深自惊讶，呵！朋友！我永远不能忘记，那一天在马路上所看见的惨剧，你应也深深的记得：

那天似乎怒风早已诏示人们，不久将有可怕的惨剧出现。我们正在某公司的楼上，向那热闹繁华的马路瞭望，忽见许多青年人，手拿白旗向这边进行。忽然间人声鼎沸如同怒潮拍岸，又像是突然来了千军万马。这一阵紊乱，真不免疑心是天心震怒。我们正摸不着头脑的时候，忽听霹拍一阵连珠炮响。呵，完了！完了！火光四射，赤血横流。几分钟之后，人们有的发狂似的掩面而逃，有的失神发怔。等到马路上人众散尽，唉！朋友！谁想到这半点钟以前，车水马龙的大马路，竟成了新战场！愁云四裹，冷风凄凄，魂凝魄结，鬼影憧憧，不但行人避路，飞鸦也不敢停留，几声哑哑飞向天阊高处去了。

朋友！我恨呵！我怒呵！当时我不住用脚跺那楼板，但是有什么用处，只不过让那些没有同情的人类，将我推搡下楼。我是弱者，我只得含着眼泪回家，我到了屋里，伏枕放量痛哭。我哭那锦绣河山，污溅了凌践的血腥，我哭那皇皇中华民族，被虎噬狼吞的奇辱，更哭那睡梦沉酣的顽狮，白有好皮囊，原来是百般撩拨，不受影响。唉！天呵！我要叩穹苍，我要到碧海，虔诚的求乞醒魂汤。

可怜我走遍了荒漠，经过崎岖的山峦，涉过汹涌的碧海，我尚未曾找到醒魂汤，却惹恼了为虎作伥的厉鬼，将我捉住，加我以造反的罪名，于是我从料峭山巅，陨落在这所谓人间的人间。

朋友！在我的生命史上，我很可以骄傲，我领略过玉软香温的迷魂窟的生活，我品过游山逛海的道人生活……现在我要深深尝尝这囚牢的滋味，所以我被逮捕的时候，我并不诅咒，做了世间的人，岂可不遍尝世间的滋味？……当我走进刚足容身的牢里的时候，我曾酣畅的微笑着。呵！朋友，这自然会使你们怀疑，坐监牢还值得这样的夸耀？但是朋友！你如果相信我，我将坦白地告诉你说，世界最苦痛的事情，并不是身体的入牢狱，只是不能舒展的心狱。这话太微妙了；但是朋友！只要你肯稍微沉默地想一想，你当能相信我不是骗你呢。

这屋子虽然很小，但他不能拘虚我心，不想到天边，不想到海角，我依然是自由。朋友你明白吗？我的心非常轻松，没有什么铅般的压迫，有，只是那么沥尽的热血在蒸沸。

今天我伏在木板上，似忧似醉的当儿，我的确把世界的整个体验了一遍。哎！我真像是不流的死沟水，永远不动的，伏在那里，不但肮脏，而且是太有限了。我不由得自己倒抽了一口气，但是我感谢上帝，在我死的以前，已经觉悟了。即使我的寿命极短促，然而不要紧，我用我纯挚的热血为利器，我要使我的死沟流，与荡荡的大海洋相通，那么我便可成为永久的，除非海枯石烂了，我永远是万顷中的一滴。朋友！牢狱并不很坏，它足以陶熔精金。

昨夜风和雨，不住地敲打这铁窗，也许有许多的罪囚，要更觉得环境的难堪；但我却只有感谢，在铁窗风雨下，我明白什么是生命的光荣。

按罪名我或不至于死，不过从进来时，审问过一次后，至今还没有消息。今早峰替我送来书和纸笔，真使我感激，我现在不恐惧，也不发愁。虽然想起兰为我担惊受怕，有点难过，但是再一想"英雄的忍情，便是多情"的一句话，我微笑了，从内心里微笑了。兰真算知道我，我对她只有膜拜，如同膜拜纯洁圣灵的女神一般。不过还请你好好地安慰她吧！倘然我真要到断头台的时候，只要她的眼泪滴在我的热血上，我便一切满足了。至于儿女情态，不是我辈分内事……我并不急于出狱，我虽然很愿意看见整个的天，而这小小的空隙已足我游彻了。

我四周围的犯人很多，每到夜静更深的时候，有低默的呜咽，有浩然的长叹，我相信在那些人里，总有多一半是不愿犯罪，而终于犯罪的。哎！自然啦，这种社会底下，谁是叛徒，谁是英雄，真有点难说吧！况且设就的天罗地网，怎怪得弱者的陷落。朋友！在这种情形之下，我们该做什么？让世界永远埋在阴惨的地狱里吗？让虎豹永远的猖獗吗？朋友呵！如果这种恐慌不去掉，我们情愿地球整个的毁灭，到那时候一切死寂了，便没有心焰的火灾，也没有凌迟的恐慌和苦痛。但是朋友要注意，我们是无权利存亡地球的，我们难道就甘心做刍狗吗？唉！我简直不知道要说什么哟。

我在这狭逼囚室里，几次让热血之海沉没了。朋友呵！我最后只有祷祝，只要恳求，青年的朋友们，认清生命的光荣……

（收入1928年1月北平古城书社初版《曼丽》）

夜的奇迹

宇宙僵卧在夜的暗影之下，我悄悄的逃到这黑黑的林丛，——群星无言，孤月沉默，只有山隙中的流泉潺潺溅溅的悲鸣，仿佛孤独的夜莺在哀泣。

山巅古寺危立在白云间，刺心的钟磬，断续的穿过寒林，我如受弹伤的猛虎，奋力的跃起，由山麓窜到山巅。我追寻完整的生命，我追寻自由的灵魂，但是夜的暗影，如厚幔般围裹住，一切都显示着不可挽救的悲哀。吁！我何爱惜这被苦难剥蚀将尽的尸骸，我发狂似的奔回林丛，脱去身上血迹斑斓的征衣，我向群星忏侮。我向悲涛哭诉！

这时流云停止了前进，群星忘记了闪烁，山泉也住了呜咽，一切一切都沉入死寂！

我绕过丛林，不期来到碧海之滨，呵！神秘的宇宙，在这里我发现了夜的奇迹！

黑黑的夜幔轻轻的拉开，群星吐着清幽的亮光，孤月也踯躅于云间，白色的海浪吻着翡翠的岛屿，五彩缤纷的花丛中隐约见美丽的仙女在歌舞，她们显示着生命的活跃与神妙！

我惊奇，我迷惘，夜的暗影下，何来如此的奇迹！

我怔立海滨，注视那岛屿上的美景，忽然从海里涌起一股凶浪，将岛屿全个淹没，一切一切又都沉入在死寂！

我依然回到黝黑的林丛，——群星无言，孤月沉默，只有山隙中的流泉潺潺溅溅的悲鸣，仿佛孤独的夜莺在哀泣。

吁！宇宙布满了罗网，任我百般挣扎，努力的追寻，而完整的生命只如昙花一现，最后依然消逝于恶浪，埋葬于尘海之心。自由的灵魂，永远是夜的奇迹！——在色相的人间，只有污秽与残酷，吁！我何爱惜这被苦难剥蚀将尽的尸骸——总有一天，我将焚毁于我自己郁怒的灵焰，抛这不值一钱的脓血之躯，因此而释放我可怜的灵魂！

这时我将摘下北斗，抛向阴霾满布的尘海。

我将永远歌颂这夜的奇迹！

（原刊1929年《华严》月刊第1卷第1期）

星　夜

在璀灿的明灯下，华筵间，我只有悄悄的逃逝了，逃逝到无灯光，无月彩的天幕下。丛林危立如鬼影，星光闪烁如幽萤，不必伤繁华如梦，——只这一天寒星，这一地冷雾，已使我万念成灰，心事如冰！

唉?！天！运命之神！我深知道我应受的摆布和颠连，我具有的是夜莺的眼，不断的在密菁中寻觅，我看见幽灵的狞羡，我看见黑暗中的灵光！

唉！天！运命之神！我深知道我应受的摆布与颠连，我具有的是杜鹃的舌，不断的哀啼于花荫。枝不残，血不干，这艰辛的旅途便不曾走完！

唉！天！运命之神！我深知道我应受的摆布与颠连，我具有的是深刻惨凄的心情，不断的追求伤毁者的呻吟与悲哭——这便是我生命的燃料，虽因此而灵毁成灰，亦无所怨！

唉！天！运命之神！我深知道我应受的摆布与颠连，我具有的是血迹狼藉的心和身，纵使有一天血化成青烟。这既往的鳞伤，料也难掩埋！咳！因之我不能慰人以柔情，更不能予人以幸福，只有这辛辣的心锥时时刺醒人们绮丽的春梦，将一天欢爱变成永世的咒诅！自然这也许是不可避免的报复！

在璀灿的明灯下，华筵间，我只有悄悄逃逝了！逃逝到无灯光，无月彩的天幕下。丛林无光如鬼影，星光闪烁如幽萤，我徘徊黑暗中，我踯躅星夜下，我恍如亡命者，我恍如逃囚，暂时脱下铁锁和镣铐。不必伤繁华如梦——只这一天寒星，这一地冷雾，已使我万念成灰，心事如冰！

（原刊1929年《华严》月刊第1卷第2期）

美丽的姑娘

他捧着女王的花冠，向人间寻觅你——美丽的姑娘！

他如深夜被约的情郎，悄悄躲在云幔之后，觑视着堂前的华烛高烧，欢宴将散。红莓似的醉颜，朗星般的双眸，左右流盼。但是，那些都是伤害青春的女魔，不是他所要寻觅的你——美丽的姑娘！

他如一个流浪的歌者，手拿着铜钹铁板，来到三街六巷，慢慢的唱着醉人心魄的曲调，那正是他的诡计，他想利用这迷醉的歌声寻觅你，他从早唱到夜，惊动多少娇媚的女郎。她们如中了邪魔般，将他围困在街心，但是那些都是粉饰青春的野蔷薇，不是他所要寻觅的你——美丽的姑娘！

他如一个隐姓埋名的侠客，他披着白羽织成的英雄氅，腰间挂着莫邪宝剑；他骑着嘶风啮雪的神驹，在一天的黄昏里，来到这古道荒林。四壁的山色青青，曲折的流泉冲激着沙石，发出悲壮的音韵，茅屋顶上萦绕着淡淡的炊烟和行云。他立马于万山巅。

陡然看见你独立于群山前，——披着红色的轻衫，散着满头发光的丝发，注视着遥远的青天，噢！你象征了神秘的宇宙，你美化了人间。——美丽的姑娘！

他将女王的花冠扯碎了，他将腰间的宝剑，划开胸膛，他掏出赤血淋漓的心，拜献于你的足前。只有这宝贵的礼物，可以献纳。支配宇宙的女神，我所要寻觅的你——美丽的姑娘！

那女王的花冠，它永远被丢弃于人间！

（原刊1929年《华严》月刊第1卷第2期）

春的警钟

不知哪一夜，东风逃出它美丽的皇宫，独驾祥云，在夜的暗影下，窥伺人间。

那时宇宙的一切正偃息于冷凝之中，东风展开它的翅儿向人间轻轻扇动，圣洁的冰凌化成柔波，平静的湖水唱出潺溅的恋歌！

不知哪一夜，花神离开了她庄严的宝座，独驾祥云，在夜的暗影下，窥伺人间。

那时宇宙的一切正抱着冷凝枯萎的悲伤，花神用她挽回春光的手段，剪裁绫罗，将宇宙装饰得嫣红柔绿，胜似天上宫阙，她悄立万花丛中，赞叹这失而复得的青春！

不知哪一夜，司钟的女神，悄悄的来到人间！

那时人们正饮罢毒酒，沉醉于生之梦中，她站在白云端里敲响了春的警钟。这些迷惘的灵魂，都从梦里惊醒，呆立于尘海之心，——风正跳舞，花正含笑，然而人类却失去了青春！

他们的心已被冰凌刺穿，他们的血已积成了巨澜，时时鼓起腥风吹向人间！

但是司钟的女神，仍不住声的敲响她的警钟，并且高叫道：

“青春！青春！你们要捉住你们的青春！

它有美丽的翅儿，善于逃遁，

在你们踌躇的时候，它已逃去无踪！

青春！青春！你们要捉住你们的青春！”

世界受了这样的警告，人心撩乱到无法医治。

然而，不知哪一夜，东风已经逃回它美丽的皇宫。

不知哪一夜，花神也躲避了悲惨的人间！

不知哪一夜，司钟的女神，也不再敲响她的警钟！

青春已成不可挽回的运命，宇宙从此归复于萧杀沉闷！

（原刊1929年《华严》月刊第1卷第4期）

秋　声

我曾酣睡于温柔芬芳的花心，周围环绕着旖旎的花魂，和美丽的梦影；我曾翱翔于星月之宫，我歌唱生命的神秘，那时候正是芳草如茵，人醉青春！

不知几何年月，我为游戏来到人间，我想在这里创造更美丽的梦境，更和谐的人生。谁知不幸，我走的是崎岖的路程，那里没有花没有树，只有墙颓瓦碎的古老禅林，一切法相，也只剩了剥蚀的残身！

我踯躅于憧憧的鬼影之中，眷怀着绮丽的旧梦，忽然吹来一阵歌声，嘹栗而凄清，它似一把神秘的钥匙，掘起我心深处的伤痛。

我如荒山的一颗陨星，从前是有着可贵的光耀，而今已消失无踪！

我如深秋里的一片枯叶，从前虽有着可爱的青葱，而今只飘零随风！

可怕的秋声！世间竟有幸福的人，他们正期望着你的来临，但，请你千万莫向寒窗悲吟，那里面正昏睡着被苦难压迫的病人，他的一切都埋没于华年的匆匆，而今是更荷着一切的悲愁，正奔赴那死的途程。这阵阵的悲吟怕要唤起他葬埋了的心魂，徘徊于哀伤的荒冢！

呵！秋声！你吹破青春的忧境，你唤醒长埋的心魂——这原是运命的播弄，我何敢怒你的残忍！

（原刊 1929 年《华严》月刊第 1 卷第 6 期）

夏的歌颂

出汗不见得是很坏的生活吧，全身感到一种特别的轻松。尤其是出了汗去洗澡，更有无穷的舒畅，仅仅为了这一点，我也要歌颂夏天。

其久被压迫，而要挣扎过——而且要很坦然的过去，这也不是毫无意义的生活吧，——春天是使人柔困，四肢瘫软，好像受了酒精的毒，再无法振作；秋天呢，又太高爽，轻松使人忘记了世界上有骆驼——说到骆驼，谁也不忘了它那高峰凹谷之间的重载，和那慢腾腾，不尤不怨的往前走的姿势吧！冬天虽然是风雪严厉，但头脑尚不受压扎。只有夏天，它是无隙不入的压迫你，你每一个毛孔，每一根神经，都受着重大的压扎；同时还有臭虫蚊子苍蝇助虐的四面夹攻，这种极度紧张的夏日生活，正是训练人类变成更坚强而有力量的生物。因此我又不得不歌颂夏天！

二十世纪的人类，正度着夏天的生活——纵然有少数阶级，他们是超越天然，而过着四季如春享乐的生活，但这太暂时了，时代的轮子，不久就要把这特殊的阶级碎为齑粉，——夏天的生活是极度紧张而严重，人类必要努力的挣扎过，尤其是我们中国不论士农工商军，哪一个不是喘着气，出着汗，与紧张压迫的生活拚命呢？脆弱的人群中，也许有诅咒，但我却以为只有虔敬的承受，我们尽量的出汗，我们尽量的发泄我们生命之力，最后我们的汗液，便是甘霖的源泉，这炎威逼人的夏天，将被这无尽的甘霖所毁灭，世界变成清明爽朗。

夏天是人类生活中，最雄伟壮烈的一个阶段，因此，我永远的歌颂它。

（原刊1933年8月2日《时事新报》副刊《青光》）

我愿秋常驻人间

提到秋，谁都不免有一种凄迷哀凉的色调，浮上心头；更试翻古往今来的骚人、墨客，在他们的歌咏中，也都把秋染上凄迷哀凉的色调，如李白的《秋思》：“……天秋木叶下，月冷莎鸡悲，坐愁群芳歇，白露凋华滋。”柳永的《雪梅香辞》：“景萧索，危楼独立面晴空，动悲秋情绪，当时宋玉应同。”周密的《声声慢》：“……对西风休赋登楼，怎去得，怕凄凉时节，团扇悲秋。”

这种凄迷哀凉的色调，便是美的元素，这种美的元素只有“秋”才有。也只有在“秋”的季节中，人们才体验得去，因为一个人在感官被极度的刺激和压扎的时候，常会使心头麻木。故在盛夏闷热时，或在严冬苦寒中，心灵永久如虫类的蛰伏。等到一声秋风吹到人间，也正等于一声春雷，震动大地，把一些僵木的灵魂如虫类般的唤醒了。

灵魂既经苏醒，灵的感官便与世界万汇相接触了。于是见到阶前落叶萧萧下，而联想到不尽长江滚滚来，更因其特别自由敏感的神经，而感到不尽的长江是千古常存，而倏忽的生命，譬诸昙花一现。于是悲来填膺，愁绪横生。

这就是提到秋，谁都不免有一种凄迷哀凉的色调，浮上心头的原因了。

其实秋是具有极丰富的色彩，极活泼的精神的，它的一切现象，并不像敏感的诗人墨客所体验的那种凄迷哀凉。

当霜薄风清的秋晨，漫步郊野，你便可以看见如火般的颜色染在枫林、柿丛和浓紫的颜色泼满了山巅天际，简直是一个气魄伟大的画家的大手笔，任意趣之所在，勾抹涂染，自有其雄伟的丰姿，又岂是纤细的春景所能望其项背？

至于秋风的犀利，可以洗尽积垢，秋月的明澈，可以照烛幽微，秋是又犀利又潇洒，不拘不束的一位艺术家的象征，这种色调，实可以苏息现代困闷人群的灵魂，因此我愿秋常驻人间！

（原刊 1933 年 8 月 18 日《时事新报》副刊《青光》）

窗外的春光

几天不曾见太阳的影子，沉闷包围了她的心。今早从梦中醒来，睁开眼，一线耀眼的阳光已映射在她红色的壁上，连忙披衣起来，走到窗前，把洒着花影的素幔拉开。前几天种的素心兰，已经开了几朵，淡绿色的瓣儿，衬了一颗朱红色的花心，风致真特别，即所谓“冰洁花丛艳小莲，红心一缕更嫣然”了。同时一股沁人心脾的幽香，喷鼻醒脑，平板的周遭，立刻涌起波动，春神的薄翼，似乎已扇动了全世界凝滞的灵魂。

说不出是喜悦，还是惆怅，但是一颗心灵涨得满满的，——莫非是满园春色关不住，——不，这连她自己都不能相信；然而仅仅是为了一些过去的眷恋，而使这颗心不能安定吧！本来人生如梦，在她过去的生活中，有多少梦影已经模糊了，就是从前曾使她惆怅过，甚至于流泪的那种情绪，现在也差不多消逝净尽，就是不曾消逝的而在她心头的意义上，也已经变了色调，那就是说从前以为严重了不得的事，现在看来，也许仅仅只是一些幼稚的可笑罢了！

兰花的清香，又是一阵浓厚的包袭过来，几只蜜蜂嗡嗡的在花旁兜着圈子，她深切的意识到，窗外已充满了春光；同时二十年前的一个梦影，从那深埋的心底复活了：

一个仅仅十零岁的孩子，为了脾气的古怪，不被家人们的了解，于是把她送到一所囚牢似的教会学校去寄宿。那学校的校长是美国人，——一个五十岁的老处女，对于孩子们管得异常严厉，整月整年不许孩子走出那所筑建庄严的楼房外去。四围的环境又是异样的枯燥，院子是一片沙土地；在角落里时时可以发现被孩子们踏陷的深坑，坑里纵横着人体的骨骼，没有树也没有花，所以也永远听不见鸟儿的歌曲。

春风有时也许可怜孩子们的寂寞吧！在那洒过春雨的土地上，吹出一些青草来——有一种名叫“辣辣棍棍”的，那草根有些甜辣的味儿，孩子们常常伏在地上，寻找这种草根，放在口里细细的嚼咀；这可算是春给她们特别的恩惠了！

那个孤零的孩子，处在这种阴森冷漠的环境里，更是倔强，没有朋友，在她那小小的心灵中，虽然还不曾认识什么是世界；也不会给这个世界一个估价，不过她总觉得自己所处的这个世界，是有些乏味；她追求另一个世界。在一个春风吹得最起劲的时候，她的心也燃烧着更热烈的希冀。但是这所囚牢似的学校，那一对黑漆的大门仍然严严的关着，就连从门缝看看外面的世界，也只是一个梦想。于是在下课后，她独自跑到地窖里去，那是一个更森严可怕的地方，四围是石板作的墙，房顶也是冷冰冰的大石板，走进去便有一股冷气袭上来，可是在她的心里，总觉得比那死气沉沉的校舍，多少有些神秘性吧。最能引诱她当然还是那几扇矮小的窗子，因为窗子外就是一座花园。这一天她忽然看见窗前一丛蝴蝶兰和金钟罩，已经盛开了，这算给了她一个大诱惑，自从发现了这窗外的春光后，这个孤零的孩子，在她生命上，也开了一朵光明的花，她每天一只猫儿般，只要有工夫，便蜷伏在那地窖的窗子上，默然的幻想着窗外神秘的世界。

她没有哲学家那种富有根据的想象，也没有科学家那种理智的头脑，她小小的心，只是被一种天所赋与的热情紧咬着。她觉得自己所坐着的这个地窖，就是所谓人间吧——一切都是冷硬淡漠，而那窗子外的世界却不一样了。那里一切都是美丽的，和谐的，自由的吧！她欣羡着那外面的神秘世界，于是那小小的灵魂，每每跟着春风，一同飞翔了。她觉得自己变成一只蝴蝶，在那盛开着美丽的花丛中翱翔着，有时她觉得自己是一只小鸟，直扑天空，伏在柔软的白云间甜睡着。她整日支着颐不动不响的尽量陶醉，直到夕阳逃到山背后，大地垂下黑幕时，她才怏怏的离开那灵魂的休憩地，回到陌生的校舍里去。

她每日每日照例的到地窖里来，——一直过完了整个的春天。忽然她看见蝴蝶兰残了，金钟罩也倒了头，只剩下一丛深碧的叶子，苍茂的在薰风里撼动着，那时她竟莫明其妙的流下眼泪来。这孩子真古怪得可以，十零岁的孩子前途正远大着呢，这春老花残，绿肥红瘦，怎能惹起她那么深切的悲感呢?！但是孩子从小就是这样古怪，因此她被家人所摒弃，同时也被社会所摒弃。在她的童年里，便只能在梦境里寻求安慰和快乐，一直到她是否认现实世界的一切，她终成了一个疏狂孤介的人。在她三十年的岁月里，只有这些片段的梦境，维系着她的生命。

阳光渐渐的已移到那素心兰上，这目前的窗外春光，撩拨起她童年的眷恋，她深深的叹息了：“唉，多缺陷的现实的世界呵！在这春神努力的创造美丽的刹那间，你也想遮饰起你的丑恶吗？人类假使的连这些梦影般的安慰也没有，我真不知道人们怎能延续他们的生命哟!”

但愿这窗外的春光，永驻人间吧！她这样虔诚的默祝着，素心兰像是解意般的向她点着头。

（原刊《人间世》杂志1934年第1期）

西窗风雨

天边酝酿着玄色的雨云，仿佛幽灵似的阴冥；林丛同时激扬着瑟瑟的西风。怔坐于窗下的我，心身忽觉紧张，灵焰似乎电流般的一闪。一年来蛰伏于烦忧中的灵魂恢弘了元气，才知觉我还不曾整个毁灭，灵焰仍然悄悄的煎逼着呢——它使我厌弃人群，同时又使我感到孤寂；它使我冷漠一切，同时又使我对于一切的不幸热血沸腾。啊！天机是怎样的不可测度！它不时改换它的方面，它有时使杲杲的烈日，激起我的兴奋，“希望”像蜿蜒的蛇般交缠着我的烦忧久渍的心，正如同含有毒质的讥讽。我全个的灵魂此时不免战栗，有时它又故示冷淡，使凄凄的风雨来毁灭我的灵焰。这虽是恶作剧，但我已觉得是无穷的恩惠，在这冷漠之下至少可抑止我的心波奔扬！

正是一阵风，一阵雨，不住敲打着西窗，无论它是怎样含有音乐的意味，而我只有默默的诅咒似的祈祷，恳求直截了当的毁灭一切吧！忽然夹杂于这发发弗弗的风雨声中，一个邮差送进一封信来，正是故乡的消息。哎！残余生命的河中，久已失却鼓舞的气力了，然而看完这一封信，不由自主的红上眼圈，不禁颠覆的念着“寿儿一呕而亡”！

正是一个残春的黄昏里，我从学校回家，一进门就看见一个枯瘦如柴的乡下孩子，穿着一身鸠结龌龊的蓝布衣裳，头光秃秃的不见一根头发，伏在一张矮凳上睡着了。后来才知道是新从乡下买来的小丫头，我正站着对这个倒运的小生命出神，福儿跑来告诉我说：“她已经六岁，然而只有这一点点高，脖颈还没邻家三岁的孩子肥大呢。那一双只有骨架的手和脚，更看不得。”我说：“她不定怎样受饥冻呢，不然谁肯把自己的骨肉这样糟践……你看这样困倦足见精神太差了，为什么不喊她到房里去睡？……”“哦！太太说她满身都长着虱子，等洗了澡才许她到屋子里，她不知怎样就坐在这里睡着了。”我同福儿正谈着，邻舍的阿金手里拿着一块烧饼跑过来，一壁吃着一壁高声叫：“快看这小叫化子睡觉呢。”这乡下孩子被他惊醒了，她揉揉眼睛，四处张望着，看见阿金手里的饼，露着渴求的注视，最终她哭了。福儿跑过去，吓她道：“为什么哭？仔细太太来打你！”这倒是福儿经验之谈，（她也不过七岁买来的，现在十七岁了。）不过我从来没用过丫头，也不知道对付丫头的心理，这时看见这小丫头哭，我知道她定是要想吃阿金手里的饼。如果是在她自己母亲跟前，她必定要向她母亲要求，虽是母亲不给她，她也终至于哭了，然而比这时不敢开口的哭，我总觉是平淡得多。我想若果是我遭了不幸，我的萱儿也被这样看待，我将何以为情！我想到这里不由得十分同情于那小丫头，因拿了两个铜元叫福儿到门口买了一个烧饼给她，她愁锁的双眉舒展了，露着可怜的笑容在那枯蜡般的两颊上。我问她：“你家有什么人？”她委委缩缩的往我跟前挪了两步。我说：“走过来，不要怕，我不打你，明天还买饼给你吃呢。”她果然又向前凑了凑。我又问她：“你爹和你妈呢？”她说：“都死了！”“那么你跟什么人过活……”她似乎不懂，看着我怔怔不动，我又问她：“谁把你卖了？”她摇摇头仍然不回答。“唉！真是孺子何罪？受此荼毒！”我自叹着到屋里。

萱儿这时正睡醒，她投到我怀里，要吃饼。福儿把炖好的牛奶和饼干都拿来了，她吃着笑着，一片活泼天机，怎么知道在这世界上有许多不幸的小生命呢。

过了两天，这个乡下孩子已经有了名字，叫寿儿。于是不时听见“寿儿扫地”的呼唤声。我每逢听到这声音，总不免有些怀疑，扫帚比她的身量还高，她竟会扫地？这倒有些难为煞人了！那一天早晨，她居然拿着扫帚到我房里来了，她用尽全身的力气，喘吁吁的，不自然的扫着。我越看越觉得不受用，因叫她不用扫了，但她一声不响，也不停止她的拿扫帚的双手，一直的扫完了。我便拉住她的手说："我不叫你扫，你为什么还在扫？"她低着头不响。我又再三的问她，才听见从咽喉底发出游蜂似的小声道："太太叫我扫，不扫完要挨打。"她这句话又使我想起昨天早晨，我还没起床的时候，曾听见她悲苦的声音，想来就是为了扫地的缘故吧！但我真不忍再问下去，我只说道："好，现在你扫完了，可以去吧！"实在的，我不愿我灵魂未曾整个毁灭之先，再受这不幸的生命的伤痕的焚炙。我抚摸着萱儿丰润的双颊，我深深的感谢上帝！然而我深愧对那个寿儿的母亲，人类只是一个自私的虫儿呵！

桌上放着的信，被西风吹得飘落地上，我拾了起来。"寿儿一呕而亡！"几个字，仿佛金蛇般横据于我灵区之中，我仿佛看见那可怜的寿儿，已经用她天上的母亲的爱泪，洗清她六年来尘梦中的伤污了，上帝仍旧是仁爱的，使她在短促期间内，超拔了自己，但愿从此不要再世为人了！我不住为寿儿庆幸。

这时西窗外的风雨比先更急了，它们仿佛不忍劫后的余焰再过分的焚炙。不过那种刻骨悲哀的了解，我实在太深切了，欢乐是怎样麻醉人们的神经，悲哀也是同样使人神经麻醉，况且我这时候既为一切不幸的哀挽，又为已经超脱的寿儿庆幸，唉，真是说不上来的喜共愁——怎能不使我如醉如梦，更何心问西窗外的风雨，是几时停的呵！

利己主义与利他主义

人不能离群独生，则我以外尚有人，于是除研究我底利害关系之外，还要研究人底利害关系，就叫做“利己”与“利他”。今欲研究这个问题，不可不先定“我”和“他”底界说。我他底界说，因时代不同，解说各异，约言之如左：

一、家族主义时代。在家族主义时代，所谓我者，就是家族中底宗子；对于他家族说，就叫作他。

二、军国主义时代。在军国主义时代，所谓我者，就是国家底臣民；对他国说，就叫做他。

三、世界主义时代。到了世界主义昌明底时候，所谓我者，就是世界人类中底一分子；对于人类以外底物件，方称为他。

以上所说是他我底界限，因为范围不同，所以界说亦异，利己利他主义底解释，也就不能一样。

家族时代，以利一家一族为利己；军国时代，以利一国为利己；世界主义，一旦流行，就必定要利人类，然后才能叫利己；若到这个时候，利己利他还有丝毫分别么？所以现在人说底利己，不外指家族观念，乡土观念，国家观念，实在是一种偏狭自私底见解，决不是彻底底议论。因为所谓“我”者，有“形体底我”和“精神底我”两种分别。形体底我，是有限底，是幻底，没有理性底，所以能把他我底界限分别很清楚。精神底我，是无在无不在，推而大之，自家族以至于天地万物，“莫非我也”，所以外界各种现象，无论是国家，是社会，是世界，是天地万物，都不是于我心没有喜戚的关系底。庄子说："天地与我并生，万物与我为一。"[①] 孟子说："万物皆备于我，反身而诚。[②]" 张横渠说："乾称父，坤称母，民吾胞物吾与！"[③] 陆象山说："宇宙即是吾心，吾心便是宇宙。"[④] 刘蕺山说："人合天地万物以为人，犹之心合耳目口鼻四肢以为心。"[⑤] 这都是说我不是拘于形骸底，是精神底，并且由此可以证明我底范围不仅是一身一家一族一省一国而已，是无处没有"我"底，所以"利己"与"利他"是一样底，是互为因果底。兹分数项证明之，——

（甲）由行为底动机与结果言之。

（A）有动机是利己而结果也利他底。凡一行为皆起于一种动机，动机有关系自己利害底，有关系他人利害底，然而无论他底动机，是关系自己，或关系他人，结果必互为影响。所以有动机是利己，而结果也利他底。比如农人种地，他底动机是利己底；但是他的结果，确成为利他底事情了。因为他为谋一己生活起见，所以去种田。他种田底动机，确没有利他底观念，但是收获丰裕，他自己吃不了，就可以售给别人。因此米谷价贱，人民生活程度日见低下，天下人都觉谋生容易。这种结果，岂不是也利他么？

（B）有动机是利他而结果自己也有利底。人底行为，没有不影响到自己与他人底。详言之，人底行为，有裨益自己，必定也有裨益于他，但利他底结果，仍就影响到自己身上。墨子说，譬如有一个人有十个儿子，九个儿子都是好吃懒作，只有一个儿子尽力耕田，吃饭底人那么多，耕田底人那么少，那一个耕田底儿子，便该努力耕田。由此看来，就可以知道墨子底"摩顶放踵"，是因为当时底人都是浑浑噩噩底，眼见得就要受沉沦底痛苦了！墨子心里不忍，所以他才出来努力改革。他这种动机，是为一切众生底，但是

---

① 语出《庄子·齐物论》。

② 语出《孟子·尽心上》。

③ 语出《西铭》。张横渠，即张载，宋代思想家。

④ 语出《陆九渊集》卷三十六《年谱》。陆象山，即陆九渊，宋代思想家。

⑤ 语出《刘蕺山集》卷六。刘蕺山，即刘宗周，明代思想家。

国家底制度，从此就日渐完善，人人都可以“乐业安居”，岂不是于墨子也有利么？这就是动机是利他而结果自己也有利底。

（C）有动机是害他而结果反害自己底。人底行为，不但有裨益于自己底必定也有裨益于他，就是有碍他人底，也就有害于自己。比如我要侵略人底土地，妨害人底自由，这是有碍于他底，但他一定也侵略我，妨害我，以图报复。看春秋时候，吴王夫差灭越，二十年后，越王勾践卒起而灭吴。这就是有碍他人底，亦即有碍于自己底明白证据。

（D）有动机是自陷而结果也害天下底。古时伯夷叔齐不食周粟，饿死首阳山，他的动机不过是自陷。但是结果使天下人底思想受无限底影响，以为忠君就是爱国，互相仿效。这种误谬思想，充满天下，他底害处岂只自陷么？

由以上四项看来，就可以得以下两个结论：

（a）无论动机是利己或利他，结果一定是“他我共利”。

（b）无论动机是害己或害他，结果是“他我同受其害”。

（E）普通误谬底思想。

1. 利己必定谋陷他人；

2. 利他恐怕亏损自己；

3. 妨害他人乃能利己；

4. 利己就不得不倾陷他人。

这几种见解，是完全谬误底，可以据哲学人格论来说。哲学家说人格是甚么呢？乃精神官体并能发挥其固有底人性啊。甚么又叫做人性呢？孟子曰：“人之所以异于禽兽者几希”①，就是人有理性，禽兽没有理性。他的分别，就在这一点。所以荀子说：“水火有气而无生，草木有生而无知，禽兽无知而无义；人有气，有生，有知，亦且有义。禽兽之异乎水火草木者，徒以有知觉耳；人之异乎禽兽者，徒以有义理耳。”② 因有义理，故有种种我之自觉，因

① 语出《孟子·离娄下》。

② 语出《荀子·王制篇》。

有我之自觉，就可以知道世界无处没有我。我底范围愈大，我底人格愈高。因为觉得我与万物是一体，就没有他与我底分别。没有他我底分别，就没有“他利”“我利”底分别，也没有竞争底事情，与禽兽底弱肉强食才有区别。有了区别，始能称为人，所以泡尔生[①]（Paulsen）说：“国民各由其仁之观念发展之程度，第其品格之高下。”甚么叫作仁呢？就是天地万物没有一样不是我，万物与我是一体，就叫作仁。孟子说“仁者人也”。人能自觉有此性，就可以不囿于形骸底我，兢兢与人相争，人格自然日高，否则人与禽兽几希底分别，恐怕也没有了。所以我们要扩大我底范围，待人以我底心，利己利他，一视同仁，利己不必谋陷他人，谋陷他人一定不能利己，杨朱说：“古之人损一毫利天下不为也，悉天下奉一身不取也，人人不损一毫，人人不利天下，天下治矣”，就是这个意思，并且利他未必亏损自己，看墨子说底爱人不必损己，就可知道了。又可以据生物学底“互助论”来说，人类有天赋底群性，且其所以能驱使万物，就在有互助团结底精神。若必有他我底界限，结果必至互相争斗，“两败俱伤”。

由此看来，我们又可以得以下二结论：——

(a) 亏人以利己，不是真利己；

(b) 亏己以利人，不是真爱人。

必定要——

(a) 不妨害他人而利己，利己就是利他；

(b) 不妨害自己而利他，利他也是利己。

但“妨害”二字要清楚，当分精神、物质二面说：

(A) 有牺牲物质方面，而利益精神方面底。比如做慈善事业底人，牺牲他底金钱，使一般人受利益，大地上都现着和和熙熙底样子，人我精神上都感一种愉快。这就是牺牲物质方面而利益精神方面底。

---

① 泡尔生（1846—1968）：德国哲学家、伦理学家。著有《伦理学原理》等。

（B）有牺牲精神方面而利益物质方面底，比如科学家尽他毕生底精力去发明种种器械。哲学家研究人生切要底问题，增长人类的幸福，这就是牺牲精神方面而利益物质方面底。

所以我们又可分几层说，——

（A）有牺牲自己精神，而使他人物质上得利底，表面好像是损己，实在是利人而且利己。

（B）有牺牲自己物质，而使他人和自己精神上均得利益底，所谓“杀身成仁”，就是个明白证据，所以我们谈利与不利，不能不量他底轻重，或舍弃物质，或牺牲精神。但苟能因牺牲自己底物质，而使他与自己精神上均得利益，就当牺牲物质，因为形骸底我，是有限底；精神的我，是可以千载不朽底。看中国底孔孟，西洋的耶稣，他精神底我，至今日固仍存在。

由此我们可以知道，人我本没有分别，利我利他是一样底，普通人底家国观念，乡土观念，是偏狭底，误谬底。我们人于此能详为辨明，世界上可以免了种种底惨杀争夺，世界和平就可以实现了。

（原刊北京女子高等师范学校
《文艺会刊》第2期，1920年4月1日出版）

劳心者和劳力者

孟子说道："劳力者役于人，劳心者役人。"[①] 这话很可以代表数千年来，劳力者和劳心者的阶级制度了。这阶级的相差度数，是有一与三四十倍之比，就是劳力者三四十点钟的劳动，只抵得劳心者一点钟的劳动；所以大学教授，每一点钟的代价是三元，或五元，而人力车的劳动者，只得到小洋一角，这是很普通的例子。所以劳力者虽尽他毕生的力量去劳动，也未必能得到温饱，因此社会上的罪恶，惨痛的事情，就一天多似一天了。这都是因为阶级制度的流弊，极不平等极不人道的表现！

劳心的人为甚么能占世界上优胜的地位？他的原因，不外以下所列的几层了。

a. 思想之能力，足以支配万物：劳心者的思想，是有"运筹帷幄，决策千里"的能力，所以可以很安逸的得到物质的依给，和支配一切的劳动者，和奴使一切的人类和牛马一样的！

b. 思想家不易得，故世人多重视之：思想家实在是"难能可贵"的，所以才能在世界上占优胜的地位！

c. 劳心者的贡献于人类，多过劳力者的贡献：按劳心者的某种贡献于社会，他的效力实在是有千万倍于劳力者，并且没有劳心者的"决策"，劳力者也无所用其劳力。就比如发明水蒸气的运用，然后劳力者才能用其劳力构造种种机械，不然这机械，也无从下手制造了。这又是劳力者，不如劳心者势力的一点，劳心者所以占优

---

① 语出《孟子·滕文公上》。

胜位置的又一个原因。

以上三项的理由，诚足为劳心者之根据，而取得社会上优胜的地位，并且是劳力者没话可反抗的了，但我们试平心静气想想，这个根据恐怕不是很正当的呢，我们不妨逐层的研究一番，正当不正当就了若观火了！

第一层，我们先就劳心者的“运筹帷幄，决策千里”的一句话来说。劳心者固然有“运筹帷幄，决策千里”的思想，但他何以能现出来，成功事实呢？就比如军师“决策定计”极为完密，但不“拨兵调将”就无以用其谋，而从命的兵和将是劳心的呢？还是劳力的呢？设若没兵和将的劳动者替他表现，他这个“运筹帷幄，决策千里”，只等于纸上谈兵，又有甚么用处呢？由此看来，劳心者的思想能力，虽是以支配万物，而也因为万物能为所用，那么这个功劳就不独是思想家所应独占的呢！

第二层，思想家固然不易得，因为人的天才不同，这是一个原因，但劳心者的际会比较天才还要紧呢！劳心者，他所以能劳心，因为他得到劳心的际会，而这个际会起初是由一个出类拔萃的天才所独造的，没有甚么不公平。而后来的劳心的人，未必都是天才，而劳力的人，也未必没有天才，不过因为际会的关系，就是有天才，也不免要埋没了，那么这个劳心者，并不是不易得，而际会不许他，如此劳心者的“难能可贵”，不成问题了！我们也用不着因为他“难能可贵”，特别尊重他了！

第三层，劳心者的贡献多过劳力者的贡献，这话确是不错，但是因为他贡献的大，所以要得到比较多的代价，这话似乎也不见得正当。因为劳心者，对于社会的物质是没有直接生产的贡献，并且他的销费要几十倍于劳力者，而劳力者对于社会物质的生产，有直接的贡献；那么劳心者，就是有比较大的贡献于社会，也是应当的，公道的，没有必得特别高的代价的道理。

我们应当知道，社会的组织，不是很简单而有很清楚的界限的，是相助为理的，所以无论是劳力者，或是劳心者，都不能单独的生活，劳心者离开劳力者，无以表现他的思想；劳力者离开劳心者，无所用其劳力。就比如劳心者发明了科学的原理，这功劳是很大的了！而铁路的成功，机械的构造，岂不是那千万数的劳力者，终年苦辛，滴滴血汗构成的吗？更推广说来，这全世界灿烂的物质文明，哪一件不是要费许多劳力者辛苦经营出来的呢？

再者，劳心者，所以有价值的原因，不仅是在他思想的本身，贵在能表现他的思想，使人类能得到他的宝惠，而获得比较安乐幸福，才算有价值，若果无实利于人类，这个思想无论是如何的高超，他的价值也是表现不出来的，纵说他没有价值，也未尝不可呢！而要表现出他的价值，决不是劳心者本身所能作到的，必有待于劳力者的。照这样看来，劳力者的价值和劳心者的价值，是一样，没有高低，是很明了的了！

但是数千年的"役人役于人"的阶级，又如何能打破呢？若在"役人役于人"的本身着手，是不能解决，因为这是不彻底的，"役人役于人"是果，其因则在社会不平等的工资制度，舍本而逐末，当然是无济于事的，必要从根本上着手，推翻一切不平等的制度，人人本着互助的天性，共同的精神，谋人类的幸福快乐，贡献的多寡，量力而为，总以得到快乐的人生、安宁的社会为目标的。人类的职分是如此，那么没有甚么人可以自居于人类以外，而支配人类种种的报酬，而社会上物质精神的福利，是人类个各应享受的，个各可以任意取得他所应要的，以足用为限，没有"你的""我的"的分别，也没有你应当吃饭，我不当吃饭的正义，那少数劳心者的垄断，决不是人道所以为正当的，这是我们所当奋斗的努力的！

因为有少数劳心者的垄断，而生出种种阶级制度，流弊所及，不仅劳心者垄断而已，并且不劳力，不劳心，而得到比劳心、劳力的代价高出几十万倍的人，遍国都是，靠得法律上，"我的金钱"，残杀人类，奴使同胞，而一般可怜的劳力者，因为他的钱不是我的，就是劳苦一生，也只能得到最少数的代价，度他们的残喘，这种非人道的，不平等的制度，能使他“万岁千秋而不朽”吗？有头脑的同胞，大家澄心细想，我们对于这种制度应当持甚么态度，大家想罢！仔细的想罢！

（原刊 1921 年 1 月北京大学《批评》半月刊第 6 号）

雪耻之正当途径[①]

“雪耻”二字实在是含着严重的意义和悲惨的印痕，一个国家到了必要雪耻的时候，人民已受尽了痛苦。所以“雪耻”两个字，绝不仅仅是个名辞而已，望我同胞切莫等闲视之。

一个人或是一个国家，不怕有耻辱，只怕有了耻辱，自已不觉得，仿佛木雕泥塑的偶人，无论受任何重大的打击和压迫，都不生反动，那就真不可救药了。但我伟大的中华民族，在我们光明灿烂的历史上，有不少为国牺牲的伟人。

“人生自古谁无死”，我们为什么不能以身许国，而让古人专美于前？现在的中国，真是支离憔悴，令人不忍深说，土地被列强割得东零西落，主权被人剥夺尽净，这重重的耻辱压迫得我国民，不能抬头，简直等于亡国，这是多么伤心的事情！但是最伤心的是国家已经到了千钧一发的地步，而同胞尚梦梦不醒，兄弟阋墙，同室操戈，不但不解倒悬之危，反授人以攻击的余地，唉，同胞！我们中国现在是处在何等可怕的地位？多么危险的前途？不幸终于亡国，那时候再想从新谋独立，那就难了！唉，天下的惨痛，无天日，还有过于作亡国奴的吗？记得昔人有两句诗说“卷中正有家山在，一片伤心画不成”，凄音哀调，怎不令人惊心动魂？天下最伤心的莫过于无国之民。譬如南唐李后主亡国之后，他那种眷恋故国，悲怀往事的热情，在他那首怀旧词里道：

春花秋月何时了？往事知多少。小楼昨夜又东风，故国不

① 文中原有小标题“雪耻的意义”。

堪回首月明中。

雕栏玉砌应犹在，只是朱颜改。问君能有几多愁，恰似一江春水向东流。

试看他这首词，是如何的悲怆凄楚！而且他那时候所谓亡国，不过仅仅更换一个朝代而已，亡国之后，尚有如许苦痛，若果我们现在要亡国，那是民族的灭亡，其意义要严重得多，我们岂可不努力避免！

或者有人说：中国既然已到今天这种地步，国家的土地，只剩了三分之一，主权又都落在外人手里，大势已是不可为了，还说什么“雪耻”，因此存了一个消极的思想，若果作如是想，那就大错而特错了，世界上的民族只要他的心没有死，民气没有消灭尽，不要说还没有整个的灭亡，就是整个的灭亡了，也还有河山重整的可能。在这一点我们可以举一个很好的例：就是意大利重建的事实，当时意大利的国情，和现在的中国差不多，内乱不休，外交失败，第一次被厄于北狄，第二次被厄于回族，第三次被厄于西巴尼亚，第四次被厄于法国，第五次被厄于日耳曼，一而再再而三的被列强凌辱；到了十九世纪之初期，山河破碎，东割于法，西隶于奥，中央属于班，这个时候的意大利三个字，仅仅成为地理上的名辞，而不是政治上名辞。后来产了马志尼及加里波的与加富尔三杰以后①，惨淡经营历尽艰苦，卒使意大利复兴。

我们看了这一件事实，我们可以相信中国人虽受了种种耻辱，都不足使我们一蹶不振，只要人人有“雪耻”的决心，我们不难从列强的高压中挣扎起来，恢复我伟大的中华独立国的威严。

所以“雪耻”两个字的意义，非常严重。我们中国八十年来的割地赔款、丧失主权的耻辱已经形成一个有力的枷锁，压迫吾民不能自由，现在我们应当设法把这有力的枷锁毁碎无余，同胞，“雪

① 马志尼（1805－1872）：意大利民族解放运动领袖。加里波的：通译加里波第（1807—1882），与马志尼、加富尔（1810—1861）合称“意大利建国三杰”。

耻”实在是我国存亡的关键呢。

但是雪耻第一须知道什么是我们的耻辱。我国自从与外人通商，第一次在道光二十二年便惹起鸦片之战，这一战本来是英人理屈，但因我国兵力不济，遂屈服于英人之下，割地赔款损失极大，其后屡次战争屡次失败，再加以国人不善于办外交，没有一次不是吃大亏的，最利害的就是沿海濒口都开了商埠，就给外人以操纵我国经济地步，再加着后来关税不能自主，我国的命脉简直握在外人手掌之中，这都是我们的奇辱大耻，现在我们要决心雪耻，就是把从前所损失的一切都拿回来，换一句话说就是——

一、收回失去的土地与主权

二、恢复健全的经济状况

三、巩固且发扬中华民族的文化

四、解除不平等条约

五、增高我国在国际上的地位

如果这上面的几件事都做到了，就是已经达到我们雪耻的目的，但是这是怎样重大的工作，便是全国的民众，用全力来奋斗，都还要十年二十年才能够成功，如果仍然是像现在的情形——个个以抢地盘争权利为目的，那么我们只有作“亡国奴”了，“亡国奴”三个字是多么狰狞可怕的名辞，我们若是仔细思量思量要不寒而栗呢！

但是“雪耻”既不是容易的工作，所以必须具备以下几种条件：

a. 须有团结力　协同和衷的运动，实在是成事的要素，中国所以被人欺凌到这种地步，最大的原因，就在中国人的个人主义的观念太重而团结力薄弱。有团结力的民众，自能战胜一切。俗话说得好“三人同心，其利断金”，又如一滴水本来是极柔弱的东西，但积无量数点滴的水，他的力量就大了，可以使几千吨重的铁船翻覆。现在中国民众如果能够团结起来一致对外，区区莫说一个三岛的日本，便是十个日本又何足惧，但是伤心，我们中国的民众，只是一盘散沙，所以我们不想雪耻则已，要雪耻必须有团结力。

b. 须有坚忍刻苦的精神　事业的成功本要经过许多波折，何况是雪耻复国这种事业更是繁巨艰难，岂可没有坚忍刻苦的精神，并且救国的事业不是专凭血气之勇的事，一方面有了热烈的感情，一方面还应有深邃的计划和坚忍的决心。如果只有热情，那么当他感慨愤激的时候，虽不难沥血淋漓，指天誓日，但是只要碰到一点挫折，就要心灰意懒，这岂能成大事呢？所以意大利的马志尼说，如想都成大事，"当置成败利钝于度外，今日不成以期明日，今年不成以期来年，如是乃至十年二十年百年数百年所不辞也，及身不成，期之于子，犹不成，期之于孙，如是乃至曾孙玄孙来孙所不辞也。吾力不成期诸吾友，吾友不成期诸吾友之友，乃至吾党不成期诸他党，所不辞也，惟求行吾志贯彻吾主义而已"。

我们看马志尼坚忍刻苦之力如何，这就难怪他能将破碎的意大利统一了。所以我们不想"雪耻"则已，要想"雪耻"，必须修养成能坚忍能刻苦的精神。

c. 须时刻不忘国耻　一个人对于一件事只要能专诚致一，梦寐都不忘记，那么没有办不成功的，我们看春秋时越王勾践为雪吴会稽之耻二十年之中，卧薪尝胆刻苦自励，未尝顷刻忘怀，后来到底雪了此耻，如果中国民众都能如勾践之不忘国耻，何至于八十年来国耻日增，到现在丝毫未曾洗耻呢？日本人常讥中国人五分钟热心，有的人或者还要愤恨日本人侮辱我们，但是我以为他倒还是我们的知己呢！这在我们抵制日货过去的历史看来，他这话又何尝说错！唉，惭愧！我国人发表不买日货的宣言不下数十次，但到现在我们的中国依然是日货行销的唯一的商场，日本货依然充斥于中国，这就是因为我们中国不能时刻不忘国耻，只要事过境迁仍旧认敌为友，这是多么可耻的事情呵！所以我虔诚的希望我同胞，这次的抵制日货，绝不可再蹈覆辙，必须时刻不忘国耻。

以上三种条件具备，以后再应当有雪耻具体的办法。

一、普及国耻教育　教育的力量可以养成国民一致的信仰，一致的政纲与高远的理想，所以马志尼重建意大利以国民的教育为独一的基础，所以我们要雪耻，在民众的脑海中应当深印上国耻的痕迹，使人人都觉得负担着雪耻的责任，这就是必须普及国耻教育的原因，并且在中国今日教育权被侵略的情形下更有普及国耻教育之必要。我们虽无力积极的反抗外人在中国设立学校，但我们可以消极的对付，就是全国人一致不入外人所办的学校，他也就无奈我何，不过，这就须中国的学校能胜过外人的学校，并且要使人人有受教育的机会。

二、力销国货，提倡中国的工商业。中国自从失去关税自主权，遂使入口货多，出口货少；换一句话说，就是中国的金钱都流到外国去，使中国的经济破产，民生苦困，一方面又因开了各商埠之后，在外人的租界地又失了土地管理权，外人任意在租界地设立工厂，这更是吸吮中国金钱一个绝妙方法，破坏中国工商业，使中国永远困在这艰难的境地。在中国今日贫弱的情形之下，我们要想积极的争回关税自主权，或开大工厂和外人争衡，都是势所难能，没有别的办法，唯有消极的抵制，誓不买外货，极力推销中国货。纵使两毛钱所买的中国货不如一毛钱的洋货，我们也情愿买中国货，因为中国货虽贵，这个钱依然是落在自己家里，外国货虽贱，那个钱却是被外人拿去了，并且如果中国人都用中国货，中国工商业自然可以发达——但恨现在有许多奸商，往往以洋货假充中国货。我们对于这种人除了一方面晓之大义，一方面我们再组织外货调查团，人人都存一个能不用外货就不用外货的决心，如此十年二十年中国工商业绝对可以发达，日本的经济同时也必大受打击，到那时节我们自能不费一刀一枪将日本置之死地了。

三、精研科学——充实各种人才。中国之所以落到今日这步田地，科学不发达，也是一个原因，为了科学不发达，种种东西都要向外国购买；为了科学不发达，缺少各种人才，如开矿造铁以及造枪造炮都要仰仗外人，他如税关上的管理员，以及车首及船上的司机，多半都是用的外国人，这不是中国科学不发达的结果吗？所以马志尼说，“要养成绝大的气魄与识想不可不推本于学力”，学力实在（是）一切事业的有力后盾呢，我们中国如果是想与列强并驾齐驱，确有精研科学的必要。

四、注重体育　西哲有言“健全的精神寄于健全的身体”，况且作大事业的人必须具备充分的才识与坚忍耐劳的精神，这种精神绝不是所谓白面书生弱不禁风的人所匪有的，但是中国历来的观念对于体育极不讲究，称扬女子之美则曰“弱不胜衣”，称扬男子之美则曰“白面书生”，因而养成风气，民族一天比一天羸弱，这种羸弱的民族若再不设法改进，将来必致灭亡，那里还能胜繁巨之任呢？所以将来重建新中国的分子，必须是讲究体育，身体健强的分子，望我同胞努力。

最后还有几句不能已于言的话，要说说：就是关于济南此次的惨剧[①]，我们国民人人肩上都担负着八十年来国耻的重担，早已压得我们背弯腰折了，我们怎禁得起再加上一个很大的重量呢？如果将我们个个都压得瘫软了，再想挣扎起来就更难了，在这种种情形之下，我们实在有设法使将来再加在我们肩上的分量减轻的必要，那么到底有什么法子呢？我认为有三个方法。

第一个方法，就是希望国内息争，一致对外。

第二个方法，就是希望列强注意这次的济南的问题，绝不是局部的问题，将来权利冲突的结果，有惹起第二次世界大战的可能，赶快设法消灭这种危险。

第三个方法，就是希望同胞有坚决的雪耻心，都出之以极冷静的态度，不可恃血气之勇，使日人乘隙进攻，而使外交棘手。

这三个方法能否发生效力，且看我们民众的努力如何了，同胞！国事已急，覆巢之下宁有完卵？为了自己的前途，我们快从沉酣梦里醒来吧！醒来吧！我伟大的同胞。

（原刊 1928 年 6 月 2 日《蔷薇周刊》附《国耻纪念号》）

---

① 这里的“惨剧”，指济南惨案（又称“五三惨案”）。1929 年 5 月 3 日，日军侵入济南，将中国山东交涉署职员全部杀害，并肆意焚掠，屠杀中国军民。

灾还不够

每天拿起报纸来，最使我刺心的，就是这里堤决，那里河涨，似乎满报纸上，都漾出了洪水的恐怖，满耳朵里都响着恶涛凶浪，和灾民的悲呼惨号的怪声。

“怎么好？一天到晚，不是天灾，便是人祸，何时是了？”我愤恨的叫着。

一个同事，向我一声冷笑道：“我觉得灾还不够！”

我不由得睁起一双惊奇的眼望着她说：“怎么？灾还不够？你纵不曾亲到过灾区，但你总应当有点想象力呵，你难道没有看见报上的记载吗？田产牛马都被无情的大水冲得干干净净，那些百姓流离颠沛，不死于水，也死于饥寒，这种灾害还小了吗？……”

我刺刺不休的诘责她，而她的态度，仍是那样冷漠，似乎笑我，像个孩子，全不懂世故。我被她那态度所征服，竟没有勇气再说下去，只低头敬待她的下文。

果然她态度沉着慢慢的说道：“你看民众，直到现在，仍然是一只绵羊，在那种种的恶势力下求苟安，再不想反抗，也再不想找出路，这难道不是因为灾还不够吗？我以为还应当有更厉害的鞭策，置民众于死地，然后才有从苟安懒惰中觉醒的人群！”

她的话当然不能说毫无理由，可是，我仍不能拜服。我说：“不然，这并不是灾还不够，只是大人物没有受到灾罢了。如果能使大人物一样的受苦，你看河淤了有人开掘没有？堤溃了有人修理没有？何至于让洪水一次两次的泛滥于中国，……现在却不然，灾害只有使大人物多些升官发财的机会，所以他们乐得多制造些灾来，鱼肉民众了！”

“但是请问，中国是民众占大半数，还是大人物占大多数？”那位同事态度强硬的说：“……为什么以大多数的民众而为几个大人物作奴隶供宰割，这不是自找苦吃？但凡民众能觉悟，国家是民众的，改善国家是自己的责任；大家团结起来，这些魑魅魍魉将不打而自倒了，而民众到现在，还不觉悟，难道不是灾还不够吗？”

唉！我现在只有嘿然了！

（原刊1933年7月7日《时事新报》副刊《青光》）

屈伸自如

昼长无聊，偶翻十三经至孔老先生：“天下有道则见，无道则隐”及“邦有道如矢，邦无道如失”①，不禁掩卷而长叹道：“傻子哉，孔老先生也！”怪不得有陈蔡之厄，周游列国，卒不见用！苟能学今之大人先生，又何往而不利？

然则今之大人先生处世之道如何？无他，能“屈伸自如”耳。何谓屈伸自如？即见人之势与财强于我者，则恭敬如儿孙对父祖，卑颜屈膝舔痔拍马，尽其能事而为之，如是则可仗人势，狐假虎威，昂首扬眉，摆摆摇摇，像煞有介事，渐渐而求之，不难为人上之人矣！

至于见无势无财之人，则傲之，骄之，虎吓之，吹法螺，装腔而作势，威风凛凛，气派十足，使其人不敢仰目而视，足恭听令，因之其气焰蒸蒸焉，灼灼焉，不可一世矣。

“屈伸自如”既有如是之宏功伟业，吾人宁可不鞠躬受教，以自取于灭亡耶？

然操此术者，亦有所谓秘诀者在，即忘记自己是个人，既非人则何恤乎人格？故不要人格是第一秘诀，试看古往今来，愚忠愚孝的傻子，修德立品的呆子，都是太看重自我和人格了，所以弄得“杀身成仁”徒贻笑于今日之大人先生，真真何苦来哉！

时至今日，世变非常，立身之道岂可不变？苟不知应付之术，包管索尔于枯鱼之肆，反之则可以大作其官，大发其财了！

---

① 这里的引语分别出自《论语·泰伯》、《论语·卫灵公》。

穷小子们觉悟罢，不要被孔老先生所误，什么立功、立德、立言，这都是隔壁帐，还是练习其“屈伸自如”之本事，与今之大人先生抗衡于二十世纪之世界，岂不妙哉！

（原刊1933年7月14日《时事新报》副刊《青光》）

监守自盗

听说中国也有法律，法律也是保障民权，制裁人们行为的那一套原理。可是吾辈愚民，所见不广，只觉那法律作怪只会向小百姓瞪眼发威，那些衮衮诸公，何尝把法律这小子放在眼里呢？哦，是了，我想起来了，墨子曾经有这么一句话："窃国者侯，窃钩者诛"，使我恍然明白从古及今，中国一切的法律，都只限于约束小百姓；而衮衮诸公呢，那是特殊阶级，是孟轲所说的治人阶级，所以法在小民，刑在小民而皆不上衮衮诸公。因此失地万里的将军，涂炭人民的元帅，尽可以挟带金宝美姬，逍遥于法外，当政诸公，连正眼都不敢向他望一望了！

中国法律的效用，既是如此这般，而今甚嚣尘上之"监守自盗"的案件，能不能绳之以法，以昭公允，我们也就可想而知了。崔振华女士究竟太相信正义了①，谓予不信，且大睁着眼看吧！虽然某夫人，在挑选皮货时，被崔女士亲眼看见，但这又有什么关系呢？这原是因为皮货不能久藏，所以衮衮诸公议决出卖，这一个监守自盗的嫌疑，就这样轻描淡写的有了交代。此外如古字书画籍等，也不是永远不坏的东西，当然也可以那一天随他们的高兴出卖了，但这些有时间性的皮货与字书画籍等，既不能保存于公共场所，却偏能保存于私人箱箧中，岂不令人费解？又岂是买皮货和字画的人，算盘不精吗？而且既是公决出卖，尽可大大方方，为什么要那么门禁森严，玩得那么神秘呢？

---

① 崔振华：民国时期国民政府中央监察委员会，故宫博物院理事兼文献馆馆长张继夫人。

哈哈！神秘的中国法律，神秘的中国政治，更神秘的是衮衮诸公的心肠，吾辈愚民只有向此神秘之神，神秘的膜拜了，尚何言哉！尚何言哉！

（原刊1933年7月21日《时事新报》副刊《青光》）

愧

在整理旧稿时，发现了一个孩子给我的信，那是一颗如水晶般透明的心，热诚地贡献给我，而且这个孩子，正走到满是荆棘的园地里，家庭使他受苦，社会又使他惶惑，他那颗稚嫩的心，便开始受伤，隐隐的滴血，正在这时候，他抓住了我，叫道："老师！你领导我呀，你给我些止血的圣药呀！"唉，伟大，这霎时间，在我心灵中闪光，我觉得我的确充实着力量，而且我很愿意，摧毁一切的虚伪，一样的把我赤裸裸的心，贡献于他，于是两颗无疵无瑕的心，携着手，互相地抚摸安慰。

但恶魔从暗陬里闪了进来，把我灵宫中昙花一现的神光遮蔽了，在渐积的世故人情的威权下，我忽略了那孩子所贡献给我的心，他是那样饥饿的盼望我的救助，而我只是淡淡的对他一瞥便躲开了。

残酷的流年，变迁了一切，这颗孩子的心，恐也不免被渐积的世故人情所污染，这自然未必都是我的错，可是在事隔五年的今天，翻出那孩子所给我心的供状。我的脸不禁火般的灼热：我的心难免战抖，呵，我怎能避免良心的鞭策？

而且就是如今，我仍继续着，干这惨忍的勾当，我不能如我想象般应付那些透明孩子的心，当她们将纯洁的心泪，流向我面前时，只有我受恩惠，因为在那一霎时，我真烛见无掩无饰的人生，而我又给他们些什么呢？

惭愧，我对于一切的孩子的心抱愧，在这谲诡奸诈的社会里，孩子们从所谓教育家那里所能得到，仅是一些龌龊的人世经验，唉，这个世界上只有孩子才配称得起人们之师吧！

（原刊1933年7月28日《时事新报》副刊《青光》）

代三百万灾民请命

连日翻开报，都看到黄河水涨，势将成灾的消息，心头不禁为之惴栗，但愿能幸免于万一，哪知前日报上竟载着黄河决口灾情惨重[①]，沿河村落，竟成泽国，灾民不下三百万，于是各慈善团体，开紧急会议，筹思所以赈济之策。这本是大慰人心的消息，不但是那些嗷嗷待哺的饥民，要额手称庆，念一声“南无阿弥陀佛，善哉，善哉”了，就是我们小民，满心头也充塞着见死不救何以人为的气概，不能不多少减衣省食，蓄积三五元去救助他们。

但是再一看过去的种种事实，我们又不能为了这个赈济的消息，就放心得下。这是什么缘故呢？唉！说起来只是装我们贵国人的幌子。即拿“九一八”以来，民众对于前方抗敌的健儿，所捐助的款项来说吧，据传说共收到民众捐款在两千万元以上，而前方实际上只收到一百余万元，日来正闹着什么对经手人的检举，及清查账目这一类的事，同时又听见说有一部分人，本是住在人家后楼或亭子间的穷光蛋，只因为充了什么会的一员后，不到两三个月，居然租起洋房坐起汽车，讨起小老婆来了。呜呼，这是什么钱，竟忍心往腰包里放，真所谓此可为，天下事孰不可为了！

如果这次对灾民的捐助，不能有一妥善的办法，仍只是为一部分人充实腰包，不但灾民无从得救，就是我们这些捐钱的小百姓，也不愿永远作冤大头，把那辛苦的血汗钱，不明不白的供给他们作讨小老婆，吃黑饭的开销，结果必致因噎废食，没有人肯捐钱了，

---

① 1933年七八月间，黄河中下游发生严重洪灾，下游决口五处，波及陕、冀、豫、鲁、苏等七省六十余县。

那些灾民的前途，还堪设想吗？因此我们又不能不代三百万灾民请命，请办赈济的大人先生们，破格的克己点吧！

（原刊1933年9月1日《时事新报》副刊《青光》）

吹牛的妙用

吹牛是一种夸大狂，在道德家看来，也许认为是缺点，可是在处事接物上却是一种刮刮叫的妙用。假使你这一生缺少了吹牛的本领，别说好饭碗找不到，便连黄包车夫也不放你在眼里的。

西洋人究竟近乎白痴，什么事都只讲究脚踏实地去做，这样费力气的勾当，我们聪明的中国人，简直连牙齿都要笑掉了。西洋人什么事都讲究按部就班的慢慢来，从来没有平地登天的捷径，而我们中国人专门走捷径，而走捷径的第一个法门，就是善吹牛。

吹牛是一件不可轻看的艺术，就如《修辞学》上不可缺少“张喻”一类的东西一样，像李白什么“黄河之水天上来”，又是什么“白发三千丈”，这在修辞学上就叫作“张喻”，而在不懂修辞学的人看来就觉得李太白在吹牛了。

而且实际上说来，吹牛对于一个人的确有极大的妙用。人类这个东西，就有这么奇怪，无论什么事，你若老老实实的把实话告诉他，不但不能激起他共鸣的情绪，而且还要轻蔑你冷笑你，假使你见了那摸不清你根底的人，你不管你家里早饭的米是当了被褥换来的，你只要大言不惭的说“某部长是我父亲的好朋友，某政客是我拜把子的叔公，我认得某某某巨商，我的太太同某军阀的第五位太太是干姊妹”，吹起这一套法螺来，那摸不清你的人，便帖帖服服的向你合十顶礼，说不定碰得巧还恭而且敬的请你大吃一顿燕菜席呢！

吹牛有了如许的好处，于是无论哪一类的人，都各尽其力的大吹其牛了。但是且慢！吹牛也要认清对方的，不然的话，必难打动他或她的心弦，那么就失掉吹牛的功效了。比如说你见了一个仰慕文人的无名作家或学生时，而你自己要自充老前辈时，你不用说别的，只要说胡适是我极熟的朋友，郁达夫是我最好的知己，最好你再转弯抹角的去探听一些关于胡适、郁达夫琐碎的轶事，比如说胡适最喜听什么，郁达夫最讨厌什么，于是便可以亲亲切切的叫着“适之怎样怎样，达夫怎样怎样”，这样一来，你便也就成了胡适、郁达夫同等的人物，而被人所尊敬了。

如果你遇见一个好虚荣的女子呢，你就可以说你周游过列国，到过土耳其、南非洲！并且还是自费去的，这样一来就可以证明你不但学识、阅历丰富，而且还是个资产阶级。于是乎你的恋爱便立刻成功了。

你如遇见商贾、官僚、政客、军阀，都不妨察颜观色，投其所好，大吹而特吹之。总而言之，好色者以色吹之，好利者以利吹之，好名者以名吹之，好权势者以权势吹之，此所谓以毒攻毒之法，无往而不利。

或曰吹牛妙用虽大，但也要善吹，否则揭穿西洋镜，便没有戏可唱了。

这当然是实话，并且吹牛也要有相当的训练，第一要不红脸，你虽从来没有著过一本半本的书，但不妨咬紧牙根说：“我的著作等身，只可恨被一把野火烧掉了！”你家里因为要请几个漂亮的客人吃饭，现买了一副碗碟，你便可以说：“这些东西十年前就有了”，以表示你并不因为请客受窘。假如你荷包里只剩下一块大洋，朋友要邀你坐下来八圈，你就可以说：“我的钱都放在银行里，今天竟匀不出工夫去取！”假如哪天你的太太感觉你没多大出息时，你就可以说张家大小姐说我的诗作的好，王家少奶奶说我脸子漂亮而有丈夫气，这样一来太太便立刻加倍的爱你了。

这一些吹牛经，说不胜说，但神而明之，存乎其人！

（收入1936年1月北新书局版《东京小品》）

恋爱不是游戏

没有在浮沉的人海中，翻过筋斗的和尚，不能算善知识[①]；

没有受过恋爱洗礼的人生，不能算真人生。

和尚最大的努力，是否认现世而求未来的涅槃，但他若不曾了解现世，他又怎能勘破现世，而跳出三界外呢？

而恋爱是人类生活的中心，孟子说："食色性也。"[②] 所谓恋爱正是天赋之本能；如一生不了解恋爱的人，他又何能了解整个的人生？

所以凡事都从学习而知而能，只有恋爱用不着学习，只要到了相当的年龄，碰到合式的机会，他和她便会莫明其妙的恋爱起来。

恋爱人人都会，可是不见得人人都懂，世俗大半以性欲伪充恋爱，以游戏的态度处置恋爱，于是我们时刻可看到因恋爱而不幸的记载。

实在的恋爱绝不是游戏，也绝不是堕落的人生所能体验出其价值的，它具有引人向上的鞭策力，它也具有伟大无私的至上情操，它更是美丽的象征。

在一双男女正纯洁热爱着的时候，他和她内心充实着惊人的力量；他们的灵魂是从万有的束缚中，得到了自由，不怕威胁，不为利诱，他们是超越了现实，而创造他们理想的乐园。

不幸物欲充塞的现世界，这种恋爱的光辉，有如萤火之微弱，而且"恋爱"有时适成为无知男女堕落之阶，使维那司不禁深深的叹息[③]："自从世界人群趋向灭亡之途，恋爱变成了游戏，哀哉！"

（原刊1933年8月4日《时事新报》副刊《青光》）

---

① 善知识：佛学名词，指正直而有德行、能教导正道的人。

② 语出《孟子·告子上》。

③ 维那司：今通译维纳斯。

花瓶时代

这不能不感谢上苍，它竟大发慈悲，感动了这个世界上傲岸自尊的男人，高抬贵手，把妇女释放了，从奴隶阶级中解放了出来。现代的妇女，大可扬眉吐气的走着她们花瓶时代的红运，虽然花瓶，还只是一件玩艺儿，不过比起从前被锁在大门以内作执箕帚，和泄欲制造孩子的机器，似乎多少差强人意吧！

至少花瓶是一种比较精致的器具，可以装饰在堂皇富丽的大厅里，银行的柜台畔，办公室的桌子上，可以引起男人们超凡入圣的美感，把男人们堕落的灵魂，从十八层地狱中，提上人世界，有时男人们工作疲倦了，正要咒诅生活的枯燥，乃一举眼视线不偏不倚的，投射到花瓶上，全身紧张着的神经松了，趣味油然而生。这不是花瓶的价值和对人类的贡献吗？唉，花瓶究竟不是等闲物呀！

但是花瓶们，且慢趾高气扬，你就是一只被诗人济慈所歌颂过的古希腊名贵的花瓶，说不定有一天，要被这些欣赏而鼓舞着你们的男人们，嫌你们中看不中吃，砰的一声把你们摔得粉碎呢！

所以这个花瓶的命运，究竟太悲惨；你们要想自救，只有自己决心把这花瓶的时代毁灭，苦苦修行，再入轮回，得个人身，才有办法。而这种苦修全靠自我的觉醒。不能再妄想从男人们那里求乞恩惠，如果男人们的心胸，能如你们所想象的，伟大无私，那么，这世界上的一切幻梦，都将成为事实了！而且男人们的故示宽大，正足使你们毁灭，不要再装腔作势，搔首弄姿的在男人面前自命不凡吧！花瓶的时代，正是暴露人类的羞辱与愚蠢呵！

（原刊1933年8月11日《时事新报》副刊《青光》）

男人和女人

一个男人，正阴谋着要去会他的情人。于是满脸柔情的走到太太的面前，坐在太太所坐的沙发椅背上，开始他的忏悔："琼，在这个世界上只有你能谅解我——第一你知道我是一个天才，琼多幸福呀，作了天才者的妻！这不是你时常对我的赞扬吗？"

太太受催眠了，在她那感情多于意志的情怀中，漾起爱情至高的浪涛，男人早已抓住这个机会，接着说道："天才的丈夫，虽然可爱，但有时也很讨厌，因为他不平凡，所以平凡的家庭生活，绝不能充实他深奥的心灵，因此必须另有几个情人；但是琼你要放心，我是一天都离不得你的，我也永不会同你离婚，总之你是我的永远的太太，你明白吗？我只为要完成伟大的作品，我不能不恋爱，这一点你一定能谅解我，放心我的，将来我有所成就，都是你的赐予，琼，你够多伟大呀！尤其是在我的生命中。"

太太简直为这技巧的情感所屈服了，含笑的送他出门——送他去同情人幽会，她站在门口，看着那天才的丈夫，神光奕奕的走向前去，她觉得伟大，骄傲，幸福，真是哪世修来这样一个天才的丈夫！

太太回到房里，独自坐着，渐渐感觉得自己的周围，空虚冷寂，再一想到天才的丈夫，现在正抱在另一个女人的怀里："这简直是侮辱，不对，这样子妥协下去，总是不对的。"太太陡然如是觉悟了，于是"娜拉"那个新典型的女人，[①] 逼真的出现在她心

---

① 娜拉：易卜生剧作《玩偶之家》中的女主人公。

头："娜拉的见解不错，抛弃这傀儡家庭，另找出路是真理！"太太急步跑上楼，从床底下拖出一只小提箱来，把一些换洗的衣服装进去。正在这个时候，门砰的一声响，那个天才的丈夫回来了，看见太太的气色不大对，连忙跑过来搂着太太认罪道："琼！恕我，为了我们两个天真的孩子您恕我吧！"

太太看了这天才的丈夫，柔驯得像一只绵羊，什么心肠都软了，于是自解道："娜拉究竟只是易卜生的理想人物呀！"跟着箱子恢复了它原有的地位，一切又都安然了！

男人就这样永远获得成功，女人也就这样万劫不复的沉沦了！

（原刊1933年8月25日《时事新报》副刊《青光》）

今后妇女的出路

时代的轮子不停息的在转动，易卜生早已把妇女的出路指示了我们。当然娜拉的出走，是不容更有所迟疑的。不过在事实上，娜拉究竟是极少数，而大多数的妇女呢，仍然作着傀儡家庭中的主角。而且有一些懒散惯的妇女，她们拿拥护母权作挡箭牌，暗地里过着寄生的享乐生活。另有一部分人呢，因为脑子里仍存着封建时代的余毒，认定“男治外女治内”的荒谬议论，含辛茹苦作一个无个性的柔顺贤妻，操持家务的良母。同时许多男性中心的教育家，惟恐妇女有了本事，不利于男人们，便极力的反对妇女到社会上去，什么妇女的智力体力赶不上男人啰，又是贤妻良母是妇女唯一的天职啰，拿这些片面之辞的帽子压到妇女头上，使她们不得不回到家里去。

其结果呢，一失掉了独立的人格。二失掉了社会的地位。三埋没了个性。真是为害不浅呢！不信，听我细细说来：

一、失掉了独立的人格　妇女回到家里去，她们的世界除了家庭还是家庭，她们所应付的，也仅仅是家庭里的几个人，她们的能力，也仅仅懂得一些琐碎杂务的操持，一旦叫她们离开家庭到社会上来，对于一切都感到陌生，无法应付，结果只好躲在男人背后，受尽他们的支配，任他们去宰割，爱之当宝贝，恶之弃若敝屣；而妇女呢，还得继续受下去，因为她们已失掉了独立的人格。这样结果，便造成畸形的病态的社会了。

二、失掉了社会的地位　不论男女，天经地义的应取得社会地位。人类对于社会负有义务，当然也应享有权利。而妇女们对于社会似乎不负责任，当然社会的一切权利，设施，也只以男子为对象。但是妇女为什么对社会不负责任？为什么不想享受社会上的权利？不怪别的，只怪她们错误了。她们把自己锁在家里，使男子得有垄断社会事业的机会，使男子的势力膨胀到压得妇女不能喘气，唉，这是多么悲惨的现象呢！

三、埋没了个性　妇女的天性，果然有些和男人不同，但不同和同，也要看环境的，如果男女的环境完全一样，其不同之点，与其说是心理上的，不如说是生理上的更多些；而生理上的不同，也可以加以人力，而使之能力方面，无所差别。比如说乡间的妇女，她们能锄地，挑柴；男人呢，也能作裁缝理发等细腻工作。如此看来，人类只有个性的差异，而无男女间的轩轾，所以妇女们虽有喜欢在家庭操持家务、抚育儿女的，但也有许多人是喜欢作科学家、政治家、教育家、工程师、医生种种的事业，而既往的妇女，也为了回到家里去，埋没了个性，牛马般的作着不愿意作的工作。这不但是妇女的损失，也是国家的损失，甚至还是人类的损失呢！

就以上三点看来，主张妇女回到家里去的论调，当然算不得正确。不过在家庭制度还存在的今日，我们也不能说所有的妇女都到社会上去，置家事于不顾。那么如之何而后可呢？我以为家庭是男女共同组织成的，对于家庭的经济，固然应当男女分担；对于家庭的事务，也应当男女共负。除了妇女在生育期中，大家都当就其所长服务社会，求得各人经济之独立。男女间只有互助的，共同的生活，而没有倚赖的生活。

至于对于家务的料理，子女的教养，职业妇女似乎有不能兼顾之弊，但我们不能因噎废食，并且也不是绝对没有补救的方法，如果我们能找到一个性近于家事，而妥当的保姆，替我们整理家务，保育子女，在她们也是一种职业，不害她们的人格独立，经济独立，个性发展种种方面，这所谓之两不相害而且相成。

所以我对于今后妇女的出路，就是打破家庭的藩篱到社会上去，逃出傀儡家庭，去过人类应过的生活，不仅仅作个女人，还要作人，这就是我唯一的口号了。

（收入北新书局 1936 年 1 月版《东京小品》）

创作的我见

甚么是创作？人云亦云的街谈巷议，过去的历史记述，摹仿昔人的陈套，抄袭名著的杂凑，而名之曰“创作”，这固是今日——过渡时代欺人的创作，在中国乃多如“恒河沙数”，不过稍具文学知识的人，对此不免“齿冷”了。

足称创作的作品，唯一不可缺的就是个性，——艺术的结晶，便是主观——个性的情感，这种情感绝不是万人一律的，纵使“英雄所见略同”，也不过是“略同”，绝不是竟同，因个性的不同，所以甲乙二人同时观察一件事物，其所得的结果，必各据一面，对于其所得的某点，发生一种强烈联想和热情，遂形成一种文艺，这种文艺使人看了，能发生同情和刺激，就便是真正的创作。

宇宙间的森罗万象，幽玄神妙，——常人耳目所不易闻见和观察不到的地方，创作家都能逐点的把他轻描浅抹的表现出来，无形之中，使人类受到极大的感化，所以创作家的作品，是人类精神的粮——创作家的价值于此可见。

创作家的可贵既如上述，但因其有绝大的影响力，所以他所负的责任也非常大，故我对于创作的意见，不能不略说一二……

创作家的作品，完全是艺术的表现，但是艺术有两种：就是人生的艺术（Arts for life's sake），和艺术的艺术（Arts forart's sake），这两者的争论纷纷，莫衷一是；我个人的意见，对于两者亦正无偏向。创作者当时的感情的冲动，异常神秘，此时即就其本色描写出来，因感情的节调，而成一种和谐的美，这种作品，虽说是为艺术的艺术，但其价值是万不容否认的了。

今更进而论内容的趋向。人类社会，各种现象，固是千差万别，但总而言之，其所演成者，不外悲剧、喜剧二种而已。喜剧的描写，易使人笑乐，但印象不深，瞬息即杳，因喜乐的事，其性不普遍，故感人不切，难引起人的同情。至于悲剧的描写，则多沉痛哀戚，而举世的人，上而贵族，下而平民，惨凄苦痛的事情则无人无之，所以这种作品平易感人，而能引起人们的反省。况今日的世界，天灾人祸，相继而来，社会上但见愁云惨雾，弥漫空际，民不聊生，人多饿死；但一部分又酣歌醉酒，昏沉终日，贫富不均，阶级森严，人们但感苦闷，终至日趋颓唐，不知求所以苦闷的原因，从黑暗中寻觅光明，遂至苦上加苦，生趣毫无，自杀的青年一天增加一天，其悲惨真不忍细说！所以创作家对于这种社会的悲剧，应用热烈的同情，沉痛的语言描写出来，使身受痛苦的人，一方面得到同情绝大的慰藉，一方面引起其自觉心，努力奋斗，从黑暗中得到光明——增加生趣，方不负创作家的责任。

不过人们当苦痛到极点的时候，悲剧描写的同情固可以慰藉他，但作品之中不可过趋向绝望的一途，因为青年人往往感“生的苦闷”，极易受示唆，若描写过于使人丧胆短气，必弄成唆使人们自杀的结果，所以必于悲苦之中寓生路——这是我对于创作内容倾向的意见。

（原刊1921年《小说月报》第12卷第7号）

月色与诗人

艺术家固然是一种天才卓绝的人，因为他们的情感特别热烈；想象特别丰富；思想特别精密；直觉的力特别强，这绝不是后天所可培成的。但是无论是怎样多才卓绝的艺术家，他们绝不能躲避环境的影响，所谓环境，一方面是人为的政治风俗教育等，一方面是天然的如清莹之月，蓊蔚之草，旖旎之花，峥嵘之山，凡自然的种种都是。

每个时代代表的作家，他作品里绝没有不含时代色采的，这是关于人为的环境说，至于与自然接触各不同的方面，也绝没有不影响于作家，而表现于其作品。太史公说得好，要想文章有奇特之气，必要多游天下之名山巨川，这就是说艺术家与自然的关系了。

我闲尝翻阅中国古人的诗词，看他们所用为描写的材料，风花雪月，固然是常用的，而其中关于月要特别多些，现在就唐诗的一部分举几个例子来看看：——

“共看明月应垂泪”——白居易

“松月生夜凉”——孟浩然

“山月映石壁”——王维

“山月静垂纶”——李颀

“月色偏秋凉”——李嶷

“浩歌待明月”，

“对此石上月”，

“山月随人归”，

“花间一壶酒，独酌无相亲，举杯邀明月，对影成三人。

月既不解饮，影徒随我身，暂伴月将影，行乐须及春，我歌月徘徊……”——以上皆李白之作。

“中天悬明月”，

“初月出不高”——以上杜甫

“秋月照潇湘，月明闻荡桨”——刘长卿

“缺月烦屡瞰”——韩愈

“月下谁家砧”——孟郊

“月明松下房栊静”——王维

“何用孤高比秋月”，

“莫使金樽空对月”——以上李白

“行宫见月伤心色”，

“秋月春风等闲度”，

“别时茫茫江浸月”，

“唯见江心秋月白”

“绕船明月江水寒”——以上白居易

“夜半月高弦索鸣”——元稹

“明月来相照”——王维

“床前明月光”——李白

“故为待月处”——刘禹锡

“澹月照中庭”——韩愈

“只今唯有西江月”——李白

“虎溪闲月引相过”——释灵一

“江村月落正堪眠”——司空曙

“月照高楼一曲歌”——温庭筠

“秋来见月多归思”——雍关

“月光如水水如天，同来玩月人何在”——赵虾

“多情只有春庭月”——张泌

“明月自来还自去”——崔鲁

“秋月夜窗虚”——孟浩然

“明月松间照”——王维

“客散青天月”——李白

“等舟望秋月”——李白

“风林纤月落”——杜甫

“不夜月临关”——杜甫

“晓月过残垒”——司空曙

“泡江好湮月”——杜牧

“深夜月当花”——李商隐

“沙场烽火侵胡月”——祖咏

“中天月色好谁看”——杜甫

“请看石上藤萝月”——杜甫

“西楼望月几回圆”——韦应物

“万里归心对月明”——卢纶

“明月好同三径夜”——白居易

“五更残月有莺啼”——温庭筠

以上的例子，不过是一部分，他如张若虚“春江花月夜”等，还不知有多少。诗人为什么喜欢用风花雪月这些字呢？最大的原因，这些字所包含的内容是很美的，所以诗人多喜欢用他，太史公评屈原的《离骚》有句话说：“其行洁，故其称物芳”就是这个意思了。

况月色的美，和“风花雪”等又不同。月色以青为至色，青是寒色，且是寒色的主体；寒色与暖色不同，暖色如红，看了足使人兴奋，其结果使人生渴怒烦燥之感。而青色是使人消沉平静，其结果使人得到闲适慰藉之感。

再说到由青色所生的变化色：(1) 为绿色——和青黄而成——画家谓黄是理想色（主意志变化），绿色使人生希望，故称为希望色。(2) 为紫色——和青红而成——紫色画家称为渴仰色。

又月的青色，与其它不同。盖其色淡近白，而光较日暗而带灰，白色则洁无我相，灰色则近黑而消沉，使人不生利禄想，超越的情感遂油然而生，艺术的冲动亦因之而起了。

况且月所照的世界为夜，日为奋斗于生活的时候，而夜是休养生息的时候，所以日所照的世界，各个自相皆异色而现，不免为外界引诱而此心亦紊乱了，此时只想如何对付事实，绝对没有超卓之想；而月所照的世界，则无自相，使人觉得“实在世界之消失”而忘我相，这时的喜怒哀乐，绝不止以一身的喜怒哀乐为标准。因为在这种纯洁消沉的月光之下，已将人们的小我忘了，而入于大我之境，有限的现实的桎梏，既除去，于是想象波涌，高尚之情鼎沸，艺术的冲动就不可制止了。

因为艺术——无论人生的艺术，或是艺术的艺术，——美总是个必需的条件；月色，既如此的美，那么诗人提笔每联想到月色，或因月色而想提笔，那是很自然的事呵！

由此看来，月色实在能帮助艺术家得到好作品了，又何怪艺术家常喜欢在月下吟咏，和以月色为他们艺术的背景呢？

（原刊1923年6月11日《晨报副刊·文学旬刊》第2号）

读诗偶得

年来以心为形役，未尝不惆怅而独悲，唯生于今日工商业发达之世，欲不为口腹之累，悄然远行，势有所不可能者，无已则忙里偷闲，于口耕舌种之余暇，闭户焚香，细品清茗，读古人佳作，俾此心暂入“悠闲”之境，亦扰扰人世中之一乐事也欤？

近读古人诗，偶有会心处，辄拉杂书之，今以公之同好，不知亦有当否？

（一）诗不可学，然亦不能不学。盖不可学者，诗人锐敏之感觉，热烈之情感，丰富之想象耳。而不能不学者，则其描写之技巧，如音调之铿锵，声律之和协等，皆由于锻炼而成。

学古人诗有二法：（1）客观方法学诗，即每家一体，分而学之。如王湘绮是。（2）主观方法学诗：以自己为中心，无论何诗，皆当前后一调，成为自己独具之风格。李太白学诗亦分而学之，如其五言诗、拟古诗学刘公干，写景学谢玄晖①。以太白大才尚分而学之，则吾人学诗尤不能不揣摸各家之长，俟既得之矣，则不难融化而自成风格。

又学诗应以“清新”为主。“清新”二字见于杜诗：去重谓之清，去陈意谓之新，故唐人诗多描写女性，多“比兴”之法，而宋人则多描写男性（表现自己之人格）。按诗之正宗，则以“比兴”为尚，但宋人以为如此，不过多赠古人数诗耳，故必推陈出新，别开生面。盖诗之上乘，应具有时代精神，不应唯学古代之躯壳。虽

---

① 刘公幹：即刘桢（？—217），字公幹。汉末诗人，建安七子之一。作品集为《刘公幹集》。谢玄晖：即谢朓（464—499），南朝齐诗人，有《谢宣城集》传世。

初学时，不能无所取法，但终必须自成格调，所谓始于模拟，终于创造也。

（二）作诗绝不可绳之以逻辑。盖诗人造句，率在感觉所得来一瞬之情感耳，非从考虑上得来，其不通处，正是其绝妙处，如王昌龄之《送魏二》：“辞别江楼桔柚香/江风引雨入舟凉/忆君遥在潇湘月/愁听清猿梦里长。”

此诗之“梦里长”三字即有不通之妙。

又王昌龄之《听流入水调子》：“孤舟微月对枫林/分付鸣筝与客心/岭色千重万重雨/断弦收与泪痕深。”

此诗盖作于昌龄因不护细行，谪于汶州之时。汶州地近蛮荒，瘴烟溯气，至足惹人愁思，故听鸣筝而下泪也。按理“雨痕”自多于“泪痕”，但诗人只以其感觉所得而书之，故不计事实上之雨痕深于泪痕否也。

（三）作诗有因景生情者，如王涯之《宫词》：“碧绣檐前柳散垂（此写景也）/守门宫女欲攀时/曾经玉辇从容处/不敢临风折一枝”（此由景生情也）。

又如杨巨源之《折杨柳》：“水边杨柳曲尘丝（此写景也）/立马烦君折一枝/唯有春风最相惜/殷勤更向水中吹”（此因景生情也）。

但因景生情，第一须先造景。夫景何能造？即以特殊之境界而移其感想也。如一样月色，因人地之不同，其所生之感想亦异也。

（四）作绝句最应着力于一开一合，即以二不同之境界相贯而一之。如李白之《越中览古》：“越王勾践破吴归/将士还家尽锦衣/宫女如花满春殿/只今唯有鹧鸪飞。”

此诗有二不同之境界，上三句为一境界，写得如荼如火，而第四句一转，——另换一境界，将上面之境界，收拾干净，真有千钧之力。

又元稹之《刘阮妻》：“芙蓉脂肉绿云鬟/罨画楼台青黛山/千树桃花万年药/不知何事恋人间。”

此诗乃元稹代刘阮妻，送刘阮回天台所作，前三句极写天台之佳，而结尾一转，则三句皆抹煞净矣，此种诗前三句应每句一意，极力开拓，使力量堆积雄厚，然后用一句翻转，则不至于松懈无味矣。

（五）作诗贵用衬托之笔，如刘禹锡之《金陵五首》之一：山围故国周遭在/潮打空城寂寞回/淮水东边旧时月/夜深还过女墙来。”

此诗为怀古伤今之作，即怀其变迁而吊之，然另一方面，则必衬之以不变化者始能动人，故以“旧时月”而衬“空城”也，“还”字寓有无限感慨。

又岑参之《山房春事》：“梁围日暮乱飞鸦/极目萧条三两家/夜树不知人去尽/春来还发旧时花。”

此诗亦以不变之花，而衬出已变之梁围，此“还”字亦同前诗寓有无限之感慨也。

又顾况之《赠远》：“暂出河边思远道/却来窗下听莺声/故人一别几时见/青草还从旧处生。”

此诗亦以不变之境界，而衬出已变之境界，与上二诗同一笔法，唯以不变之物衬出已变之物，尤应使目前之物，成为极妍丽明媚者，始能形容他方之寂寞荒凉来。如王安石《送客因寄女》诗：“荒烟凉雨助人悲/泪染衣巾不自知/除却春风沙继绿/一如看汝过江时。”此乃变“春草还从旧处生”之调。

（六）诗人应有忘小我而存大我之超然情感，宋末谢皋羽《晞发集》（《西台恸哭记》）论作诗①：“当其运思，身与天地俱忘”，有如是超然情感，然后能以无生命之物，视为有生命者，即加以人格化，如李白之《闻王昌龄左迁龙标遥有此寄》：“杨花落尽子规啼/闻道龙标过五溪/我寄愁心与明月/随风直到夜郎西。”

此诗之“明月”、“清风”皆由无知无情，而变成有知有情矣。

---

① 谢皋羽：即谢翱（1249—1295），南宋诗人。著有《晞发集》。

又诗人恒能破除人间所谓宽阔远近之见解，如戎昱之《旅次寄湖南张郎中》：“寒江近户漫流声/竹影临窗乱月明/归梦不知湖水阔/夜来还到洛阳城。”

洛阳乃唐之东都，湖者洞庭湖也，其中相距虽远，而诗人能破除之。此亦即所谓超然之情感也。

（原刊《人间世》杂志1934年第4期）

寄一星

似游丝荡漾在光影里，如琴弦震动穿过广漠的空野，起伏不定的灵感波痕，正独坐凝想时。

几番打开抽屉，一封封雪笺翻来细读，字字都有泪渍，行行显露悲哀，一星！是你伤离恨别，引起我情感的萧瑟？还是我“无病呻吟”，对月长嗟？

且听我细细的说：繁密的海棠荫下，和你最后的话别，凄楚中我曾慰你梦里相接。碧水应笑我狂，嗔你痴，而今别已数月，梦曾几接？

你来信说：“百年梦境，愁苦何必！”一星，我力却愁魔，争耐浪掀波翻挣脱不得！我理会愁苦只是怯弱的表示，但强开笑口，比哭还觉难堪哟！

一星！我的魂灵一天天走向飘碧空虚的花园去，我的躯壳却步步深入人间的地狱，可怜我已是剩余游息的人间奔命者。但这些隐微的衷曲，除了你我向谁诉说？

当年学校园里，背着教员吃烧饼油条，这兴趣而今并韶光消失了！

喜欢高谈阔论的我；而今竟镇日无语了！

什么希奇的音乐，我听了只觉平添多少怅惘！

美而多情的明月，我真怕见她，当她骄傲的逼视着我，只有将被把头严严蒙遮。

这些便是你久别的庐隐，郑重寄你的心弦中弹出的一曲哀音。

（原刊1924年1月11日《晨报副刊·文学旬刊》第23号）

寄燕北故人

亲爱的朋友们：

在你们闪烁的灵光里，大约还有些我的影子吧！但我们不见已经四年了，以我的测度你们一定不同从前了，——至少梅姊给我的印影——夕阳下一个倚新坟而凝泪的梅姊，比起那衰草寒烟的梅窠，吃鸡蛋煎菊花的豪情逸兴要两样了。至于轩姊呢，听说愁病交缠，近来更是人比黄花瘦。那么中央公园里，慢步低吟的幽趣，怕又被病魔销尽了！……呵！现在想到隽妹，更使我心惊！我记得我离开燕京的时候，她还睡在医院里，后来虽常常由信里知道她的病终久痊愈了，并且她又生了两个小孩子，但是她活泼的精神和天真的情态，不曾因为病后改变了吗？哎！不过四年短促的岁月中，便有这许多变迁了，谁还敢打开既往的生活史看，更谁敢向那未来的生活上推想！

我自从去年自己害了一场大病，接着又遭人生的大不幸，终日只是被暗愁锁着。无论怎样的环境，都是我滋感之菌，——清风明月，苦雨寒窗，我都曾对之泣泪泛澜，去年我不是告诉你们：我伴送涵的灵柩回乡吗？那时我满想将我的未来命运，整个的埋没于闭塞的故乡，权当归真的墟墓吧！但是当我所乘的轮船才到故乡的海岸时，已经给我一个可怕的暗示——一片寒光，深笼碧水。四顾不禁毛发为之悚栗，满不是我意想中足以和暖我战惧灵魂的故乡；及至上了岸，就见家人，约了许多道士，在一张四方木桌上，满插着招魂幡旗，迎冷风而飘扬。只见涵的衰年老父，揾泪长号，和那招魂的磬钹繁响争激。唉！马江水碧，鼓岭云高，渺渺幽冥，究竟何处招魂！徒使劫余的我肝肠俱断。到家门时，更是凄冷鬼境，非复人间。唉！那高举的丧幡，沉沉的白幔，正同五年前我奔母亲丧时的一样刺心伤神。——不过几年之间，我却两度受造物者的宰割。哎！雨打风摧，更经得几番磨折！——再加着故乡中的俚俗困人，我究竟不过住了半年，又离开故乡了——正是谁念客身轻似叶，千里飘零！

去年承你们的盛情约我北去，更续旧游，只恨我胆怯，始终不敢应诺。按说北京是我第二故乡，我七八岁的时候，就和它相亲相近，直到我离开它，其间差不多十八九年，它使我发生对它的好感，实远胜我发源地的故乡。我到北京去，自然是很妥当而适意的了；不过你们应当知道，我为什么不敢去？东交民巷的皎月馨风，万牲园的幽廊斜晖，中央公园的薄霜淡雾①，都深深地镂刻着我和涵的往事前尘！我又怎么敢去？怎么忍去！朋友们！你们千里外的故人，原是不中用的呢！不过也不必因此失望，因为近来我似乎又找到新生路了。只要我的灵魂出了牢狱，我便可和你们相见了！

我这一次重到上海，得到一个出我意料外的寂静的环境，读书作稿，都用不着等待更深夜静。确是蓼荻绕宅，梧桐当户，荒坟蔓草，白杨晚鸦，而它们萧然的长叹，或冷漠，都给我以莫大的安慰，并且启示我，为俗虑所掩遮的灵光——虽只是很淡薄的灵光，然而我已经似有所悟了。

我所住的房子，正对着一片旷野，窗前高列着几棵大树，枝叶繁茂，宿鸟成阵，时时鼓舌如簧，娇啭不绝。我课余无事，每每开窗静听，在它们的快乐声中，常常告诉我，它们是自由的……有时竟觉得，它们在嘲笑我太不自由了，因为我灵魂永远不曾解放过，我不能离开现实而体察神的隐秘，无论做什么事情，都只能宛转因人，这不是太怯弱了吗？

有一天我正向窗外凝视，忽然看见几个小孩子，满脸都是污

---

① 万牲园：即今动物园。中央公园：即今中山公园。

泥，衣服也和他们的脸一样的肮脏，在我们房子左右满了落叶枯枝的草地上，摭拾那落叶枯枝。这时我由不得心里一惊——天寒岁暮了，这些孩子们，捡这枯枝，想来是，燃了取暖的。昨天听说这左右发见不少小贼，于是我告诉门房的人，把那些孩子赶了出去，并且还交代小工，将那破损的竹篱笆修修好，不要让闲杂人进来。……这自然是我的责任，但是我可对不起那几个圣洁的小灵魂了。我简直是蔑视他们，贼自然是可怕的罪恶，然而我没有用的人，只知道关紧门，不许他们进来，这只图自己的安适，再不为那些不幸的人们一回顾，这是多么卑鄙的灵魂？除自私之外没有更大的东西了！朋友们：在这灵光一瞥中，我发见了人类的丑恶，所以现在除了不幸的人外，我没有朋友。有许多人，对着某一个不幸的人，虽有时也说可怜，然而只是上下唇及舌头筋肉间的活动，和音带的震响罢了——真是十三分的漠然，或者可以说，其间含着幸灾乐祸的恶意呢？总之一个从来不懂悲哀和痛苦真义的人，要叫他能了解悲哀和痛苦的神秘，未免太不容易！所以朋友们！你们要好好记住，如果你们是有痛苦悲哀的时候，与其对那些不能了解的人诉说，希冀他们予以同情的共鸣，那只是你们的幻想，决不会成事实的。不如闭紧你们的口，眼泪向肚里流要好得多呢。

悲哀才是一种美妙的快感，因为悲哀的纤维，是特别的精细，它无论是触于怎样温柔的玫瑰花朵上，也能明切的感觉到，比起那近于欲的快乐的享受，真是要耐人寻味多了。并且只有悲哀，能与超乎一切的神灵接近。当你用怜悯而伤感的泪眼，去认识神灵的所在，比较你用浮夸的享乐的欲眼时，要高明得多。悲哀诚然是伟大的！

朋友们！你们读我的信到这个地方，总要放下来揣想一下吧！甚或要问这倒是怎么一回事？——想来这个不幸的人，必要被暗愁搅乱了神经，不然为何如此尊崇悲哀和不幸者呢？……要不然这个不幸的人，一定改了前此旷达的心胸，自囿于凄栗之中，……呵！朋友们：如果你们如是的怀疑，我可以诚诚实实地告诉你们，这揣想完全错了。我现在的态度，固然是比较从前严肃，然而我却好久不掉眼泪了。看见人家伤心，我仿佛是得到一句隽永的名句，有意义的，耐人寻味的名句。我得到这名句，一面是刻骨子的欣赏，一面又从其中得到慰安。这真是一种灵的认识，从悲哀的历程中，所发见的宝藏。

我前此常常觉得人生，过于单调；青春时互相的爱恋者，一天天平凡的度过去，究竟什么是生命的意义！——有什么无上的价值，完全不明了。现在我仿佛得到神明的诏示，真了解悲哀才有与神接近的机会，才能以鲜红的热血为不幸者牺牲。朋友们！我相信你们中一定有能了解我这话的人，至少梅姊可以和我表同情，是不是？

我自从沦入失望和深愁浸渍的漩涡中，一直总是颓废不振。我常常自危，幸而近来灵光普照，差不多已由颓废的漩涡中扎挣起来了。只要我一旦对于我的灵魂，更能比较的解放，更认识得清楚些，那么那个人的小得失，必不至使我惊心动魄了。

梅姊的近状如何？我记得上半年来信，神气十分萎靡。固然我也知道梅姊的遭遇多苦。但是，我希望梅姊把自己的价值看重些，把自己的责任看大些，像我们这种个人的失意，应该把它稍为靠后些。因为这悲哀造成的世界，本以悲哀为原则，不过有的是可医治的悲哀，有的是不可医治的悲哀。我们的悲哀，是不可医治的根本的烦冤，除非毁灭，是不能使我们与悲哀相脱离。我们只有推广这悲哀的意味，与一切不幸者同运命，我们的悲哀岂不更觉有意义些吗？呵！亲爱的朋友！为了怜悯一个贫病的小孩子而流泪，要比因自己的不幸而流泪，要有意味得多呢！

神实在是不可思议的，所以能够使世界瑰琦灿烂，不可逼视，在这里我要告诉你一件很有趣味的事实。前天下午，我去看星姊，那时美丽的太阳，正射着玫瑰色的玻璃窗上，天边浮动着变幻的浅蓝的飞云。我走到星姊的房间的时候，正静悄悄不听一点声息。后来我开门进去，只见星姊正在摇篮旁用手极轻微的摇着睡在里面的小孩子。我一看，突然感觉到母亲伟大而高远的爱的神光，从星姊的两眸子中流射出来。那真是一朵不可思议的灿烂之花！呵隽妹！我现在能想象你，那温慈的爱欢，正注射着你那可爱的娇儿呢！这真是人间最大慰安吧，无论是怎么痛苦或疲乏的人，只要被母亲的春晖拂照便立刻有了生气。世界上还有比母亲的爱更伟大么？这正是能牺牲自己而爱，爱她们的孩子，并且又是无所为而爱的呵！母亲的爱是怎样的神圣，也正和为不幸而悲哀同样有意味呢？

现在天气冷了，秋风秋雨一阵紧一阵，燕北彤云，雪意必浓，四境的冷涩，不知又使多少贫苦人惊心骇魄。但愿梅姊用悲哀的更大同情，为他们洗涤创污，隽妹以母亲伟大的温情，为他们的孤零嘘拂。

如果是无甚阻碍，明年暑假，我们定可图一晤。敬祝亲爱的朋友为使灵魂的超越而努力呵！

你们海角的故人书于凄风冷雨之下。

（收入 1928 年 1 月北平古城书社初版《曼丽》）

海滨消息

——寄波微[1]

波微！入春以来，连朝阴霉，无聊的我，正“欹枕听新雨，往事朦胧”间，忽接到你寄来的《妇女周刊》，读罢“心海”一栏，知千里外的故人，犹不时深念消沉海滨的露沙，噫！感谢你深情厚意！把我从寒冰千尺，冷潮百丈中，超拔起来，使那已经灰冷的灵焰，终至于复燃了！

忆念中不可或忘的美丽秋晨，劲松冷柏的园中，正闪烁着澹澹的秋阳，清利的微风，悄悄掀动额前覆发，吹起薄袍襟角，而勇气正旺的你我，迎风高歌，意趣洒落，不知不觉间，来到黄花圃旁；那傲骨嶙峋的秋菊，正向你我含笑点头，你默然无语的凝视天容，涉想玄越中忽低吟道：“孤标傲世偕谁隐？一样花开为底迟？”当时我曾笑答道：“它原是古井无波，你又何必平地翻浪？无意识的黄花，将从此魔高千丈了！”——这几句话虽是当时戏言，而如今深味，何尝不足感慨系之呢？……

自从别后，你羁旅燕北，饱尝冷漠，我呢？消沉江南，心花亦几何不日趋枯萎，提什么游戏人间，不过欺人自欺罢了！

试悄听心弦的微音，那哀楚的音徵，何曾顷刻停止，天地原来不仁，万物都为刍狗，当我们紧闭心房，讴歌理想生活时，虽不是有意的自骗，也逃不了勉强自遣的苦楚！不用说为人类为国家，所起的一种“蒿目时艰”、“哀怜众生”的伟大同情，足以捏碎人们脆弱的心灵？便是我们一身直接所受事物的束缚，所有灵魂上的疮

① 波微，即石评梅，20世纪20年代的女诗人，庐隐的挚友。

痍，已足使我们狱门紧闭，翻身无日了；何曾丝毫超脱？何尝四大皆空，怎配说“万缘都寂”呢！

弱小的露沙，原是理想国中的失望者，当日的“女儿英雄”、“名士风流”，而今徒留些残痕败影，滋你凭吊嘘唏，增我不少痛苦的回忆罢了。谢你多情提及，但又不无怨你多事提起！我自南来后时时留恋昔日的生活，且因留恋而下泪！最近几至麻痹的境地；忽然经你旧话重提，满罩云雾的心海，忽然透澈青天的光明，不由得浪翻波涌了。唉！安乐绝不足使我忘却前尘，澈悟亦何能抛却前途，如今的我，只如旅行者踯躅于荒漠之地，只有失望凄惶罢了。唉！亲爱的朋友，我将对你说什么？你希望越深，我越对你无言呵！

你要我为一般的可怜女子负些责任，我自然不能反对；但仔细想来我又知道些什么？我又何尝比她们先觉？况且她们正高高兴兴的过日子，何忍把那一层薄幕给她们掀破？使她们发觉自己的不幸呵！人们只知道瞎子们可怜——因为他们看不见一切，其实不瞎者的可怜，正如哑子吃黄连有苦不能言呢！这形形色色的龃龉肮脏，何啻万千的芒刺，时时刺痛脆弱的心田？唉！波微！除却自己迷信自己，强造些美丽的幻境，聊自慰遣，这世界实在不足一日留恋！

你叫我猜你将来欲行的两条路，我固然因猜不到而不猜，其实我也不用猜，因为未来的前途，无论谁都难预料，便是你自己恐怕也正迷惘难决，——并不只你如此，芸芸众生孰能逃此大劫？纵使勉强坚持到底，而内心的伤痕免得了爆烈吗？波微！日月如逝水般悄悄逃去，美丽的幻影梦境，也逐渐的淡漠，终至于前途空洞，除了颓丧的暮气逼迫出来，实在更找不出些什么来！

波微！按理我正青年不应说这些丧气的话，无如我的心弦，弦弦只作此音，叫我强为欢笑，其实是势所难能罢了！你只当噩梦一场，这不值得深忆的呓语，万勿镌在你活泼泼的心头吧！祝你

逸兴胜昔

露沙寄自海滨

（原刊1925年3月《京报副刊·妇女周刊》）

呓　语

梅：

别不几时，彼此都有“往事难重省”之概（慨），然而何必深说！抑何忍深说！正所谓“伤心岂独息夫人”？想到家后，心境必差强人意，有父母在好在的撒娇吧！尽情的享受天伦之乐吧！我是无父母的孤零人了，我的母亲所留给我的，只是些暴烈的伤痕，再想她老人家，用轻皱而微颤的手，摸摸我的头，替我整理行装，嘱咐我早些归来，——唉！这些只是“他生未卜此生休”，那三四尺的桐棺，固然尚未入土，然而只此区区之隔，已是人天路遥了。叫我和谁诉苦去？唉！我纵相信母亲的爱，比什么都纯挚，都圣洁，然而何益！午夜人静，独坐思量，也许母亲尚在旁边陪我垂泪，只恨我肉眼凡胎，难接吾母之灵，这空落落的心，终是凄苦的呵！

你前信叫我为《妇女周刊》作些稿子，我自是愿意，无如我近来心境颓唐慵懒已极，当年那些栉风沐雨，挺然不拔的豪兴，都与日月俱逝，但道不关于我的处境，我的处境，在平常人看来或者还要羡慕我呢，只恨我自己生性难改，悲凉心情，今昔犹是！

近两日天气比较凉快，我又不喜早睡，所以倒可作些东西，不过一无统系，只是些狂人呓语，聊寄上补补白吧？

一、我的朋友

我原来不寂寞，斗室方庐虽小，连树儿也没一棵，但隔邻却有一个小花园，住着杨树的秦吉了，叫过了“伏天，伏天”，便是蝈蝈唱着“咯咯！咯咯”！再歇一歇又是夏蝉儿拉着长声“唧唧！唧唧！”一递一声的已经够热闹了，更加上蟋蟀儿的“咄咄！咄咄！”真是声多弦繁呵！作了小宝宝的催眠歌，安慰了我不少的别情离绪。唉！我的朋友——青青的蝈蝈，小蝉儿，秦吉了，更有那蟋蟀儿，你们煞是多情哟！但是谁送你们来的？蓝天上的白云吗？深山里的流泉吧！唉！真真的不可思议；你们岂是来无踪，去无迹？还是来自有方去自有地？……我原是被天地宰割的一俘虏，对于你们的多情，无力报复，只等金风一起，你们藏的藏，避的避，我有什么法子留你们多住些时，更有什么机会和你们缱缱说情愫呵！天地本来无情，你们的多情只是自误，怨谁呢！

二、北海里的黄昏

这真值得深忆，——最耀眼是那荷露的凝珠，映着斜阳闪烁，三两朵挺立碧水上的红莲迎风含笑，更有那蔚蓝的云天，衬着艳丽的彩霞，极目云深处轻烟缭绕，是碧落？是人间？何暇分辨，我只怔坐荷塘边，看游鱼啄喋，听草虫细语，转眼忽见一株老松旁，倚着一根钓竿；我兴奋的拿了过来，和舟子讨了几个小虫，正是安派香饵钓游鱼，但是我放钓钩很久，而不曾有一个鱼儿上钩，唉……鱼儿虽蠢，然而比我却聪明得多呢！

风过处银浪翻雪，浪过处霞光万道，此时真是斜曛如醉。坐在北海滨斜曛下的我，真如饮醇醪，何暇更一深念，这刹那的海市蜃楼，转眼便风凄露冷，寒蛩声声，催我归去。此时纵感悟今昔，然而何益！深刻伤痕已铭心镂骨了呵！

三、雨云一瞥

烈日当空，烦躁得紧，不住掠扇，抵不住挥汗，头涨脑肥，但觉心头如炙，解暑汤喝一碗吧，但只过了我口头的渴，扑不灭我心头的火。虽经我默默的祷祝帘幕间，微觉有些凉意，仰视天容，果然有一片——仅仅的一片可以致雨的夏云，唉！多情的碧翁翁！原来还有些不忍人之心，其余的，我对他将如何感激，我怔怔注视这一片雨云，忽而淡，忽而深，有些雨意了，我枯槁的心，有些见苏息之望了，这时未透澈混元大地真相的我，虚拟仙葩开满心田，幻想美果满缀繁枝，微微的含笑，含笑注视天空；谁期一霎的凉意，而今已如堕欢，何处寻觅？雨云恹恹而病，更奄奄以殁，搜罗四空，不见踪迹；只有那毒狠的烈日，骄视大地，唉！雨云呵！你的昙花一现，只使我魔高千丈，何苦呢！

四、相思中的海滨精庐

我原不配自称高人，然而也够不上作俗子，只是一个半悬空的秋千架，有时因风力之便，虽不能与鸿鹄相征逐，然而黄昏的蝙蝠儿，我倒可以和它比比高低呢。我没有唐明皇遨游月宫的狂志，却有屈老先生行吟海滨之愿望，在我希冀中，只望于海滨辽阔之地，得一傍崖绕溪之区，建两三间茅庐，极自然之趣，朝看海雾幻形，暮听江涛低唱，我之所望已足，然而只此区区之望，而今仍在相思中，无计奈何！只得念念刘克庄的《摸鱼儿》：“叹采药名山读书精舍，此计何时就！”正所谓借他人酒杯，浇自己块垒，但愿海滨精庐，化成无形幻梦，使我夜夜随之而游吧！

五、浮家海上的哥哥

自母亲去后，我们兄弟姐妹各走一方，所谓树倒猢狲散，但是这原是聚散无常的大道理，古往今来，谁能独避？最难堪的我那个浮家海上的哥哥，他十年前曾作过覆舟下的逃生者，每提起海上生涯，不免皱眉蹙额，但而今为一百余元的薪米之费，充当海舰上的医生，今日汕头听潮声，明朝又到厦门看浪花，我嫂嫂不能同去，不用说她牵肠挂肚，我哥哥也何尝不望烟云而凄迷呢！便是我要想寄封信给他，也因飘浮无定址，虽有征鸿，而吩咐无从！唉！母亲呵！我有时望你阴灵不远，冥冥之中护佑我们兄弟姐妹们；有时我又怕你真个有灵，看了这一家星散的情景能不心伤吗？唉！今夜月色十分皎洁，我仿佛看见一片汪洋的大海，上接碧落，下底黄泉，这正是不上不下的人间，那其间有对月垂泪的我的哥哥和我的嫂嫂，但是何只他和她的一双泪眼模糊，唉！人生光阴有限，如此的苦捱者，究竟生也何趣，死又何悲呢！

（原刊 1925 年 9 月 2 日《京报副刊·妇女周刊》第 38 号）

寄天涯一孤鸿

亲爱的朋友：

这是什么消息，正是你从云山叠翠的天末带来的！我绝不能顷刻忘记，也绝不能刹那不为此消息思维。我想到你所说的“从今后我真成了天涯一孤鸿了”，这一句话日夜在我心魂中回旋荡漾。我不时地想，倘若一只孤鸿，停驻在天水交接的云中，四顾苍茫，无枝可栖，其凄凉当如何？你现在既是变成天涯一孤鸿，我怎堪为你虚拟其凄凉之境，我也不愿你真个是那样的冷漠凄凉。但你带来的一纸消息，又明明是：“……一切的世界都变了，我处身其中，正是活骸转动于冷酷的幽谷里，但是我总想着一年之中，你要听到我归真的信息……”唉，朋友！久已心灰意懒的海滨故人，不免为此而怦怦心动，正是积思成瘠了。我昨夜因赴友人之召，回来已经十时后，我归途中穿过一带茂密的树林，从林隙中闪烁着淡而无力的上弦月，我不免又想起你了。回来后，我懒懒坐在灯光下，桌上放着一部宋人词钞，我随手翻了几页，本想于此中找些安慰，或能把想你的念头忘却；但是不幸，我一翻便翻出你给我的一封信来，我想搁起它，然而不能，我始终又从头把它读了。这信是你前一个月寄给我的，大约你已忘了这其中的话。我本不想重复提这些颓丧的话，以惹你的伤心，但是其中有一个使命，是你叫我为你作一篇记述的，原文是：“……我友，汝尚念及可怜陷入此种心情的朋友吗？你有兴，我愿你用诚恳的笔墨为伤心人一吐积悃……”朋友！这个使命如何的重大？你所希望我的其实也是我所愿意作的。但是朋友，你将叫我怎样写法？唉！我终是踯躅，我曾三翻五次，握管沉思，竟至镇日无语，而只字不曾落纸。我与你交虽莫逆，但是你的心究竟不是我的心，你的悲伤我虽然知道，但是我所知道的，我不敢臆断你伤感的程度，是否正应我所直觉到的一样。我每次作稿，描写某人的悲哀或烦恼，我只是欺人自欺，说某人怎样的痛哭，无论说得怎样像，但是被我描写的某人，是否和我所想象的伤心程度一样，谁又敢断定呢？然而那些人只是我借他们来为我象征之用，是否写得恰合其当，都无伤于事；而你是我最好的朋友，我对于你的嘱托，怎好不忠于其事。因此我再三踌躇，不能轻易落笔，便到如今我也不敢为你作记述。我只能把我所料想你的心情，和你平日的举动，使我直觉到你的特性，随便写些寄给你。你看了之后，你若因之而浮白称快，我的大功便成了五分。你若读了之后，竟为之流泪，而至于痛哭，我的大功便成了九分九。这种办法，谅你也必赞成？

我记得我认识你的时候，正是我将要离开学校的头一年春天。你与我同学虽不止一年，可是我对于新来的同学，本来多半只知其名，不识其面，有的识其面又不知其名，我对于你也是如此。我虽然知道新同学中有一个你，而我并不知道，我所看见很活泼的你，便是常在报纸上作缠绵悱恻的诗的你。直到那一年春天，我和同级的莹如在中央公园里，柏树荫下闲谈，恰巧你和你的朋友从荷池旁来，我们只以彼此面熟的缘故，点头招呼。我们也不曾留你坐下谈谈，你也不曾和我说什么，不过那时我觉得你很好，便想认识你，我便问莹如你叫什么名字。她告诉我之后，才狂喜的叫起来道："原来就是她呵，不像！不像！"莹如对于我无头无脑的话，很觉得诧异，她说："什么不像不像呵？"我被她一问，自己也不觉笑起来，我说："你不知道我的心里的想头，怪不得你不懂我的意思了。你常看见报上PM的诗吗？你就那个诗的本身研究，你应当觉到那诗的作者心情的沉郁了，但是对她的外表看起来，不是很活泼的吗？我所以说不像就是这个原故了。"莹如听了我的解释，也禁不住点头道："果然有点不像，我想她至少也是怪人了！"朋友！自从那日起，我算认识你了，并且心中常有你的影像，每当无事的时候，便想把你的人格分析分析，终以我们不同级，聚会的时间很少，隔靴搔痒式的分析，总觉无结果，我的心情也渐渐懒了。

过了二年，我在某中学教书。那中学是个男校，教职员全是男人。我第一天到学校里，觉得很不自然，坐在预备室里很觉得无聊，正在神思飞越的时候，忽听预备室的门呀的一响，我抬头一看，正是你拿着一把藕合色的绸伞进来了。我这时异常兴奋，连忙握着你的手道："你也来了，好极！好极！你是不是担任女生的体操？"你也顾不得回答我的话，只管嘻嘻地笑——这情景谅你尚能仿佛？亲爱的朋友！我这时心里的欢乐，真是难以形容，不但此后有了合作的伴侣，免得孤孤单单一个人坐在女教员预备室里，而且与你朝夕相处，得以分析你的特性，酬了我的心愿。

想你还记得那女教员预备室的样子，那屋子是正方形的，四壁新裱的白粉连纸，映着阳光，都十分明亮。不过屋里的陈设，异常简陋，除了一张白木的桌子，和两三张白木椅子外，还有一个书架，以外便什么都没有了。当时我们看了这干燥的预备室，都感到一种怅惘情绪。过了几天，我们便替这个预备室起了一个名字，叫做白屋。每逢下课后，我们便在白屋里雄谈阔论起来。不过无论怎样，彼此总是常常感到苦闷，所以后来我们竟弄得默然无言。我喜欢诗词，你也爱读诗词，便每人各手一卷，在课后浏览以消此无谓的时间。我那时因为这预备室里很干燥，一下了课便想回到家里去，但是当我享到家庭融洽乐趣的时候，免不得想到栖身学校寄宿舍中，举目无与言笑的你，便决意去访你，看你如何消遣。我因雇车到了你所住的地方，只见两扇欲倒未倒的剥漆黑灰不分明的大柴门，墙头的瓦七零八落的叠着，门楼上满长着狗尾巴草，迎风摇摆，似乎代表主人招待我。下车后，我微用力将柴门推了一下，便呀的开了。一个老看门人恰巧从里面出来，我便问他你住的屋子，他说："这外头院全是男教员的住舍，往东去另有一小门，又是一个院子，便是女教员住的地方了。"我因按他话往东去，进了小门，便看见一个院落，院之中间有一座破亭子，亭子的四围放着些破木头的假枪戟，上头还有红色的缨子，过了破亭有一株合抱的大槐树，在枝叶交覆的荫影下，有三间小小的瓦房，靠左边一间，窗上挂着淡绿色的纱幔，益衬得四境沉寂。我走到窗下，低声叫你时，心潮突起，我想着这种冷静的所在，何异校中白屋。以你青年活泼的少女，镇日住在这种的环境里，何异老僧踞石崖而参禅，长此以往，宁不销铄了生趣。我一走进屋子里，看见你突然问道："你原来住在破庙里!"你微笑着答道："不错！我是住在破庙里，你觉得怎样?"我被你这一问，竟不知所答，只是怔怔的四面观望。只见在小小的门斗上有一张妃红色纸，写着"梅窠"两字。这时候我仿佛有所发见，我知道素日对你所想象的，至少错了一半，从此我对你的性格分析，更觉兴味浓厚了。

光阴过得很快，不觉开学两个多月了，天气已经秋凉。在那晓露未干的公园草地上，我们静静的卧着。你对我说："我愿就这样过一世，我的灵魂便可常常与浩然之气，结伴遨游。"我听了你的话，勾起我好作玄思的心，便觉得身飘飘凌云而直上，顷刻间来到四无人迹的仙岛里，枕藉芳草以为茵缛，餐美果，饮花露，绝不染丝毫烟火气。那时你心里所想的什么，我虽无从知道，但看你那优然游然的样子，我感到你已神游天国了。

我和你相处将及一年，几次同游，几次深谈，我总相信你是超然物外的人。我记得冬天里我们彼此坐在白屋里向火的时候，你曾对我说，你总觉得我是个怪人，你说："我不曾和你同事的时候，我常常对婉如说，你是放荡不羁的天马。但是现在我觉得你志趣销沉，束缚维深……"我当时听了你的话，我曾感到刺心的酸楚，因为我那时正困顿情海里拔脱不能的时候，听你说起我从前悲歌慷慨的心情，现在何以如此萎靡呢?

但是朋友！你所怀疑于我的，也正是我所怀疑于你；不过我觉得你只是被矛盾的心理争战而烦闷，我却不曾疑心你有什么更深的苦楚。直到我将要离开北京的那一天，你曾到车站送我，你对我说："朋友！从此好好的游戏人间吧！"我知道你又在打趣我，我因对你说："一样的，大家都是游戏人间，你何必特别嘱咐我呢！"你听了我这话，脸色忽然惨淡起来，哽咽着道："只怕要应了你在《或人的悲哀》里的一句话：我想游戏人间，反被人间游戏了我！"当时我见你这种情形，我才知道我从前的推想又错了。后来我到上海，你写信给我，常常露着悲苦的调子，但我还不能知道你悲苦到什么地步；直到上月我接到你一封信说，你从此变成天涯一孤鸿了，我才想起有一次正是风雨交作的晚上，我在你所住的"梅窠"坐着，你对我说："隐！世界上冷酷的人太多了，我很佩服你的卓然自持，现在已得到最后的胜利！我真没有你那种胆量和决心，只有自己摧残自己，前途结果现在虽然不能定，但是惨象已露，结果恐不免要演悲剧呢。"我那时知道你蕴藏心底必有不可告人的哀苦，本想向你盘诘，恐怕你不愿对我说，故只对你说了几句宽解的话。不久雨止了，余云尽散，东山捧出淡淡月儿，我们站在廊庑下，沉默着彼此无语，只有互应和着低微之吁气声。

最近我接到你一封信，你说：

> 隐友！《或人的悲哀》中的恶消息："唯逸已于昨晚死了！"隐友！怎么想得到我便是亚侠了，游戏人间的结果只是如斯！……但是亚侠的悲哀是埋葬在湖心了，我的悲哀只有飘浮的天心了，有母亲在，我须忍受腐蚀的痛苦活着……

我自从接到你这封信，我深悔《或人的悲哀》之作。不幸的唯逸和亚侠，其结果之惨淡，竟深刻在你活跃的心海里。即你的拘执和自傲，何尝不是受我此作的无形影响。我虽然知道纵不读我的作品，在你超特的天性里早已蛰伏着拘执的分子，自傲的色彩，不过若无此作，你自傲和拘执或不至如是之深且刻。唉！亲爱的朋友，你所引为同情的唯逸既已死了，我是回天无术，但我却要恳求你不要作亚侠罢。你本来体质很好，并没有心脏病，也不曾吐血，你何必自己过分的糟蹋呢。我接到你纵性喝酒的消息，十分难受。亲爱的朋友！你对于爱你的某君，既是不能在他生时牺牲无谓的毁誉，而满足他如饥如渴的纯挚情怀，又何必在他死后，作无谓的摧残呢？你说："人事难测，我明年此日或者已经枯腐，亦未可知！……现在我毫无痛苦，一切麻木，仰观明月一轮常自窃笑人类之愚痴可怜。"唉！你的矛盾心理，你自己或不觉得，而我却不能不为你可怜。你果真麻木，又何至于明年此日化为枯槁？我诚知人到伤心时，往往不可理喻，不过我总希望你明白世界本来不是完全的，人生不如意事也自难免，便是你所认为同调的某君不死，并且很顺当的达到完满的目的；但是胜利以后，又何尝没有苦痛？况且恋感譬如漠漠平林上的轻烟微雾，只是不可捉摸的，使恋感下跻于可捉摸的事实，恋感便将与时日而并逝了。亲爱的朋友呀！你虽确是悲剧中之一角，我但愿你以此自傲，不要以此自伤吧！

昨夜星月皎洁，微风拂煦，炎暑匿迹，我同一个朋友徘徊于静安寺路。忽见一所很美丽庄严的外国坟场，那时铁门已阖，我们只在那铁棚隙间向里窥看，只见坟牌莹洁，石墓纯白；墓旁安琪儿有的低头沉默，似为死者之幽灵祝福；有的仰瞩天容，似伴飘忽的魂魄上游天国。我们驻立忘返。忽然坟场内松树之巅，住着一个夜莺，唱起悲凉的曲子。我忽然又想起你来了。

回来之后忽接得文菊的一封信说：

隐友！前接来信，令我探听PM的近状，她现在确是十分凄楚。我每和她谈起FN的死，她必泪沾襟袖呜咽的说："造物戏我太甚！使我杀人，使我陷入于类似自杀之心境！"自然哟！她的悲凉原不是无因。我当年和她在故乡同学的时候，她是很聪明特殊的学生。有一个青年十分羡慕她，曾再三想和她缔交，她也晓得那青年也是个很有志趣的人，渐渐便相熟了。后来她离开故乡，到北京去求学，那青年便和她同去。她以离开温情的父母和家庭，来到四无亲故的燕都，当然更觉寂寞凄凉，FN常常伴她出游。在这种环境下，她和他的交感之深，自与时日俱进了。那时我们总以为有情人终成眷属了；然而人事不可测，不久便听说FN病了，病因很复杂，隐约听说是呕血之症。这种的病，多半因抑郁焦劳而起，我很觉得为PM担忧，因到她住的梅窠去访她。我一进门便看见她黯然无言的坐在案旁，手里拿着一张甫写成的几行信稿。她见我进来，便放下信稿招呼我。正在她倒茶给我喝的时候，我已将那桌上的信稿看了一遍，她写的是：“……飞蛾扑火而焚身，春蚕作茧以自缚，此岂无知之虫虱独受其危害，要亦造物罗网，不可逃数耳！即灵如人类，亦何能摆脱？……”隐友PM的哀苦，已可在这数行信笺中寻绎了解，何况她当时复戚容满面呢。我因问她道：“你曾去看FN吗？他病好些吗？”她听我问完，便长叹道：“他的病怎能那么容易好呢！瞧着罢！我虽不杀伯仁，伯仁终不免因我而死！”我说：“你既知你有左右他的生死权，何忍终置之于死地！”她这时禁不住哭了，她不能回答我所问的话，只从抽屉里拿出一封信给我看，只见上面写道：

“PM！近来我忽觉得我自己的兴趣变了，经过多次的自省，我才晓得我的兴趣所以致变的原因。唉！PM！在这广漠的世界上我只认识了你，也只专程的膜拜你，愿飘零半世的我，能终覆于你爱翼之下！

“诚然，我也知道，这只是不自然的自己束缚自己。我们为了名分地位的阻碍，常常压伏着自然情况的交感，然而愈要冷淡，结果愈至于热烈。唉！我实不能反抗我这颗心，而事实又不能不反抗，我只有幽囚在这意境的名园里，做个永久的俘虏罢！

“F韩”

隐友！世界上不幸的事何其多！不过因为区区的名分和地位，卒断送了一个有用的青年！其实其惨淡尚不止此，PM的毁形灭灵，更使人为之不忍，当时我禁不住陪着哭，但是何益！

她现在体质日渐衰弱，终日哭笑无常，有人劝她看佛经，但何处是涅槃？我听说她叫你替她作一篇记述，也好！你有功夫不妨替她写写，使她读了痛痛快快哭一场；久积的郁闷，或可借之一泻！

文菊

亲爱的朋友！当我读完文菊这封信，正是午夜人静的时候，淡月皎光已深深隐于云被之后，悲风呜咽，以助我的叹息。唉，朋友呵！我常自笑人类痴愚，喜作茧自缚，而我之愚更甚于一切人类。每当风清月白之夜，不知欣赏美景，只知握着一管败笔，为世之伤心人写照，竟使洒然之心，满蓄悲楚！故我无作则已，有所作必皆凄苦哀凉之音，岂偌大世界，竟无分寸安乐土，资人欢笑！唉！朋友哟！我不敢责备你毁情绝义以自苦，你为了因你而死的 FN，终日以眼泪洗面，我也绝不敢说你想不开。因为被宰割的心绝不是别人所能想到其痛楚；那么更有何人能断定你的哭是不应该的呢。哭罢，吾友！有眼泪的时候痛快的流，莫等欲哭无泪，更要痛苦万倍了。

你叫我替你作记述，无非要将一腔积闷宣泄。文菊叫我作记述，也不过要借我的酒杯为你浇块垒。这都有益于你的，我又焉敢辞。不过我终不敢大胆为你作传，我怕我的预料不对，我若写得不合你的意，必更增你的惆怅，更觉得你是天涯一孤鸿了。但是我若写得合你的意，我又怕你受了无形的催眠，——只有这封信给你，我对于你同情和推想，都可于此中寻得。你为之欣慰或伤感，我无从得知，只盼你诚实的告诉我，并望你有出我意料外的澈悟消息告诉我！亲爱的朋友！保重罢！

隐自海滨寄

（原刊 1926 年《小说月报》第 17 卷第 10 号）

灵海潮汐致梅姊

亲爱的梅姊：

我接到你的来信后，对于你的热诚，十分的感激。当时就想抉示我心头的隐衷，详细为你申说。然自从我回到故乡以后，我虽然每天照着明亮的镜子，不曾忘却我自己的形容，不过我确忘记了整个儿我的心的状态。我仿佛是喝多了醇酒，一切都变成模糊。其实这不是什么很奇怪的事，因为你只要知道我的处境，是怎样的情形，和我的心灵怎样被捆扎，那么你便能想象到，纵使你带了十二分活泼的精神来到这里，也要变成阶下的罪囚，一切不能自由了。

我住的地方，正在城里的闹市上。靠东的一条街，那是全城最大的街市，两旁全是店铺，并不看见什么人们的住房。因为这地方的街市狭小，完全赁用人民的住房的门面作店铺，所以你可以想象到这店铺和住家是怎样的毗连。住户们自然有许多不便，他们店铺的伙计和老板，当八点以后闭了店门，便掇三两条板凳，放上一块藤绷子，横七竖八的睡着；倘若你夜里从外头回来的时候，必要从他们挺挺睡着的床边走过，不但是鼾声吓人，那一股炭气和汗臭，直熏得人呕吐。尤其是当你从朋友家里宴会回来以后，那一股强烈的刺激，真容易使得人宿酒上涌呢！

我曾记得有一次，我和玉姊同到青年会看电影，那天的片子是《月宫宝盒》，其中极多幽美的风景，使我麻木的感想，顿受新鲜的刺激，那轻松的快感仿佛置身另一世界。不久，影片映完，我们自然要回到家里，这时候差不多快十二点了。街上店铺大半全闭了门，电灯也都掩息，只有三数盏路灯，如曙后孤星般在那里淡淡的发着亮，可是月姊已明装窥云，遂使世界如笼于万顷清波之下似的，那一种使人悄然意远的美景，不觉与心幕上适才的印象，熔而为一……但是不久已到家门口，“赫!”一阵“鼾呼”“鼾呼”的鼾声雷动，同时空气中渗着辣臭刺鼻，全身心被重浊的气压困着出不来气，这才体贴出人间的意味来。至于庭院里呢？为空间经济起见，并不种蓓蕾的玫瑰和喷芬的夜合，只是污浊破烂的洗衣盆，汲水桶，纵横杂陈。从这不堪寓目的街市，走到不可回旋的天井里，只觉手绊脚牵。至于我住的那如斗般的屋子里，虽勉强的把它美化，然终为四境的嘈杂，和孩子们的哭叫声把一切搅乱了。

这确是沉重的压迫，往往激起我无名的愤怒。我不耐烦再开口和人们敷衍，我只咒诅上帝的不善安置，使我走遍了全个儿的城市，找不到生命的休息处。我又怎能抉示我心头的灵潮，于我亲爱的梅姊之前呢!

不久又到了夏天，赤云千里的天空，可怜我不但心灵受割宰，而且身体更郁蒸，我实在支持不住了，因移到鼓岭来住——这是我们故乡三山之一。鼓岭位于鼓山之巅，仿佛宝塔之尖顶，登峰四望，可以极目千里，看得见福州的城市民房栉比，及汹涛骇浪的碧海，还有隐约于紫雾白云中的岩洞迷离，峰峦重叠。我第一天来到这个所在，不禁满心怅惘，仿佛被猎人久围于暗室中的歧路亡羊，一旦被释重睹天日，欣悦自不待说。然而回想到昔日的颠顿艰幸，不禁热泪沾襟!

然而透明的溪水，照见我灵海的潮汐，使它重新认识我自己。我现在诚意的将这潮汐的印影，郑重的托付云雀，传递给我千里外的梅姊和凡关心我的人们，这是何等的幸运。使我诅咒人生之余，不免自惭，甚至忏悔，原来上帝所给予人们的宇宙，正不是人们熙攘奔波的所在。呵！梅姊，我竟是错了哟!

一、鸡声茅店月

当我从崎岖陡险的山径，攀缘而上以后，自是十分疲倦，没有余力更去饱觅山风岚韵；但是和我同来的圃，她却斜披夕阳，笑意沉酣的，来到我的面前说：“这里风景真好，我们出去玩玩吧！”我听了这话，不免惹起游兴，早忘了疲倦，因遵着石阶而上，陡见一片平坦的草地，静卧于松影之下。我们一同坐在那柔嫩的碧茵上，觉得凉风拂面，仿佛深秋况味。我们悄悄坐着，谁也不说什么，只是目送云飞，神并霞驰，直到黄昏后，才慢慢的回去。晚饭后，摊开被褥，头才着枕，就沉沉入梦了。这一夜睡得极舒畅。一觉醒来，天才破晓，淡灰色的天衣，还不曾脱却，封岩闭洞的白云，方姗姗移步。天边那一钩残月，容淡光薄，仿佛素女身笼轻绡，悄立于霜晨凌竦中。隔舍几阵鸡声，韵远趣清。推窗四望，微雾轻烟，掩映于山巅林际。房舍错落，因地为势，美景如斯，遂使如重囚的我，遽然被释，久已不波的灵海，顿起潮汐，芸芸人海中的我真只是一个行尸呵！

灵海既拥潮汐，其活泼腾越有如游龙，竟至不可羁勒。这一天黎明，我便起来，怔立在回廊上，不知是何心情，只觉得心绪茫然，不复自主。

记起五年前的一个秋天早晨，——天容淡淡，曙光未到之前，我和仪姊同住在一所临河的客店里，——那时正是我们由学校回家乡的时候。头一天起早，坐轿走了五十里，天已黑了，必须住一夜客店，第二天方能到芜湖乘轿。那一家客店，只有三间屋子，一间堂屋，一间客房，一间是账房，后头还有一个敞厅排着三四张板床，预备客商歇脚的。在这客店住着的女客除了我同仪姊没有第三个人，于是我们两人同住在一间房里，——那是唯一的客房。我一走进去，只见那房子里阴沉沉的，好像从来未见阳光。再一看墙上露着不到一尺阔的小洞，还露着些微的亮光，原来这就是窗户。仪姊皱着眉头说：“怎么是这样可怕的所在？你看这四面墙壁上和屋顶上，都糊着十年前的陈报纸，不知道里面藏着多少的臭虫虱子呢！……”我听了这话由不得全身肌肉紧张，掀开那板床上的破席子看了看，但觉臭气蒸溢不敢再往那上面坐。这时我忽又想到《水浒》上的黑店来了，我更觉心神不安。这一夜简直不敢睡，怔怔地坐着数更筹。约莫初更刚过，就来了两个查夜的人，我们也不敢正眼看他，只托店主替我们说明来历，并给了他一张学校的名片，他才一声不响的走了。查夜的人走了不久，就听见在我们房顶上，许多人嘻嘻哈哈的大笑。我和仪姊四目对望着，正不知怎么措置，刚好送我们的听差走进来了，问我们吃什么东西。我们心里怀着黑店的恐惧，因对他说一概不吃。仪姊又问他这上面有楼吗，怎么有许多人在上面呵？那听差的说："那里并不是楼，只是高不到三尺堆东西的地方，他们这些人都窝在上边过大烟瘾和赌钱。"我和仪姊听了这话，才把心放下了，然而一夜究竟睡不着。到三更后，那楼上的客人大概都睡了，因为我们曾听见鼾呼的声音，又坐了些时就听见远远的鸡叫，知道天快亮了，因悄悄的开了门到外面一看，倒是满庭好月色，茅店外稻田中麦秀迫风，如拥碧波。我同仪姊正在徘徊观赏，渐听见村人赶早集的声音，我们也就整装奔前途了。

灵潮正在奔赴间，不觉这时的月影愈斜，星光更淡，鸡鸣，犬吠，四境应响，东方浓雾渐稀，红晕如少女羞颜的彩霞，已择隙下窥，红而且大的杲日冉冉由山后而升，霎那间霞布千里，山巅云雾，逼炙势而匿迹，蔚蓝满空。唉！如浮云般的人生，其变易还甚于这月露风云呵，梅姊也以为然吗？

二、动人无限愁如织

梅姊！你不是最喜欢苍松吗？在弥漫黄沙的燕京，固然缺少这个，然而我们这里简直遍山都是。这种的树乡里的人都不看重它，往往砍下它的枝干作薪烧，可是我极爱那伏龙夭矫的姿势。恰好在我的屋子前有数十株臂般的大松树，每逢微风穿柯，便听见涛声澎湃，我举目云天，一缕愁痕，直奔胸臆。噫！清翠的涛声呵！然而如今都变成可怕的涛声了。梅姊！你猜它是带来的什么消息？记得去年八月里，正是黄昏时候，我还是住在碧海之滨的小楼上，我们沿着海堤看去，只见斜阳满树，惊风鼓浪，细沫飞溅衣襟，也正是涛声澎湃，然而我那时对于这种如武士般的壮歌，只是深深的崇拜，崇拜它的伟大的雄豪。

我深深记得我们同行海堤共是五人，其间有一个J夫人——梅姊未曾见过，——她的面貌很美丽，尤其她天性的真稚，仿佛出壳的雏莺。她从来不曾见过四无涯涘的海，这是她第一次看见了海，她极欣悦的对我说："海上的霞光真美丽，真同闪光的柔锦相仿佛，我几时也能乘坐那轮船，到外国遨游一番，便不负此生了。"我微笑道："海行果然有趣。然而最怕遇见风浪……"！夫人道："吓，如果遇见暴风雨，那真是可怕呢。我记得我母亲的一个内侄，有一次从天津到上海，遇到飓风，在海里颠沛了六七天，幸而倚傍着一个小岛，不然便要全船翻覆了！"我们说到海里的风浪，大家都感着心神的紧张，我更似乎受到暗示般，心头觉得忐忑不定。我忽想到涵曾对我说："星相者曾断定他二十八岁必死于水……"这自然是可笑的联想，然而实觉得涵明年出洋的计划，最好不要实现……这时涵正与铎谈讲着怎样为他的亡友编辑遗稿，我自不便打断他的话头，对他说我的杞忧……

我们谈着不觉天色已黑下来，并且天上又洒下丝丝的细雨来。我们便沿着海堤回去了。晚饭后我正伏着窗子看海，又听见涛声澎湃，陡的又勾起我的杞忧来。我因对涵说："我希望你明年不要到外国去……"涵怔怔的道："为什么？"我被他一问又觉得我的思想太可笑了，不说罢！然而不能，我嗫嚅着说："你不记得星相者说你二十八岁要小心吗？……"涵听了这话不觉嗤的一声笑道："你真有些神经过敏了，怎么忽然又想起这个来！"我被她讪笑了一阵，也自觉惭沮，便不愿多说，……而不久也就忘记了。

涛声不住的澎湃，然而涵却不曾被它卷入旋涡，但是涵还不到二十八岁，已被病魔拖了去。唉！这不但星相者不曾料到，便是涵自身也未曾梦想到呵！当他在浪拥波掀的碧海之滨，计划为他的亡友整理遗稿，他何尝想到第二年的今日，松涛澎湃中，我正为他整理残篇呢。我一页一页的抄着，由不得心凄目眩。我更拿出他为亡友预备编辑而未曾编辑的残简一叠，更不禁鼻酸泪涕。唉！不可预料的昙花般的生命，正不知道我能否为他整理完全遗著，并且又不知道谁又为我整理遗著呢！梅姊！你看风神勤鼓着双翼，松涛频作繁响，它带来的是什么消息，……正是动人无限愁如织呵！

三、斜阳正在烟柳断肠处

斜阳满山，繁英呈艳。我同圃绕过山径，那山路忽高忽低曲折蜿蜒。山洼处一方稻田，麦浪拥波，翠润悦目。走尽田垄，忽见奇峰壁立，一抹残阳，正反映其上。由这里拨乱草探幽径，转而东折，忽露出一条石阶，随阶而上，其势极险，弯腰曲背，十分吃力，走到顶巅，下望群峰起伏，都映掩于淡阳影里。我同圃坐在悬崖上，默默的各自沉思。

我记得那是一个极轻柔而幽静的夜景，没有银盆似的明月，只是点点的疏星，发着闪烁的微光。那寺里一声声钟鼓荡漾在空气里时，实含着一种庄严玄妙的暗示。那一队活泼的青年旅行者，正在那大殿前一片如镜般的平地上手挽着手，捉迷藏为嬉。我同圃、德三个人悄悄的走出了山门，便听见瀑布潺潺溅溅的声音，我们沿着石路慢慢的散着步，两旁的松香清澈，树影参差。我们唱着极凄凉的歌调，圃有些怅惘了，她微微的叹息道："良辰美景……"底下的话她不愿意再说下去，因换了话头说："这个景致，极像某一张影片上的夜景，真比什么都好，可是我顶恨这种太好的风景恒使我惹起无限莫名的怅惘来。"我仿佛有所悟似的，因道："圃，你猜这是什么原因？……正是因为环境的轻松，内心得有回旋的余地，潜伏心底的灵性的要求自然乘机发动；如果不能因之满足，便要发生一道怅惘的情绪，然而这怅惘的情绪，却是一种美感，恒使我人迟徊不忍舍去。"我们正发着各自的议论，只有德一声不哼的感叹着。圃似乎不在意般的又接着道："我想无论什么东西，过于着迹，就要失却美感，风景也是如此，只要是自然的便好，那人工堆砌的究竟经不住仔细端相，……甚至于交朋友，也最怕的是腻，因为腻了便觉得丑态毕露。世界上的东西，一面是美的，一面是丑的，若果能够掩饰住丑的，便都是美的可欣羡的，否则都是些罪恶！”唉！梅姊，圃的一席话，正合了我的心。你总当记得朋友们往往嫌我冷淡，其实这种电流般的交感，不过是霎时的现象，索居深思的时候，一切都觉淡然！我当时极赞同圃的话，但我觉得德这时有些仿佛失望似的。自然啦，她本是一个热情的人，对于朋友，常常牺牲了自己而宛转因人，而且是过分的细心，别人的一举一动，她都以为是对她而发的，或者是有什么深意。她近来待我很好，可是我久已冷淡的心情，虽愿意十分的和她亲热，无如总是落落的。她自然常时感到不痛快，可是我不能出于勉强的敷衍，不但这是对良心不住，而且也不耐烦；然而她现在没精打采的长叹着，我有些难受了。我想上帝太作弄我，既是给我这种冷酷而少信仰的心性，就不该同时又给我这种热情的焚炙。

最使我不易忘怀的，是德将要离开我们的那一天。午饭后，她便忙着收拾行装，我只怔怔的坐着发呆。她凄然的对我说：“我每年暑假离开这个学校时，从不曾感到一些留恋的意味，可是这一次就特别了，老早的就心乱如麻说不出那一种‘剪不断，理还乱’的滋味……”她说着眼圈不觉红了。我呢？梅姊若是前五年，我的眼泪早涌出来了，可是现在百劫之余的心灵，仿佛麻木了。我并不是没有同情心，然而我终没有相当的表现，使那对方的人得到共鸣的安慰，当我送她离开校门的时候，正是斜阳满树，烟云凄迷，我因冷冷的道：“德！你看斜阳正在烟柳断肠处。”德听了这话，顿时泪如雨下，可是我已经干枯的泪泉，只有惭愧着，直到德的影子不可再见了，我才悄悄的回来。我想到了这里，不觉叹了一声，圃忽回头对我说：“趁着好景未去的时候，我们回去吧！也留些不尽的余兴。”梅姊！这却是至理名言吧！

四、寒灰寂寞凭谁暖，落叶飘扬何处归

梅姊！我这个心终久是空落落的，然而也绝不想使这个心不空落，因为世界上究少可凭托的地方，至于归宿呢，除出进了“死之宫门”恐怕没有归宿处呵！空落落的心不免到处生怯，明明是康庄大道，然而我从不敢坦然的前进，但是独立于落日参横，灰淡而沉寂的四空中，又不免怅然自问“寒灰寂寞凭谁暖？落叶飘扬何处归”了。梅姊！可怜以矛刺盾，转战灵田，不至筋疲力倦，奄然物化，尚有何法足以解脱？

有时觉得人们待我也很有情谊，聊以自慰吧！然而多半是必然的关系，含着责任的意味，而且都是搔不着痒处的安慰，甚于有时强我咽所不愿咽的东西。唉！转不如没有这些不自然的牵扯，反落得心身潇洒，到而今束身于桎梏之中，承颜仰色，何其无聊！

但是世界上可靠的人，究竟太少，怯生生的我，总不敢挣脱这个牢笼，放胆前去。我梦想中的乐园，并不是想在绮罗丛里，养尊处优，也不是想在饮宴席上，觥筹交错。我不过求两椽清洁质朴的茅屋，一庭寂寞的花草，容我于明窗净几之下，饮酽茶，茹山果，读秋风落叶之什，抉灵海潮汐，示我亲爱的朋友们。唉！我所望的原来非奢，然而蹉跎至今，依然夙愿莫偿，岁月匆匆，安知不终抱恨长辞。虽然我也知道在这世界上，正有许多醉梦沉酣的人们，膏沐春花秋月般的艳容，傲睨于一群为他们而颠倒的青年之前，是何等的尊若天神。青年们如疯狂似的俯伏她们的足前，求她们的嫣然一笑时，是何等的沉醉迷离。呵！梅姊！你当然记得从前在梅窠时你我的豪兴，我们曾谈到前途的事业，你说你希望诗神能够假你双翼，使你凌霄而上，采撷些仙果琼葩，赐与久不赏识美味的世人，这又是何等超越之趣，然而现在你却怔立在悲风惨日的新墓之旁，含泪仰视。呵！梅姊！你岂是已经掀开人间的厚幕，看到最后的秘密了吗？若果是的，请你不必深说罢！我并恳求你暂且醉于醇醪，

以幻象为真实吧！更不必问到“落叶飘扬何处归”的消息，因为我不能相信在这世界上可以求到所谓凭托与归宿呵！

梅姊！只要我一日活着，我的灵海潮汐将掀腾没有已时，我尤其怕回首到那已经成尘的往事，然而我除了以往事的余味，强为自慰外，我更不知将何物向你诉说！现在的我，未来的我，真仿佛剩余的糟粕，无情的世界诚然厌弃我，然而我也同样的憎厌世界呵！

梅姊！我自然要感激你对我的共鸣，你希望我再到北京，并应许我在凄风苦雨之下伴我痛哭，唉！我们诚然是世界上的怯弱者，终不免死于失望呵！……梅姊！我兴念及此，一管秃笔不堪更续了哟！

（原刊1926年《小说月报》第17卷第11号）

寄梅窠旧主人

在彼此隔绝音讯的半年中，知你又几经了世变。宇宙本是瞬息百变的流动体，——更何处找安靖：人类的思想譬如日夜奔赴的江流，亦无时止息。深喜你已由沉沦的漩涡中，扎挣起来了！从此前途渐进光明，行见奔流入海，立鼓荡得波扬浪掀，使沉醉的人们，闻声崛兴，这是多么伟大的工作，亲爱的朋友努力吧！我愿与你一同努力。

最近我发现人世最深刻的悲哀，不是使人颓丧哀啭。当其能泪湿襟袖时，算不得已入悲哀之宫，那不过是在往悲哀之宫的程途上的表象：如果已进悲哀之宫——那里满蓄着富有弹性的烈火，它要烧毁世界一切不幸者的手铐脚镣，扫尽一切悲惨的阴霾，并且是无远不及的。吾友！这固然是由我自己命运中体验出来的信念，然而感谢你为我增加这信念的城堡坚固而深邃！

朋友！你应当记得瘦肩高耸，愁眉深锁的海滨故人吧！那时同在“白屋”中你曾屡次指我叹道：“可怜你瘦弱的双肩更担得多少烦悲。”但是吾友！这是过去更不再来的往事了。现在的海滨故人呵！她虽仍是瘦肩高耸，然而眉锋舒放，眼波凝沉，仿佛从X光镜中，窥察人体五脏似的窥察宇宙。吾友！你猜到宇宙的究极是展露些什么？我老实的告诉你：那里只是一个，深不见底的大缺陷，在展露着哟！比较起我们个人所遇的坎坷，我们真太渺小了。于此用了我们无限大的灵海而蓄这浅薄的泪泉，怎么怪得永久是干涸的……我现在已另找到前途了，我要收纳宇宙所有悲哀的泪泉，使注入我的灵海，方能兴风作浪，并且以我灵海中深渊不尽的巨流，填满那无底的缺陷。吾友！我所望的太奢吗？但是我决不以此灰心，只要我能做的时候，总要这样做，就是我的躯壳变成灰，倘我的一灵不泯，必不停止的继续我的工作。

你寄给我的《蔷薇》，我已经细看过了，在你那以血泪代墨汁的字句中，只加深我宇宙缺陷之感。不过眼泪却一滴没有，自从去年涵抛弃我时，痛哭之后，我才领受了哭的滋味。从那次以后，便永不曾痛哭过，这固然是由于我泪泉本身的枯竭，然而涵已收拾了我醉梦的人生，我已经不是原来的我了，从此便不再流眼泪了。

现在我要告诉你我最近的生活，我去年十一月回到故乡曾在那腐臭不堪的教育界混了半年。在那里只知有物质，而无精神的环境下，使我认识人类的浅薄和自私，并且除了肮脏的血肉之躯外，没有更重要的东西。所以耳濡目染，无非衣食住的问题，精神事业，那是永远谈不到的。虽偶有一两个特立独行之士，但是抵不过恶劣环境的压迫，不是洁身引退，便是志气消沉。吾友！你想我在百劫之余，已经遍体鳞伤，何堪忍受如此的打击？我真是愤恨极了！倘若是可能，但愿地球毁灭了吧！所以我决计离开那里，我也知道他乡未必胜故乡，不过求聊胜一步罢了，谁敢做满足的梦想！

不过在炎暑的夏天——两个月之中我得到比较清闲而绝俗的生活，——因为那时，我是离开充满了浊气的城市，而到绝高的山岭上，那里住着质朴的乡民，和天真的牧童村女，不时倒骑牛背，横吹短笛。况且我住房的前后，都满植苍松翠柏，微风穿林，涛声若歌，至于涧底流泉，沙咽石激，别成音韵，更足使我怔坐神驰，我往往想，这种清幽的绝境，如果我能终老于此，可以算是人间第一幸福人了。不过太复杂的一生，如意事究竟太少，仅仅五十几天，我便和这如画的山林告别了。我记得，朝霞刚刚散布在淡蓝色的天空时，微风吹拂我覆额乱发，我正坐山兜，一步一步的离开他们了。唉！吾友！真仿佛离别恋人的滋味一样呢，一步一回头，况且我又是个天涯飘泊者，何时再与这些富于诗兴的境地，重行握手，谁又料得到呢！

我下山之后，不到一星期，就离开故乡，这时对着马江碧水，鼓岭白云，又似眷恋又似嫌恨。唉！心情如此能不黯然，我想若到了“往事不堪回首”的江滨，又不知怎样把心魂扎挣！幸喜我所寄宿的学校宿舍，隔绝尘嚣，并且我的居室前面，一片广漠的原野，几座荒草离离的孤坟，不断有牧童樵叟在那里驻足，并且围着原野，有一道萦回的小河，天清日朗的时候，也有一两个渔人持竿垂钓，吾友！你可以想象，这是如何寂静而辽阔的境地，正宜于一个饱经征战的战士，退休的所在，我对上帝意外的赏赐，当如何感谢而欢忭呵！……我每日除了一二小时替学生上课外，便静坐案侧，在那堆积的书丛中找消遣的材料，有时对着窗外的荒坟，寄我忆旧悼亡的哀忱，萧萧白杨，似为我低唱挽歌，我无泪只有静对天容寄我冤恨！

吾友！我现在唯一的愿望，暑假到来时，我能和你及其他的朋友，在我第二故乡的北京一聚，无论是眼泪往里咽也好，因为至少你总了解我，我也明白你，这样，已足彼此安慰了，但愿你那时不离开北京。

十五年十二月十七号隐寄自海滨

（收入1928年1月北平古城书社初版《曼丽》）

愁情一缕付征鸿

鞫：

你想不到我有冒雨到陶然亭的勇气吧！妙极了，今日的天气，从黎明一直到黄昏，都是阴森着，沉重的愁云紧压着山尖，不由得我的眉峰蹙起。——可是在时刻挥汗的酷暑中，忽有这么仿佛秋凉的一天，多么使人兴奋！汗自然的干了，心头也不曾燥热得发跳；简直是初赦的囚人，四围顿觉松动。

鞫！你当然理会得，关于我的僻性。我是喜欢暗淡的光线和模糊的轮廓。我喜欢远树笼烟的画境，我喜欢晨光熹微中的一切，天地间的美，都在这不可捉摸的前途里。所以我最喜欢"笑而不答心自闲"的微妙人生，雨丝若笼雾的天气，要比丽日当空时玄妙得多呢！

今日我的工作，比任何一天都多，成绩都好，当我坐在公事房的案前，翠碧的树影，横映于窗间，刷刷的雨滴声，如古琴的幽韵，我写完了一篇温妮的故事，心神一直浸在冷爽的雨境里。

雨丝一阵紧，一阵稀，一直落到黄昏。忽在叠云堆里，露出一线淡薄的斜阳，照在一切沐浴后的景物上，真的，鞫！比美女的秋波还要清丽动怜，我真不知怎样形容才恰如其分，但我相信你总领会得，是不是！

这时君素忽来约我到陶然亭去，鞫！你当然深切的记得陶然亭的景物，——万顷芦田，翠苇已有人高。我们下了车，慢慢踏着湿润的土道走着。从苇隙里已看见白玉石碑矗立，呵！鞫！我的灵海颤动了，我想到千里外的你，更想到隔绝人天的涵和辛。我悲郁的长叹，使君素诧异，或者也许有些惘然了。他悄悄对我望着，而且他不让我多在辛的墓旁停留，真催得我紧！我只得跟着他走了；上了一个小土坡，那便是鹦鹉冢，我蹲在地下，细细辨认鹦鹉曲。颦！你总明白北京城我的残痕最多，这陶然亭，更深深地埋葬着不朽的残痕。五六年前的一个秋晨吧；蓼花开得正好，梧桐还不曾结子，可是翠苇比现在还要高，我们在这里履行最凄凉的别宴。自然没有很丰盛的筵席，并且除了我和涵也更没有第三人。我们带来一瓶血色的葡萄酒和一包五香牛肉干，还有几个辛酸的梅子。我们来到鹦鹉冢旁，把东西放下，搬了两块白石，权且坐下。涵将酒瓶打开，我用小玉杯倒了满满的一盏，鹦鹉冢前，虔诚的礼祝后，就把那一盏酒竟洒在鹦鹉冢旁。这也许没有什么意义，但到如今这印象兀自深印心头呢！

我祭奠鹦鹉以后，涵似乎得了一种暗示，他握着我的手说："音！我们的别宴不太凄凉吗？"我自然明白他言外之意，但是我不愿这迷信是有证实的可能，我咽住凄意笑道："我闹着玩呢，你别管那些，咱们喝酒吧。你不是说在你离开之先，要在我面前一醉吗？好，涵！你尽量的喝吧。"他果然拿起杯子，连连喝了几杯。他的量最浅，不过三四杯的葡萄酒，他已经醉了；——两颊红润得如黄昏时的晚霞，他闭眼斜卧在草地上，我坐在他的身旁，把剩下大半瓶的酒，完全喝了；我由不得想到涵明天就要走了，离别是什么滋味？那孤零会如沙漠中的旅人吗？无人对我的悲叹注意，无人为我的不眠嘘唏！我颤抖，我失却一切矜持的力，我悄悄的垂泪，涵睁开眼对我怔视，仿佛要对我剖白什么似的，但他始终未哼出一个字，他用手帕紧紧捂住脸，隐隐透出啜泣之声，这旷野荒郊充满了幽厉之凄音。

颦！悲剧中的一角之造成，真有些自甘陷溺之愚蠢，但自古到今，有几个能自拔？这就是天地缺陷的唯一原因吧！

我在鹦鹉冢旁眷怀往事，心痕暴裂。颦！我相信如果你在跟前，我必致放声痛哭，不过除了在你面前，我不愿向人流泪，况且君素又催我走，结果我咽下将要崩泻的泪液。我们绕过了芦堤，沿着土路走到群冢时，细雨又轻轻飘落，我冒雨在晚风中悲嘘，颦！呵！我实在觉得羡慕你，辛的死，为你遗留下整个的爱，使你常在憧憬的爱园中踯躅。那满地都开着紫罗兰的花，常有爱神出没其中，永远是圣洁的。我的遭遇，虽有些像你，但是比你着逊多了。我不能将涵的骨殖，葬埋在我所愿他葬埋的地方，他的心也许是我的，但除了这不可捉摸的心以外，一切都受了牵掣。我不能像你般替他树碑，也不能像你般，将寂寞的心泪，时时浇洒他的墓土。呵！颦！我真觉得自己可怜！我每次想痛哭，但是没有地方让我恣意的痛哭。你自然记得，我屡次想伴你到陶然亭去，你总是摇头说："你不用去吧！"颦！你怜惜我的心，我何尝不知道，因此我除了那一次醉后痛快的哭过，到如今我一直抑积着悲泪，我不敢让我的泪泉溢出。颦！你想这不太难堪吗？世界上的悲情，孰有过于要哭而不敢哭的呢？你虽是怜惜我，但你也曾想到这怜惜的结果吗？

我也知道，残情是应当将它深深的埋葬，可恨我是过分的懦弱，眉目间虽时时含有英气，可济什么事呢？风吹草动，一点禁不住撩拨呵！

雨丝越来越紧，君素急要回去，我也知道在这里守着也无味；跟着他离开陶然亭。车子走了不远，我又回头前望，只见丛芦翠碧，雨雾幂幂，一切渐渐模糊了。

到家以后，大雨滂沱，君素也不能回去，我们坐在书房里，君素在案上写字，我悄悄坐在沙发上沉思，颦呵！我们相隔千里，我固然不知道你那时在做什么；可是我想你的心魂，日夜萦绕着陶然亭旁的孤墓呢！人间是空虚的，我们这种摆脱不开，聪明人未免要笑我们多余，——有时我自己也觉得似乎多余！然而只有颦你能明白：这绵绵不尽的哀愁，在我们有生之日，无论如何，是不能扫尽抛开的呵！

我往往想做英雄，——但此念越强，我的哀愁越深。为人类流同情的泪，固然比较一切伟大，不过对于自身的伤痕，不知抚摸惘惜的人，也绝对不是英雄。颦，我们将来也许能做英雄，不过除非是由辛和涵使我们在悲愁中扎挣起来，我们绝不会有受过陶炼的热情，在我们深邃的心田中蒸勃呢！

我知道你近来心绪不好，本不应再把这些近乎撩拨的话对你诉说，然而我不说，便如梗在喉，并且我痴心希望，说了后可以减少彼此的深郁的烦纡，所以这一缕愁情，终付征鸿，颦呵！请你恕我吧！

云音　七月十五写于灰城。

（原刊1927年5月24日《蔷薇周刊》第2卷第32期）

寄波微

波微！

昨天刮着拔树摧林的狂风，沙土迷漫着宇宙，你大约不到冰场上去了吧？我猜想你会也是掩定门窗，默坐火炉旁……不过那时节，你也念及咫尺天涯的云音吗？

波微！近来我们又由扎挣的路上，各自回到不同的歧途去了。几次看完你的《偶然草》，我便不禁暗暗的咽泪。唉！波微！你太颓唐了，为什么就这样毫无波浪的奔向死路去呢？但是波微！我也知道你现在的心情，要比较平坦淡漠，灵的火焰，潜伏在幕之深处，……一切只有平淡，其实这也未尝不是安置你自己的好办法呢！

说到我，那就更可怜了！便连这一点悲惨的安定，都得不到！近来更深切的感到人生的苦痛了。波微！这几个月里，我们不常见面，也不通音讯，每次在白屋中遇见时，彼此除了惨笑，便是相对悲叹，——仅仅只是这一点表示，而已经很够了，这一种不可说的深愁，我们已心心相照了。波微！我似乎不必更向你述说什么。不过，波微！你知道我连日体倦神昏，将要入于病的状态中了，什么事是都懒作，什么人都懒见，镇日兀坐思维，头脑好像将炸裂，便是睡着了，梦也不安稳，总是显示着可怕的将来。昨夜我梦见浴血在一个广漠的沙滩之上，没有一个人认识我，自然也没有一个人同情我，大家走到我的面前，如同目无所见似的走开了。波微！这些人多么残酷呵，我除了向苍冥的天号哭，还有什么办法呢？我正在凄惶着，忽然梦醒了，……那时正狂风后，屋里的一切都洒着黄土，玻璃窗也是尘封灰锁，那冷月瘦影，就在这不清洁的玻璃片上，映射进来，好像泪眼看花，使人不忍逼视。

我将脸转向里壁去，那上面梅花的影子，照得清楚极了……唉！波微！我知道春天不久依然要来临人间。但是我这久困于风霜冰雪中的蛰虫，还有复活的希望吗？

波微呵！我告诉你吧，世界上的人，只看见风霜冰雪中的蛰虫是僵伏着不动，便说那是一堆冷静的东西，然而他那内里的生机，潜伏着呢，何尝是根本没有，一旦感到阳和之气，他依然是要发生的，但是谁明白他呢？永远以风霜冰雪的盖子，将他紧紧的盖住，他也只得以冷严的面目在人间扎挣了！可怜他内心里的灵焰，悄悄的焚着，只有他自己感到灼炙的痛苦，有谁能谅解他？啊！波微！我们不幸都是这种的蛰虫呢。除了让他尽量焚燃，把这可怜的心焚燃成灰以外，将永没有得救的日子呢！波微！我真如同怒狮般的发着狂，但是我的力量究竟薄弱，依然将那风霜冰雪的盖子，紧紧的保持着，唯恐他失掉，被无情的人们，看见那内在的火焰，——因为他们若是看见了这奇异的火焰，他们将吓得疯狗似的乱咬人呢！波微！这是多么不幸呵，而我们偏偏遭际着！唉……

波微！近来你在那金迷纸醉的歌舞场中，竟能和那些少女争奇斗艳的高歌畅舞；我有时羡慕你的兴致比我好，但是再一深想，我便立刻看见你咽着泪惨笑的狞容之可怕，我禁不住发抖了！波微呵！你为什么就忍这样的哄骗你自己呢？你为什么不跑到我的跟前，让我们毫不顾忌的痛哭呢？好像孩子在娘面前诉说委曲的痛哭呢？波微呵！你的造作，为什么不再巧妙些呢？每次让我看到破绽！——那是多么惨酷的悲剧哟！

唉！波微！我现在连造作的能力，都渐渐失掉了。不顾人前人后，想到难过的时节，便立刻要发怒，要向人发脾气，似乎害了肺病的人，心火特别旺，自己再也制不住的；有时候心跳得十分利害，这恐怕都不是好兆头，唉！其实又有什么呢？能早些身证涅槃，还算造化呢！波微！我在现在的世界上，本来也不希望什么，因为我已是被人们认为没有资格希望什么的人了，纵使春天特别灿烂，也不过是特别烘托我的萧条，我怎敢再希望做青春的主人呢？波微！既然什么都没有我的份，除了放下一切死去，还有比这个更好的路可走吗？

昨天又痴心想望毒醉一次，但是有什么效果呢？酒醒后一切都依然是不安，波微！你的心还能殡葬于冰雪之中，我呢？便这一点都不敢希冀，唯有让恶魔来片片的撕碎，我的心唯有忍着这惨痛，等待最后的死刑了！

云音

十七年一月十二日

（原刊 1928 年《蔷薇周刊》第 3 卷第 58 期）

雷峰塔下

——寄到碧落

涵！记得吧！我们徘徊在雷峰塔下，地上芊芊碧草，间杂着几朵黄花，我们并肩坐在那软绵的草上。那时正是四月间的天气，我穿的一件浅紫麻沙的夹衣，你采了一朵黄花插在我的衣襟上，你仿佛怕我拒绝，你羞涩而微怯的望着我。那时我真不敢对你逼视，也许我的脸色变了，我只觉心脏急速的跳动，额际仿佛有些汗湿。

黄昏的落照，正射在塔尖，红霞漾射于湖心，轻舟兰浆，又有一双双情侣，在我们面前泛过。涵！你放大胆子，悄悄的握住我的手，——这是我们头一次的接触，可是我心里仿佛被利剑所穿，不知不觉落下泪来，你也似乎有些抖颤，涵！那时节我似乎已料到我们命运的多磨多难！

山脚上忽涌起一朵黑云，远远的送过雷声，——湖上的天气，晴雨最是无凭，但我们凄恋着，忘记风雨无情的吹淋，顷刻间豆子般大的雨点，淋到我们的头上身上，我们来时原带着伞，但是后来看见天色晴朗，就放在船上了。

雨点夹着风沙，一直吹淋。我们拼命的跑到船上，彼此的衣裳都湿透了，我顿感到冷意，伏作一堆，还不禁抖颤，你将那垫的毡子，替我盖上，又紧紧的靠着我，涵！那时你还不敢对我表示什么！

晚上依然是好天气，我们在湖边的椅子上坐着，看月。你悄悄对我说："雷峰塔下，是我们生命史上一个大痕迹！"我低头不能说什么，涵！真的！我永远觉得我们没有幸福的可能！

唉！涵！就在那夜，你对我表明白你的心曲，我本是怯弱的人，我虽然恐惧着可怕的命运，但我无力拒绝你的爱意！

从雷峰塔下归来，一直四年间，我们是度着悲惨的恋念的生活。四年后，我们胜利了！一切的障碍，都在我们手里粉碎了。我们又在四月间来到这里，而且我们还是住在那所旅馆，还是在黄昏的时候，到雷峰塔下，涵！我们那时毫无所拘束了。我们任情的拥抱，任意的握手，我们多么骄傲……

但是涵！又过了一年，雷峰塔倒了，我们不是很凄然的惋惜吗？不过我绝不曾想到，就在这一年十月里你抛下一切走了，永远的走了，再不想回来了！呵！涵！我从前惋惜雷峰塔的倒塌，现在，呵！现在，我感谢雷峰塔的倒塌，因为它的倒塌，可以扑灭我们的残痕！

涵！今年十月就到了。你离开人间已经三年了！人间渐渐使你淡忘了吗？唉！父亲年纪老了！每次来信都提起你，你们到底是什么因果？而我和你确是前生的冤孽呢！

涵！去年你的二周年纪念时，我本想为你设祭，但是我住在学校里，什么都不完全，我记得我只作了一篇祭文，向空焚化了。你到底有灵感没有！我总痴望你，给我托一个清清楚楚的梦，但是哪有?!

只有一次，我是梦见你来了，但是你为甚那么冷淡？果然是缘尽了吗？涵！你抛得下走了，大约也再不恋着什么！不过你总忘不了雷峰塔下的痕迹吧！

涵！人间是更悲惨了！你走后一切都变更了。家里呢，也是树倒猢狲散，父亲的生意失败了！两个兄弟都在外洋飘荡，家里只剩母亲和小弟弟，也都搬到乡下去住。父亲忍着伤悲，仍在洋口奔忙，筹还拖欠的债。涵！这都是你临死而不放心的事情，但是现在我都告诉了你，你也有点眷恋吗？

我！大约你是放心的，一直扎挣着呢，涵！雷峰塔已经倒塌了，我们的离合也都应验了。——今年是你死后的三周年——我就把这断藕的残丝，敬献你在天之灵吧！

一九二八年

（收入 1928 年 1 月北京古城书社版《曼丽》）

给我的小鸟儿们

一

整整两年了，我不看见你们。

世路太崎岖，然而我相信你们仍是飞翔空中的自由鸟。在我感到生活过分的严重时，我就想躲在你们美丽的羽翼下，求些许时的安息。

唉！亲爱的小鸟儿们——你们最欢喜我这样的称呼，不是吗？当我将要离开你们时，我曾经过虑的猜疑你们，我说："孩子们，我要多看你们几次，使我的脑膜上深印着你们纯洁的印象，一直到我没有知觉的那一天……"

"先生！你不是说两年后就回来吗？"阿堃诚挚的望着我的脸说。

"不错，我是这样计划着，不过我怕两年后你们已不像现在的对我热烈了。我怕失掉这人间的至宝，所以现在我要深深的藏起来。"

"哦！不会的，先生！我们永远是一只柔驯的小鸟儿，时常围绕着您！"

多可爱，你们那清脆的声音，无邪的眼睛，现在虽然离开了你们整两年，为了特别的原因，我不能回到你们那里，而关于你们的一切，我不时都能想起。

每逢在下课后，你们牵成一个大圈子，把我围在核心，你们跳舞、唱歌，有时我急着要走，你们便抢掉我手里的书包，夺走我披着的大衣。阿堃最顽皮，跑出圈子，悄悄走到整容镜前，穿上我的大衣，拿着书包，学着我走路的姿势，一般正经的走过同学们面前，以致惹得他们大笑，而阿堃的脸上却绷得没有一丝笑纹，这时你们有的笑得俯下身体叫肚子疼，我却高声的喊：“小鸟儿们不要吵！”

“是的大姐姐，我们不再吵了，可是大姐姐得告诉我们《夜莺诗人》的故事！”阿堃娇憨的央求着。而你们也附和着“大姐姐讲，大姐姐讲”，乱哄的嚷成一片。呵！多可爱的小鸟儿们呀！两年来我不曾听见你们清脆的歌声了，在江南我虽也教着那一群天真的女孩，但是她们太娇婉，太懂事故，使我不能从她们的身上，找出你们的坦白、直爽，无愁无虑，因此我时常热切的怀念你们。

你们所刻在我心幕上的印象太深了，在丰润苹果般的脸上，不只充溢了坦白的顽皮；有时诚挚感动的光波，是盎然于你们的眼里，每当我不响的向你们每个可爱的面孔上看时，你们是那样乖，那样知趣的等待着，自然你们早已摸到我的脾气，每逢这种时候，我总有些严重的话，要敲进你们的心门，唉！亲爱的小鸟儿们，现在想来我真觉得罪过，我自己太脆弱易感，可是我有了什么忧愁和感慨，我不愿在那些老成持重的人们面前申诉，而我只喜欢把赤裸的心弦在你们面前弹。说起来我太自私，因为我把得定这凄音能激起你们深切的共鸣，而我忘记这是使你们受苦的。

那一天我给你们讲国语，正讲到一个《爱国童子》的故事，那时你们已经够兴奋了，而我还要更使你们兴奋到流泪，我把国内政治的黑暗揭示给你们听，把险诈的人心在你们面前解剖，立刻我看见你们脸上的笑容淡了，舒展的眉峰慢慢攒聚起来了，你们在地板上擦鞋底的毛病，也陡然改了，课堂里那样静悄悄。我呢，庄严的坐在讲坛上，残忍的把你们的灵魂宰割，好像一个屠夫宰割一群小羊般。因此每次在我把你们搅扰后，我不知不觉要红脸，要咽泪。唉！亲爱的孩子们，我虽然对你们如是的不仁，而你们还是那样热烈的信任我、爱戴我，有时候你们遇到困难的问题，不去告诉你们亲切的父母，而反来和我商量，当这种时候，竟使我又欢喜又惭愧。在这个到处弥漫了欺诈的世界上，而你们偏是这样天真、无邪，这怎能叫我不欢喜呢？但是自己仔细一想，像我这样寒伧的灵魂，又有什么修养，究能帮助你们多少？恐怕要辜负了你们的热望，这种罪恶，比我在一切人群中，所犯的任何罪恶都来得不容轻赦。唉！亲爱的小鸟儿们呀！你们诚意的想从人间学到一切，而你们实是这世界上最高明的先生，你们有世人久已遗失的灵魂，你们有世人所绝无的纯真。你们的器量胸襟，是与万物神灵相融合的。一个乞丐，被人人所鄙视，而你们看他与天上的神祇没有分别；便是一只麻雀也能得你们热烈友情的爱护。你们是伟大的，我一生不崇拜英雄，我只崇拜你们。

但是残忍的时光，转变的流年，他们无时无刻不在剥蚀你们，层出不穷的人事，将如毒蛇般毁灭你们的灵魂。在你们含着甜净的美靥上，刻了轻微的愁苦之纹，渐渐的你们便失去了纯真。被快乐的神祇所摒弃。唉！亲爱的小鸟儿们！你们应当怎样抓住你们的青春！你们不愿意永远保持孩子的心吗？但是你们无法禁止太阳的轮子，继续不断的转，也不能留住你们的青春！只有一件事是你们可以办得到的，你们永远不要做一件使良心痛苦的事，努力亲近大自然，选择你们的朋友，于春风带来的鸟声中；于秋雨洒遍的田野间。一切的小生物都比久经世故的人类聪明、纯洁。这样你们才能永远保持孩子纯真的心，永远做只自由翔空的鸟儿；并且可用你们大公无私的纯情来拯救沉沦的人类。

亲爱的小鸟儿们，愿秋风带来你们清醇的歌声，更盼雁阵从这里过时，给我留下些你们的消息。

我心弦的繁音，将慢慢的向你们弹；我将告诉你们在这分别的两年中，我所经历的一切。我更想把江南温柔女儿的心音，弹给你们听。

再谈了，我亲爱的小鸟儿们！愿今夜你们的美羽，飞入我的梦魂！

二

黄昏时你们如一群小天使般飞到我家里。堃和壁每人手里捧着两束鲜花。花束上的凤尾草直拖到地上，堃个子太小，又怕踏了它，因此踮起脚来走着，壁先开口说："大姐！这是我们送你的纪念品！"

"呵！多谢！我的小鸟儿们！"我说过这话，心里真有些酸楚，回头看你们时，也都眼泪汪汪的注视着我，天真的孩子们！我真有些不该，使你们嫩弱的心灵上，受到离别的创伤！我笑着拉你们到房里。把我预备好了的许多小画片分给你们，并且每人塞了一块糖在嘴里，你们终竟笑了，我才算放了心。

七点多钟，我们分坐三辆汽车，一同来到东车站，堃和璧还不曾忘记那两束花。可怜的小手臂，一定捧得发酸了吧！我叫你们把它们放在箱子上，你们只笑着摇头，直到我的车票买好，上了二等车，你们才恭恭敬敬的把那两束花放在我身旁的小桌上。这时来送行的朋友亲戚竟挤满了一屋子，你们真乖觉，连忙都退出来，只站在车窗前，两眼灼灼的望着我。这使我无心应酬那些亲戚朋友，丢下他们，跑下车来，果然不出所料，你们都团团把我围住。可是你们并没多话说。只在你们的神色上，把你们惜别的真情，都深印在我心上了。

不久开车的铃声响了。我和你们握过手，跳上车去，那车已渐渐的动起来了。

"给我们写信！"在人声喧闹中，我听见堃这样叫着，我点头，摇动手巾，而你们的影子远了。车子已出了城，我只向着那两束花出神，好像你们都躲在花心里，可是当我采下一朵半开的玫瑰细看时，我的幻想被惊破了。哦！我才知道从此我的眼前找不到你们，要找除非到我的心里去。

不知不觉，车子已到了丰台站。推开窗子，漫天涌着朵朵的乌云，那上弦的残月，偶尔从云隙里向外探头，照着荒漠的平原，显出一种死的寂静，我靠窗子看了半晌，觉得秋夜的风十分锐利，吹得全身发颤，连忙关上玻璃窗，躲在长椅上休息。正在有些睡意的时候，忽听见一阵细碎的声音，敲在窗上，抬起身子细看了，才知道已经下起雨来，这时车已到天津站了。雨越下越紧，水滴从窗子缝里淌了下来，车厢里满了积水，脚不敢伸下去，只好蜷伏着不动。

在听风听雨的心情中我竟沉沉睡去，天亮时我醒来，知道雨还不曾止，车窗外的天竟墨墨的向下沉，几乎立刻就要被活埋了。唉，亲爱的孩子们！这时我真想回去，同你们在一起唱歌捉迷藏呢！

正在我烦躁极了的时候，忽然车子又停住了。伸头向外看看正是连山车站，我便约了同行的朋友，到饭车去吃些东西。一顿饭吃完了，而车子还没有开走的消息，我们正在猜疑，忽又遇见一个朋友，从头等车那面走来，我们谈起，才知道前面女儿河的桥被大水冲坏了，车子开不过去，据他说也许隔几个钟头便可修好，因此我们只好闷坐着等。可恨雨仍不止，便连到站台上散散步都办不到，而且车厢里非常潮湿，一群群的苍蝇像造反般飞旋。同时厕所里一阵阵的臭味，熏得令人作呕，——而最可恼的是你们送我的那些鲜花，也都低垂了头，憔悴的望着我。

夜里八点了，仍然没有开车的消息。雨呢！一阵密一阵稀的下着，全车上的人，都无精打采的在打盹，忽然听见呜呜的汽笛声，跟着从东北开来一辆火车，到站停车，我们以为前面断桥已经修好，都不禁喜形于色，热望开车，哪晓得这时忽跳上几个铁路的路警，和护车的兵士来，他们满身淋得水鸡似的，一个身材高高，年纪很轻的兵自言自语的道：“他妈的，差点没干了，好家伙，这群胡子，够玩的，要不仗了水深，他们早追上来了，瞎乒乓开了几十枪！……”

“怎么，没有受伤吗？”一个胖子护车警察接着问。

“还好！没有受伤的，唉，他妈的，我们就没敢开枪，也顾不得要开车的牌子，拨转车头就跑回来了。”那高身材的兵说。

这个没头没脑的消息，多么使人可怕，全车的人，脸上都变了颜色。这二等车上有从北戴河上来的外国女人，她们听说胡子，不知是什么东西，也许她们是想到那戏台上所看见披红胡子的花脸了吗？于是一阵破竹般的笑声，打破了车厢里的沉闷空气。

后来经一个中国女医生，把这胡子的可怕告诉她们，立刻她们耸了一耸肩皱皱眉头，沉默了！

车上的客人们，全为了这件事，纷纷议论，才知道适才那辆车，是从山海关开来的，车上有几箱现款，被胡子探听到了，所以来抢车，那些胡子都在陈家屯高粱地里埋伏着。只是这时山水大涨，高粱地上水深三尺多，这些胡子都伏在水里，因此走得慢，不然把车子包围了，两下里就免不了要开火，那就要苦了车上的客人，所以只好掉头跑回来了。现在这辆车也停在连山站，就是退回去都休想了，因为上一站绥中县也被大水冲了，因此只好都在连山过夜。连山是个小站，买东西极不方便，饭车上的饭也没有多少了，这些事情都不免使客人们着急。

夜里车上的电灯都熄了，所有的路警护车兵，都调到站外驻扎去了。满车乌黑，而且窗外狂风虎吼般的吹着，睡也不能入梦，不睡却苦无法消遣，真窘极了。好容易挨到村外的鸡唱五更，东方有些发白了，心才稍稍安定，——亲爱的小鸟儿们！我想你们看到这里也正为我担着心呢，不是吗？

我们车上，女客很少，除了几个外国女人外，还有两个年轻的姑娘，一个姓唐的，是比你们稍微大些，可是比你们像是懂事。她是一个温柔沉默的女孩，这次为了哥哥娶嫂嫂同父亲回奉天参加典礼的。另外的那一个姓李，她是女子大学的学生，这次回家看她的母亲，并且曾打电报给家里，派人来接，因此她最焦急，——怕她倚闾盼望的母亲担心，她一直愁容满面的呆坐着。亲爱的孩子们！我同那两个年轻的姑娘，在连山站的站台上，散着步时，我是深切的想到你们，假如在这苦闷的旅途里，有了你们的笑声歌声，我一定要快乐得多！而现在呢，我也是苦恼的皱着眉头。

中午到了，太阳偶尔从云缝里透出光来，我的朋友铁君他忽走来说道：恐怕这车一时开不成，吃饭睡觉都不方便，约我们到离这里不远的高桥镇去，那里他有一个朋友，在师范学校做教务主任。真的这车上太闷人，所以我就决定去了。

到了高桥镇，小小的几间破烂瓦房，原来就是车站的办公室了。走过一条肮脏的小泥路，忽见面前河水涟漪；除变成有翅翼的小天使，是没法过去的。后来一个乡下人，赶着一辆骡车来了，骡车你们大约都没有看见过吧？用木头做成轿子形成的一个车厢，下面装上两个轮子，用一头骡子拖着走，这种车子，是从前清朝的时候，王公大人常坐的。可是太不舒服了，不但脚伸不直，而且时时要挨暴栗，——因为车子四周围都是硬木头做成的，车轮也是木头的，走在那坑陷不平的道路上，一颠一簸的，使坐在车里的人，一不小心，头上就碰起几个疙瘩来。

那个赶车的乡下人对我们说："坐我的车子过去吧！"

"你拖我们到师范学校要多少钱？"我的朋友们问。

"一块半钱吧！"车夫说。

"怎么那么贵？"我们说。

"先生！你不知道这路多难走呢，这样吧，干脆你给一块钱好了！"

"好，可是你要拖得稳！"

我们把东西先放到车上，然后我坐在车厢最里面，那两个朋友一个坐在外面，一个坐在右车沿上，赶车的坐在左车沿，他一声"吁，得，"骡子开始前进了。走不到几步，那积水越发深了，骡子的四条腿都淹没在水里，车厢歪在一边，我的心吓得怦怦跳，如果稍稍再歪一些，那车厢一定要翻过来扣在水里，这是多么险呀！

这时候车夫用蛮劲的打那骡，打得那骡子左闪右避，脚踝上淌着鲜血，真叫我不忍心，连忙禁止车夫不许打。我们想了方法，先叫一个乡下人把两位朋友背过河去，然后再把东西拿出来，车子轻了，骡子才用劲一跳，离开了那陷坑，我才算脱了险。

下了车子，一脚就踏进黄泥漩里去，一双白皮鞋立刻染成淡黄色的了。而且水都渗进鞋里去，满脚都觉得湿漉漉的，非常不舒服，颠颠簸簸，最后走到了师范学校了，可是我真不好意思进去，一双水泥鞋若被人看见了，简直非红脸不可。亲爱的小鸟儿们！假使你们看见了我这副形象，我想你们一定要好笑，可是你们同时也一定替我找双干净的鞋袜换上。现在呢！我只有让它湿着。因为箱子没有拿来，也无处找干净鞋子，只把袜子换了，坐在椅子上等鞋干。

这个学校房屋破旧极了，而且又因连日的大雨，墙也新塌了几座，不过这里的王先生待我们很忠实，心里也就大满意了。我们分住在几间有雨漏的房子里，把东西放下后，王先生请我们到馆子里去吃饭，可是我们走到所谓的大街上，原来是一条长不到十丈，阔不满一丈的小土道，在道旁有一家饭馆，也就是这镇上唯一的大店了。我们坐下喝了一杯满是咸涩味儿的茶，点起菜来除了猪肉就是羊肉，我被这些肉装满了肚子，回来时竟胃疼起来了。

到了晚上，没有电灯，只好点起洋蜡头来。正想睡觉，忽听见远处哨子的响声，那令人丧胆的胡匪影子，又逼真的涌上我的心头，这一夜我半睁着眼挨到天亮。

一天一天像囚犯坐监般的过去，也竟挨过十天了。这时忽得到有车子开回北平的消息，虽然我们不愿意折回去，可是通辽宁的车也不知什么时候才能开。没有办法，只好预备先回天津，从天津再乘船到日本去吧！

夜半从梦里醒来，半天空正下着倾盆的大雨，第二天清晨看见院子里积了一二尺深的水，叫人到车站问今天几点钟有车，谁知那人回来说，轨道又被昨夜的大雨冲坏了。——我们只得把已经打好的行李再打开，苦闷的等，足足又等了三天才上了火车，一路走过营盘、绥中等处，轨道都只用沙石暂垫起来的，所以车子走得像一条受了伤的虫子一般慢。挨到山海关时，车子停下来，前途又发生了风波，车站上人声乱哄哄，有的说这车不往南开了。问他为什么不开，他支支吾吾的更叫人疑心，我们也推测不出其中的奥妙。后来隐约听见有人在低声的说，“关里兵变，所以今夜这车不能开。”过了半点钟光景，我的朋友铁君又得了一个消息说：“兵变的事，完全是谣言，车子立刻就开了！”

果然不久车子便动起来，第二天九点钟到了天津，在天津住了几天，又坐船到日本，……呵！亲爱的孩子们，你们再想不到我又回到天津了吧！按理我应当再到北平和你们玩玩，不过我竟因了许多困难不能如愿——而且直到今天我才得工夫，把这一段艰辛的旅途告诉你们。亲爱的小鸟儿们，我想在这两年中，你们一定都长高了，但我愿你们还保持着从前那种纯真的心！

（原刊 1932 年 11 月 27 日、12 月 11 日《申江日报》）

庐隐自传

童年时代

当一个成人，回忆到他童年的时代时，总有些眷怀已往的情绪吧！——本来一个人的最快乐的时代要算是无责任、无执著的童年时代了。但是我却是个例外，我对于我的童年回想起来，只有可笑和叹息！

我的父亲是前清的举人，我的母亲是个不曾读书的旧式女子，在我诞生之前，我母亲已经生了三个男孩，本来我的出世很凑巧，正是我父母盼望生一个女孩的时候。可是命运之神太弄人，偏偏在我生的那一天，外祖母去世了。母亲因此认为我是个不祥的小生物，无心哺乳我，只雇了一个奶妈把我远远的打发开，所以在我婴儿时代，就不曾享受到母爱的甜蜜。据说我小时最喜欢哭，而且脾气拗傲，从不听大人的调度。这一来不但失掉母亲的爱抚，就是哥哥们也见了我讨厌，加着身体多病，在两岁的时候，长了一身的疮疥，终日号哭，母亲气愤得就差一棒打死我。还是奶妈看着我可怜，同我母亲商议，把我带到她家里去养，如果能好呢，就送回来；死了呢，那也就算了。母亲听了这个提议，竟毫不踌躇的答应了。

我离开家人，同奶妈到乡下去，也许是乡村的空气好阳光充足吧，我住在乡下半年，疮疥竟痊好，身体也变强壮了。当我三岁的时候，父亲放了湖南长沙的知县，因此接我回去。这时一家人都欢天喜地的，预备跟着父亲去享荣华富贵，只有我因为舍不得奶妈，和她的小女儿，我心里是悒悒的，终日哭声不止。父亲看见我坐在堂屋里哭，向我瞪着白眼怒吼道："哭什么，一天到晚看着你的哭丧脸，怎么不叫人冒火，再哭我就要打了。"我这时，只得忍住哭声，悄悄的躲到门背后去。

当我们坐着船到长沙去时，我幼小的心灵，不知为了什么伤损，终日望着海面呜呜的哭，无论哥哥怎样哄骗，母亲怎样恫吓，我依然不肯住声。这时父亲正同几个师爷，在商议办一件什么文案，被我哭得心头起火，走过来，抱起我，就向那滚滚碧流里抛下去。谁知命不该绝，正巧和一个听差的撞了个满怀，他连忙抢过我逃开了。——这一件事情，当时因为我仅仅三岁，当然记不清楚了，不过后来我年纪较大，母亲和姨母们偶尔谈起，我才知道，同时不免激起我一种悲楚的情流，假使那时便葬身于江流，也就罢了，现在呢，在人生的路途上苦挣扎，最后还是不免一死，——这一双灰色的眼镜戴上后，使我对于人生的估价是那样无聊消极。

我六岁的那年正月，父亲得了心脏病，不过十天就去世了。那时，母亲才三十六岁，而最大的哥哥仅仅十五岁，我下面还有一个妹妹才四岁。这一群无援无助的寡妇孤儿立刻被沦入愁河恨海之中了。母亲是一个忠厚人，对于这突如其来的狼狈局面，简直无法应付，幸喜还有一个忠心的老家人，和父亲的同僚们把父亲的丧事将就办了；一方面把父亲历年所存下的一万多两银子，和一些东西都变卖了，折成两万块钱的现款，打了一张汇到北京的汇票——因为我外祖家在北京，我舅父见父亲死的消息，立刻打电报，接我们到北京来。

在我父亲七满以后，我的大哥哥同那个老家人，运父亲的灵柩回福建祖茔安葬，我母亲带着我二哥哥——这时三哥已经去世，同我们两姊妹，还有两个婢女，一个女仆，坐船到汉口，换京汉车到北京——正好半路遇见黄河水涨，堤决水奔，顷刻间平地水深三尺，铁路车轨，也浸坏了，火车停在许州，母亲这时因为哀伤操劳过度，身体感觉不舒服。车既不能前进，旅馆又都被大水冲坏了，长困车上，就是没病的人也受不住，何况是个病人呢。这时我同二哥哥只围在母亲跟前哭，母亲呢，神志昏沉，病势似乎不轻。后来幸喜这地方的站长李君也是福建人，而且大家谈起来，他们和我舅父很相熟，所以便请我母亲搬到站长家里去小住，等水退时再作行计——站长的房子位置在一座小山上面，水所淹不到的地方。李站长的母亲，是个极慈善的人，她看见我母亲遭了这样的大不幸，孩子们又小，所以非常亲切的对待我们，不过他那里房子有限，我们的人太多，势不能都住在他家，因此便叫女仆和两个婢女，带着我，另住在离站不远的唯一的客栈里。我那时对于母亲的病，还不懂得着急，每日同婢女们，玩玩闹闹。有一天中午，我去看母亲，只见她如同发了疯，把身上的衣服，都脱了丢在地上，就是那件放汇票的贴肉的衬衫也剥了下来，幸好李老太太看见了，连忙替她收了起来，不然我们一群幼弱真不知此后，如何生活呢！

母亲的病势一天重似一天，李老太太替她各庙里烧香求佛，但是苍天不仁，百唤不应，眼看得不济事了。李站长忽听见朋友们说，有一个名医，从京来由这里路过，现在也被水阻在这里，所以连忙派人请了来。诊察的结果，他说母亲虽不是什么大病，只为了忧伤过度，又加着受了些感冒，所以内热不清，并且身体也虚，必要长期保养，才能望好。

母亲自从吃了这位医生的药，病势渐渐的轻了，在许州整整养了三个月，才好了。这时黄河水势已退，我舅父派我的二表兄到许州来接我们，母亲也急着要走，所以还等不到身体大复原就起身了。

到了前门车站时，我的三表姐四表姐，和大表哥都来接我们。我记得她们招呼我们在接待室里，吃了一些点心，然后让我们上车——那时正在光绪末年，北平的交通用具，除了骡车还是骡车，这种车子，既颠簸，又碰头，我坐在车里左边一个爆栗，右边一个爆栗，碰得我放声大哭。好容易才到了舅舅家里。——舅舅这时候作的是农工商部员外郎，兼太医院御医，家里房子很大！并且还有一座大花园；表姊妹总在二十人左右，她们见我们来，都跑来看，黑压压拥了一屋子人。舅舅进来了，母亲望着舅舅挥眼泪，舅舅不住摇头叹气，我同哥哥因为认生，躲在母亲背后，不敢见人。后来我的四表姊来，拿了许多糖果，才把我哄到里面套间里去，同小表弟们玩，——从此以后我们便在舅舅家里住下了，母亲所带来的两万块钱，舅舅替她放了一个妥实的钱庄里，每月可拿两百元的利息，因此我们的生活比较安定了。

第二年舅舅请了一个先生，教我表兄和哥哥读书，我呢，便拜姨母为师——虽然她也不曾进学校，可是一向经我舅舅教她，也能读《女四书》一类的东西，请她教我这一字不识的蒙学生，当然是绰绰乎有余了。

读书对于我，真是一种责罚，每天姨母把一课书教好了，便把那间小房子的门反锁上，让我独自去读。我呢，东张张西望望，见这屋里除了一张书桌，两把椅子外，一无所有，这使我内心感到一种说不出的荒凉，简直对于书一些趣味都没有，站起来从门缝里向外张望，有时听见哥哥们在院子里唱歌，或捉迷藏玩，我的心更慌了，连忙把书丢在一边，一窜两跳的爬上桌子去，用口水把窗纸沾湿了，戳成一个洞，一只眼睛贴着洞口向外看，他们笑我也跟着笑；他们着急，我也跟着心跳，一上午的光阴，就这样消磨尽了。等到十一点多钟时，我听见门外姨母的脚步声，这一颗幼稚的心，便立刻沉到恐惧和愁苦的漩涡里去，如一只见了猫的老鼠般，伏贴的坐在书案旁。姨母走进门，拿过我的书，沉着脸说：“过来背书！”唉，可怜，我连字还认不清，又从哪里背起呢！我闭着嘴，低着头，任她怎样逼我，只给她一个默然，这使得姨母的怒火冒了丈把高，一把拖过我来，“怎样，你是哑巴吗？不然就是聋子，叫你背书，怎样一声不响！”我偷偷举眼瞟了姨母一下，晓得无论如何，不能再装聋作哑了。只得放小声音说道：“我背不出！”

“你怎么这样笨！一课书统共不到三十个字，念了一早晨，还背不出！……那么念给我听！”姨母是要藉此下台，所以这样说。但是天知道，我是连念也念不上来呢，可是又不敢不试着念，结结巴巴念了一句，倒念出三个别字来。这一来，姨母可真忍不住了，拉过我的手心，狠狠的打了一十下，一面叹息着说：“你这孩子真不要好，你看哥哥妹妹哪个不比你强；你明天若果再这样不用心，就不许你吃饭！”

姨母托着水烟袋，怒容满面的走了，我揩干眼泪，走到母亲房里，谁知又是冤家对头，偏偏碰见姨母也在这里向母亲面前告我呢。所以母亲一见我，便狠狠的瞪了我一眼，厉色厉声骂道：“天生成的下流东西，你还有脸跑来见我，为了你念书，不知叫我生多少气！”母亲越说越有气，拿起门后头的鸡毛帚子，按在床上，拚命的抽了一顿。姨母见打得凶了，才过来劝开，我负着痛躲在帐子里啜泣。可是我心里总不明白，他们为什么这样虐待我。有时也想从此改了吧，用点心读书，可是到了第二天一走进那间牢狱般的书房，我从心里厌倦，我情愿把白粉墙上的粉，一块块剜了下来，再不愿意去看那本短命的书。结果呢，自然又不免一顿毒打了。有时候也真因念不出书挨饿。可是这种刻毒的责罚，再也不能制服我这拗傲的脾气。

母亲看见我，永远没有好脸色，同时一家人都觉得我这孺子真不足教，亲戚们都觉得我是个笨货，而我呢，因为众人的无情，也不愿见他们，每天除了被关在那间牢狱里的大半天外，我只是一个人溜到花园里，和枝头的鸟儿土里的虫儿为伍。

我这么一个笨得出了名的小厌物，在这家庭中就连个婢女都不如，可是我也不管那些，每天依然是任着性要念书就念，不念——就是挨了打还是不念。有一次我这个笨孩子，居然使得这个家庭里的人大大的惊奇了，那又是一件什么故事呢？

有一天我姨母照例的教我念书，教完以后，她不知忙些什么，匆匆的走了，竟把她的一只表，忘记拿去，这可是对于我绝大的恩惠，我拿起这只表，先细细把玩它的表面，这不能满足我的好奇心，于是把盖子弄开了，把内部的机器，一件一件的拆下来摆满了一书桌，各式各种的机器真有趣，我独自开了一个小小的五金行，细细的赏鉴了，后来我恐怕姨母要来责罚我，因此慢慢仍旧照这些机件的原样安置好，除了拗断了条外，一切都如原来一样。我依然把表放在原来的地方。吃饭的时候，姨母果然想起，便急急的来找。这时我当然怀着鬼胎，一声不响的静待发作，可是真巧，姨母拿起表便走了，她居然没有看出破绽来，我很高兴的跑去吃饭。下午我正在院子里玩，忽听姨母在屋里说："唉，奇怪，我这表怎么开来开去开不满呀，莫非法条断了吧，这可是怪事，早晨还走得好好的呀！"

我小小的心，怦怦的跳着，不知怎么办才好，因想快躲起来吧。我不管一切的跑到花园里去，躲在那座假山洞里。过了一刻果然听见有人高声叫我呢，我细听听，认得是我二哥哥的声音，我再不敢答应，心想一定他们已发见我的秘密了。后来哥哥叫了一阵，见没有人答应，便又退出花园去。我觑着他已走远了，才松了一口气。

渐渐的夜幕垂了下来，园子里冷清清，几阵风拂过树林，发出沙沙的响声，我小小的心镇静不得，纵是要挨打，也只好任命了，无论如何，这个地方再不能留下去，一溜烟跑出园子。刚进了院子，只见妹妹大声叫道："妈妈，姐姐在这里呢！"我想不好了，正预备再逃，已被母亲一把拖住了，先不问情由，捶了我几下，然后拖我到屋里，姨母也来了。起初她们问我表是不是我弄坏的，我不说是，也不说不是，只瞪着眼，怔望着她们。后来母亲说若再不说话，要拿针来缝我的嘴，叫我永远不得说话，我被逼得没办法，只好承认了，并把我怎样拆，又怎样装的事实，告诉他们。母亲怒狠狠的骂道："正经读书教死也不会，倒有这种鬼本事，毁坏东西。今天非要把她关在黑屋子里，饿她一天，看她以后还这样坏不？"母亲说完果然把我关到一间小黑屋里去，那里头，堆着一些破椅子，煤炭一类的杂东西。一股潮湿的臭气，实在难闻，但是一个无抵抗能力弱小的我，也只能忍受了。

在这种虐待下，我除了哭，竟想不出别的办法。同时我对于生命，开始了厌恶。在我小小的心灵中，虽然没有自杀的清楚意识，不过我也模糊的觉得，假使死了，也许比这活着快乐吧。我觉得家里所有的人，都是可恨的，便是那个小妹妹，她也是可恨的，虽然有时妈妈打我的时候，她也会抱着妈妈的腿哭，可是她也常在妈妈面前告发，我一举一动都失掉了自由。

我一直坐在柴堆上，肚子又饿，心里又气闷。后来不知怎么哭来哭去竟哭得睡着了。我倒在柴上，像一只落难的小鸡。大约是表姐们看不过意了，央求了妈妈，才把我放了出来。从此以后我更变成怯老鼠，一见人就逃开。

又过了两年，我已经九岁了。母亲永远对我是冰霜满面的，她是从心里憎厌了我，而我也真怕了她。夜里和女仆同睡在一个肮脏的房里，白天呢，就躲在花园里。这时我的心，没有爱，没有希望，只有怨恨。

每逢舅舅家里有什么喜事，或者请客，母亲总把我锁在另外的一个院子里，不许我出来见人，说我这种不要好的嘴脸，会使她们丢脸，而哥哥妹妹们打扮得像小天使般的，在人群里飞翔。我起初为了这事很伤心，但后来也惯了，随他们怎么摆布，我都处之漠然。因此下流、愚笨，这时便成了我人格整个的象征了。

在我九岁的下半年，我舅母因为在妇婴医院看病，打听到医院对面，有一所教会学校，学费便宜，而且可以住堂，每年只有年假和暑假可以回家——如果我肯信教，便连学费都可以省了，每年只要缴十二元大洋，住吃读书便都有了，母亲便决定送我到那里去。

在暑假后的一天，我的舅母同我的表兄两个人，便送我到那所教会学校去。在我这时的生命中，我从不知什么是快乐，而且我对于家庭的环境，已经够憎厌了，所以这所陌生的教会学校，对于我除了阴沉的感觉外，别的什么都没有。

这所教会学校，建筑是很考究的，一进门便看见一片广大的草坪，上面铺着翠碧的青草毡。也有花畦，正盛开着各色的花朵儿，这些花朵在我生命中，刻了很深的印象，直到现在还能清楚的回忆到。经过草坪，来到一所庄严冷森的楼房前，上了五六层石级，便到了校长的公事房，那是一间小小整齐的办公室。所谓校长也者，是一位头发已经斑白了的美国妇人，——这是我第一次看见高鼻子、蓝眼睛的外国人。我对于这种人，心里任何印象都没有。不过我看了这位美国女人，又庄严又神秘的脸，我小小的心又禁不住在跳动了。

我舅母把我领到她的面前，说道："朱太太，这是我的外甥女，她是一个没有父亲的可怜女孩，所以我想送她到这里来读书。"那位朱太太，拉着我的手端详了一会问道："她信道理吗？"

"哦，她现在不信道理，不过她是会相信的。"舅母这样说。

"好，她现在几岁了？"朱太太问。

我舅母踌躇了一下问道："这里顶小的学生几岁？"

"十岁！"朱太太说："她的年龄恐怕不到十岁吧？"

"不，她的身材长得小，实在她已经十一岁了。"舅母随机应变的回答了。

朱太太很诧异的看着我道："呀，已经十一岁了吗？"我被她这样一问，就想告诉她我只有九岁，但是舅母低声用福建话阻住我不许说，我只好随着她道："是十一岁。"

朱太太举出一张纸，把我的名字，年岁都写好了，沉吟了一下又对我舅母说道："如果你们愿意把她送在我这里读书，一切的事情都要依照我们的规矩，比如说'信道理，守规则'，……每年只能年暑假回家，平常是不许出学校的……还有她将来的婚姻问题，也由我们替她主张。"

我舅母想了一想说道："别的事都可以照办，只是婚姻问题我须得回去问问她的母亲。"

"那么也好，不过她现在还不能算是教会里的人，每年应出三十六块钱的学膳费，请你把这张志愿书带回去给她家里的人看，如果能一切都照我们的意思办呢，那么就算是正式的学生，不然只能算是在这里附读。"

“很好，我明天再来回话，……她今天就在这里吗？”

“这随你们的便，就在这里，或者明天再来，都一样。”朱太太说。

“那就让她在这里吧！”舅母说完，又回头对我说：“你好好在这里读书，一切事都要听朱太太的话，”又指着一口小竹箱道：“那里面是你的衣服，此外还有两块钱，你留着零用。”她说完便把两块亮光光的钱递在我手里。这两块钱竟提起我的兴趣来，在我这小生命里，这是第一次有两块整洋钱，——当然并不是我家里穷得连两块整洋钱都没有，不过我这个小厌物，母亲从来不肯给我这些钱的。

舅母和表兄都走了，我孤零零的站在朱太太的办公室里，起先玩着洋钱，还不觉得怎样，后来玩厌了，才晓得我现在是来到一个生疏得可怕的地方，心里又是恐惧，又是寂寞，眼泪便禁不住流了下来。朱太太看着我哭得可怜，便柔声说道：“哦，小孩子不要哭，这里很好，有许多朋友和你一同读书作事，玩耍。”朱太太说着便去按铃，不久进来一个中国妇人，约四十岁年纪，她恭敬的向朱太太问道：“朱太太叫我什么事？”

“你去叫一个大学生来，把这孩子交给他照应。”那妇人答应着开门出去，朱太太低头不知在写什么呢。我站在窗子旁，看见草坪边上，种着许多蝴蝶兰，金钟罩，这时正盛开着，在微风里摇摆，四境静悄悄不闻声息，一股寂寞的陌生的情绪，使我怔住了。正在这时，忽听有人敲门的声音，朱太太扬起头来道：“进来！”门开了，进来一个十七八岁的女子，戴着银边的眼镜，向朱太太鞠躬道：“您叫我吗？”

“哦，秦瑞玉！这个新来的小学生，你带她去安置了吧！”

秦瑞玉答应着走近我的旁边说道：“你跟我来。”她牵着我的手由朱太太办公室出来，经过一条颇长的甬道，又有一扇门，出了门便看见一所大院子，直立着一排楼房，那是一座建筑得和寺院似的，不讲究的房子，而且这个院子虽很大，但没有一株树，也没有一些花草。我走了进去，竟莫明其妙的感到阴森空虚，再看那些学生们，身上都穿得非常破烂，有的土布衣服上，还补了补钉，而脸上的气色也是枯黄少生气，她们看见我，都围了上来，向秦瑞玉探问，后来知道我是新学生，没有什么新闻，才慢慢的散去。秦瑞玉领我走进楼下的一间房子说道："你在这屋子里睡觉，一切的事情都要听我的话，我就是这屋子里的室长。"我听了这话，怯老鼠似的低声答应着。举眼观察这房间，空落落的只有一张大木榻，上面铺着竹席子，其余有一只嵌在墙里的大木柜，柜旁有一张白木小桌子，桌下放着一张方凳，也没有箱笼，也不知道被褥都藏在什么地方，这真有点神秘。后来我的衣箱和被褥，由那个中年妇人送来了，只见秦瑞玉，把那木榻的席子掀开，又掀起一块木板来，才看见那里面放着几床蓝色土布的被褥，她也把我的被褥放在里边，仍旧盖上木板，铺上席子。至于那个衣箱呢，她想了半天才把它放在木桌下面，我就觉得奇怪，怎么她们都没有箱子呢？当时胆小到底不敢问，过了几天才知道这些人，都是道地的无产阶级，她们所有的衣服，一块白的或蓝的土布包袱，已经够用了，所以我这只破旧的小箱子，到了这个地方，竟变成唯一尊贵的东西了。

这一所专门收容无产阶级者的学校，到处都显露着贫瘠的、阴黯的空气。据说这些学生，都是从各乡村贫寒的教友家里送来的，不但在这里可以不花钱读书吃饭住房子，同时便连暑假回家的来往路费都是学校供给——而学校当局唯一的目的，就是使这一群天真的孩子信教。他们是抱着宣传宗教的绝大信心，来吸收这些为了利益而信教的教徒，所谓耶稣的人格精神，究竟有几个人真正了解，该就难说了。同时呢，养成一群奴隶性的教徒。这些人毕业了，便分发到各乡村各教堂，再依样炮制，于是洋奴便一天多似一天了，——当时我虽没有这种感觉，不过现在想来，还不免要掷笔长叹呢！

我进了这所学校，精神上真受了不少异样的压迫，因为她们都欺侮我年纪小，不管我有多少力量，一铅桶水一定要逼着我从楼下提到楼上去。如果不照办的话，有的就说别在这里充小姐了，我们作得的事，你也应当作。有的就说你要不提上去，我便告诉朱太太说你不听话。被她们逼得没法，只好含泪提上去，谁知到底力量太小，不知怎么把左脚的筋拗了一下，从此那脚便痛得不能走，第二天到医院去看了，糊了一些药，依然止不住痛。——这时我虽只读了半年书，可是我居然读得很好，而且会写白话信了。当我从医院回来，我便给母亲写了一封信，我告诉她我在这里太苦，每天的老米饭，窝窝头，同不放油的老咸菜，我实在吃不下，而且现在又生了病，脚痛不能走路，希望她们接我回去。

这封信寄出去后，果然发生了效力，第一我母亲希奇的说，这孩子那么笨，怎么进了半年学校，便会写信了，想是别人替我写的，不过看了那歪来斜去的几个字，又像是我写的。她们不知是为了怜悯，还是好奇，星期六便到学校来看我。那时母亲身上穿得很讲究，舅母又带了许多东西来送给朱太太，希望她对我另眼看待。许多同学在接待室里看见了她们，大家便窃窃私议道："黄某家里并不是没钱，为什么她不吃小厨房里的饭，也跟着我们受罪呢？"有的又说："恐怕她不是那位太太亲生的女儿吧！"大家在窗外只顾谈论，不想已都被舅母听见了，觉得心里过不去，便对我母亲说："我听她们说这里的饭有两种，一种好些，一种坏些，外甥女既是吃不下那坏的，你就让她吃好的吧。"母亲听了这话，便问我道："吃好的，要多么钱？"

"一个月三块钱！"我说着，不知怎么竟忍不住哭起来了，母亲看了这可怜的样子，便应许让我吃小厨房的饭。从此对于吃饭问题是解决了。但是正走着厄运的我，真是不要希望快乐之神，会降福于我的。

过了几天，我发现我的脚肿起来，到医院去看，医生说要开刀。又说我身体不好，也许会变成骨节痨，必得好好的保养。——幸喜这所医院，也是教会里开的，凡是这里的学生去看病都不要钱。我不久就搬到医院去住，这一住整整半年多。那脚也真怪，接连不断的肿烂，一个疮口才好了，跟着又长出了第二个疮，一只脚面上，长了三个疮，简直不能走路，两胁下夹着两只拐，几乎成了一个残废人。

在医院里，不知吃了多少鱼肝油补血丸，才慢慢好起来。但是忽然间肺管又破裂了吐起血来。整整又养了半年，我简直被病痛磨折得没了生趣。

我病好的时候，正遇到学校里，因为“复兴会”每天要到礼拜堂作三次礼拜，我也被强迫的去了。她们跪在地板上，嘴里喃喃的祈祷着，忏悔着，有的放声痛哭着，简直像发了狂。我这时虽然也跟着她们跪下，可是我不信教。我也不祷告，只是睁着眼，东望望西溜溜。正在这时候，那位校长朱太太，轻轻的来到我的身边也跪下，用着诚挚颤抖的声音劝我道：“亲爱的孩子，上帝来祝福你！”

我说：“我不信上帝，我没有看见上帝在那里！”

“哦，亲爱的孩子，上帝正在你的左右，你不能用眼睛看见，但是他是无时刻离开你的，……譬如说我口袋里有一块手帕，你相信吗？”朱太太说。

“那我相信。”我说。

“好孩子，你信上帝，也应当像相信我袋里有手帕一样。”

这话，我仍然莫明其妙，朱太太见我不信，她便颤声祷告道：“主呵！你用你绝大的力量，使这个可怜的孩子皈依你吧，她在世界上受了许多痛苦，但是她不知道求你救她，她是你所迷失的一只小羊，主呵！你领导她，……”朱太太祷告得哭起来了。

唉！我那时弱小的心，是多么空虚，我的母亲不爱我，我的兄弟姊妹也都抛弃我，我的病痛磨折我，因此我为了这些而哭，我感动的哭，我这空虚的心，在这时便接受了上帝。我含泪对朱太太说：“我信了，我真的信了！”朱太太见我答应信教，她欢喜得流着眼泪，她又跪下替我祷告了半天，便领我到牧师那里登记，在“复兴会”完结了后，我便也成了教徒了。

宗教的信仰，解除我不少心灵上的痛苦，我每次遇到难过或惧怕的时候，我便虔诚的祷告，在这种心理作用中我受惠不少。当暑假放学的时候，朱太太给了我许多印了像的圣经上的故事，叫我回家好好对家里人宣传，我也情愿的接受了。

我开始对哥哥们宣传，我说："上帝是这世界上的唯一救主，我们人类的始祖亚当夏娃犯了罪，被上帝逐出乐园，所以我们这些人生下来也都有罪，除了信耶稣，不能逃出地狱。"哥哥们听了这话，开始大笑，他们竟笑得先仰后合。我呢，那时虽仅仅才十岁的孩子，并不胆怯，他们越笑，我越宣传得热烈。于是他们不仅用笑来对付了，还把那些圣经撕得粉碎，丢在痰盂里，并且鼓着掌高声说道："什么耶稣救主！简直是一匹猪，一只狗！"他们一面说，一面哄堂大笑；我急得流泪，可是他们依然不睬。每到吃饭作祷告的时候，他们便围着我开玩笑，这个摸一下鼻子，那个扯一下耳朵，把我弄得没办法，此后只好偷偷的祷告。

真的，那时节我为了哥哥们的毁谤耶稣，流过非常痛心的泪呢，我常常偷着替他们祷告，这时我是不问所以然的虔信宗教——现在虽觉得是一件可笑的事，但也多谢宗教，不然我那童年的残破的心，必更加残破了！

暑假后我又回到那所学校里去，同时又带来了两个表妹——那也是一对可怜虫，没有父母，跟着伯伯过日子，而且一个又有肺病，在她们姊妹之间，也常是罩着阴霾的。

我们进了学校不到两个月，革命军就在武昌举义，那时家里人都逃到天津租界上去，直到后来校长朱太太不肯负责任时，我家里才派人接我们回去。我们这三个可怜虫坐在一辆骡车里，只见街上冷落无人行，有几株白杨树上，挂着没有头的尸身，地上也是横七竖八的躺着死尸，用席子盖着，我们不敢睁眼看，都蜷作一圈，幸喜他们不知什么地方弄了一个护照，所以没有人为难我们。好不容易回到家里，到处都是空洞洞的，只有一个表兄，和听差在看家。我们觉得母亲们太残忍了，竟这样抛下我们，自己逃难去。想到这里，那桌上摆着的饭，我们简直吃不下了。我倚在一根柱子旁边哭，和我同岁的那个表妹呢，伏在风琴上呜咽，那个只有九岁半的表妹，她看见我们哭，她便也端着饭碗流泪。

我们三人哭了一顿，到底忍不住肚子饿，经表兄一劝，也都不哭去吃饭了。

晚上我们三个人，睡在一张大床上。半夜里听见狗叫，和隐隐的排枪声，表兄不敢睡了，进来把我们从梦中叫醒，都躲到土窖里去——这是他们最近掘的，预备躲枪炮的。

这样担惊受怕的过了三天，才也到天津去。在天津住了半年，清帝退位，民国成立，我们全家又回到北京。母亲的意思还要送我们到那教会学校去。我对于那学校死气沉沉的生活，和那些洋人高压的气焰，我实在不愿再忍受了，但我又不敢说不去。那时我大哥哥已由福建回来了，他对于我还好，我便同他商量，他允许替我帮忙，悄悄的教我作文章，——这是我第一次开始作短文，作了几篇之后，就大胆的去考高等小学。如天之福，我居然考上了。母亲因为大哥的恳请，看见我考上了高小，所以也就不坚持她的主张。从此我就在高小读书。读了一学期，我拚命的用功，竟大大的进步了。母亲和亲戚们都觉得奇怪，认为我整个的换了一个人格，从前笨小鸭的我，现在居然有聪明之誉了。我受了这些奖励，更加起劲，一天到晚不肯歇息的读书作短文，大哥哥也真肯给我改。年假后这个小学，打算扩充，开办一班师范预科，我听了这个消息，就同大哥商量，打算去试考，如果能取上，不但有官费，而且更使母亲她们想不到的惊奇，可是我不敢相信自己，因此又只得悄悄改了名字去考，除了大哥哥不给任何人知道——哪里晓得居然又考上了。回来我自己喜欢得还以为是作梦，家里的人也以为我在说谎。直到我搬进学校去住，她们才点头叹道："想不到这孩子，竟有出息!"

因为我自己奋斗的结果，到底打破了我童年的厄运。但这时候我已经十二三岁了，可贵的童年已成过去，我再也无法使这不快乐的童年，变成快乐，直到现在回忆到童年，我仍不能不惆怅满怀呀!

中学时代

我十三岁的时候，考进女子师范学校，读了五年。这五年中我的生活也有许多值得写的：

第一，我变了童年时的拗傲孤独的坏脾气。大约是环境的关系吧，在学校里，我们是最低的一班，而我又是这班中最小的一个，不但岁数小，身材也小，因之我处处被优待。——这时候的教育正是极力模仿日本的时代，学制上，学校设备上，甚至学生的装饰上也都仿效日本。所以一切的学生，都梳着高棚式的日本头——我认为最难看的一种装饰，穿着墨绿色爱国布的衣裙，这种布新的时候还罢了，如下过两次水后，便变成将枯萎的菜叶的颜色，穿得每一个人都像从坟墓里挖出来的一样。我当时因为太小，不会梳头，就是请人代梳，而那几根半长不短的头发，也实在梳不上去。后来学监和校长商议的结果，特别开恩，准许我仍梳两条辫子，可是绿布衣裙却非穿不可。这一来更把我打扮得三分不像人了。这虽是一件小事，但当时在我的精神上，实在感到压迫，每次走到整容镜前，我看了自己这种怪模怪样，有时竟伤心得哭了。此外学校里的规矩太严，不许这样，不准那样，我处身在这动辄得咎的环境中，简直比进牢狱还难过，每逢星期六放假回家去，就像罪人被赦般的欢喜，出了学校，觉得太阳都特别亮些。从前我是很不喜欢家庭的，这时候却完全变了。一方面固然是我妈妈待我好些，一方面也是因为学校压迫太狠了，先生们责备起人来，都是不许问所以然的，否则便要罪上加罪。

在家里像没有笼头的马般，高兴了一天，时光拼命的向前跑，星期六的下午，和星期日的上午，似乎在一霎眼间，就过去了。星期日下午四点钟以前，必定要回学校去。只在午饭吃完，我的心就开始紧张起来，"多么可怕的学校生活呀！"我心里总响着这种声音，我只希望我生病，便可借故躲一躲了。

学校里虽然到处布着罗网，可是我们仍然要偷偷摸摸的闯祸，因为无论如何，学监只有两三个，她们总有看不到的时候，我们就藉着这个机会捣乱，调皮，——现在想想都是太没意义的事情。可是在孩子们的心里，都是一种绝大的欢喜，因为只有这时候她们是表现了个性，她们才领受了自由的快乐。

这时候我有五个朋友，年龄都相差不多，一天我们读历史，听先生讲到明季的六君子，我们竟大高兴起来，下了课，就躲到学校里去商量，把六个人的名字，按岁数月份的大小排起，此后便自命为六君子。同班的同学们，最初是讥笑似的叫着，日久叫惯了，我们居然成了大名鼎鼎的六君子了。不但是我们一班里的六君子，而且是全学校的六君子了。

自从结成了这个小团体，我们调皮的花样更多了。最使人奈何我们不得的便是大笑，不论遇到哪个同学，只要她们的举动上，面孔上，衣服上，有一些不平常的样子，我们就开始大笑，一个笑声接着一个，嘻嘻哈哈有时竟笑到半点钟还不歇，竟把那个人笑得要下泪才罢。因此人们见了我们六君子，都不禁要皱眉头。可是她们也不敢轻看我们，自然我们的团结力，可以吓倒她们。同时呢，我们虽然一天到晚的玩，但都有些小聪明，所以考起来，成绩都在中等以上。有时我们看见那些年龄大些的同学，拿着书拚命的读，我们就使促狭，不是抢掉她的书，就是围着她嘻嘻哈哈的笑。

我们这几个捣乱分子，竟使这个死气沉沉的学校，有了生气。我们不怒不叹气，永远只是笑——大笑，狂笑，笑得人哭不得喜不得。就是先生们，也拿我们没办法。我们并不曾犯校规，“难道我们笑也算犯罪吗?”学监只得罢了。同学们虽恨我们，可是又觉得我们是一群天真烂漫的孩子，并没有坏心肠，所以有几个还是喜欢招揽我们。

在中学一二年级的时候，就是这样快乐过去了。这个时期不但是我的年龄上的黄金时代，也是生活上的黄金时代。可惜好景不常，这个黄金时代仅仅只有三年。到了我十六岁的那一年，在我们六君子之间，发生了许多不幸的事情，尤其是我——因为这时候我认识了一位新同学叫作王岫岚的，她是一个高身材的女子，两颊长着横肉，她有着可怕的笑的姿势，——她们都告诉我她的笑是笑里藏刀的笑。不过我那时毫不把这些事放在心上，管她怎样，只要她和我好，我便也和她好。哪里晓得自从我同她作了朋友以后，我们六君子中的五君子都和我淡了，有时还一群一堆的窃窃的议论我，作许多怪难看的脸子给我看。我莫明其妙，可是心也不能不跳，渐渐的情形更不对了，她们冷言冷语，骂了我许多话，跟着我又接到一封名叫王汉生的素不相识的男子的来信。信上写着许多肉麻的话，又约我星期六到先农坛的树林里见面。这一来可把我吓昏了。我便把这信给王岫岚看，她便说道："这个人是我的亲戚，他很仰慕你，所以才写这封信给你，我想你就和他交交朋友也没有关系呀！"我听了这话，心里很不以为然，因为在那时候，一个女子，和一个男人交朋友，那简直是自己找着送死，不但学校知道了要开除，就是家里知道了，也以为你作了见不得人的事，不处死，也要软禁起来的，所以我没有接受那个王岫岚的话。星期六回到家里，哭哭啼啼把信给哥哥们看了。他们幸好并没有怀疑我，这才放了心。到学校里，王岫岚屡次的引诱我，又叫我到她家里去玩，我这时也有点疑心她不是个好人，想到她家里去探探虚实，因此便答应她。到了她家一所不整齐的破屋子，一看就知道不是上等人物，我坐了一坐就要走，她又带我到她干妈家去玩，那屋子比较好多了，但是那里面住着的人，除了一个四十多岁的妇人外，都是些年轻的女子，而且打扮得不三不四的。我虽然年纪小，但心里有点怕，总觉得这地方不妥当，所以便忙忙告辞回去。

自从这一天后，同学们对于我态度更不好了；我独自躲在寝室里哭，我立志再不同王岫岚往来。这样过了几天，那五君子的一个，她看看我太可怜，便悄悄的叫我去，告诉我说："王岫岚的干妈是开咸肉庄的，王岫岚也不是什么好东西，并且她在背后说你要同她的亲戚王某人结婚，……我们因此都不理你了。"我听了这话才如梦初醒，想想自己原来处在这样危险的境地，禁不住伤心大哭，后来她们都知道我冤枉，才又同我和好。在这学期末果然听见王岫岚被开除的话。

自从我遇到这件事后，在我天真的心里，不免有了一些暗影，我不像从前爱笑了，而且在我家庭方面，母亲觉得我已经是十七八岁的人了，眼看中学就快毕业了，也应当想到我的终身大事。有时便同哥哥们谈起，哥哥有几个朋友，母亲很想在其中选择一个女婿。而我这时对于结婚，没有深切的观念，而且有点怕结婚，觉得这是一件太神秘的事，所以我看见母亲们越急于这个问题，我便越扫兴。

同时，我发现了看小说的趣味。每天除了应付功课外，所有的时间，全用在看小说上。所以我这时候看的小说真多，中国几本出名的小说当然看了，就是林译的三百多种小说，我也都看过了。后来连弹词，如《笔生花》、《来生福》一类的东西，也搜罗尽。因此我便得了一个“小说迷”的绰号，便连家里的人也知道我爱看小说。就因看小说，我又无端惹起了风波。

这时候我母亲和姨母住在一所房子里。姨母有一个亲戚某君，新从东三省来，只有三十岁。他本来在日本读书，后来他父亲在黑龙江病重，喊他回来，他从日本回来不久，他父亲便作古了。因此他不能再到日本去读书，想在北京找些事作，所以投奔了姨母家来。我同他见过几次，偶尔也谈过几句话。他晓得我欢喜看小说，便把他新买来的一本《玉梨魂》借给我看，——这里面所描写的事实，是一个多情而薄命的女郎的遭遇，情节非常悲婉。我看了竟淌了不少的眼泪，后来我把书还给他时，大约那上面还有斑斑泪痕吧，因此他便从我妹妹那里探听，我看了这书是否哭过。妹妹便说：“怎么没有哭……还有一天连饭都不曾吃呢。”他听了这话，也许是觉得我心肠软，多半总是个多情人了，因此便写了一封信给我，那信里委婉的述说着他平生不幸的遭际，他是一个有志的青年，但幼年死了母亲，……跟着父亲过着寂寞的生活，现在连父亲也死了，弄得自己成了一个天涯畸零人，就想读书也无人供给学费等等。幼小无知的我，那时节为了同情他，真流过不少的眼泪，所以我们渐渐亲密起来。不过我却不曾想到和他结婚的问题——因为那时对于结婚，莫明其妙的憎恶和恐惧，当真的曾打算独身，不过他却极力的向我要求，同时又请人向我母亲说。母亲觉得他太没有深造了，一个中学生将来能作什么事呢，所以便拒绝了他。并且又因为我哥哥另外正进行着别一方面的事，因此他简直是失败了，于是他写了一封非常悲哀的信给我。我看了之后，不免激起一腔义愤来，我觉得母亲们太小看人了：他又怎么见得一辈子不会发迹呢？我这样一想，觉得我有挺身仗义反对母亲哥哥的必要，我也写了一封信给母亲说，“我情愿嫁给他，将来命运如何，我都愿承受。”母亲和哥哥深知我是个拗傲人，无可奈何只得由我去，不过他们有一个条件，他非在大学毕业，我们不能举行婚礼。他当时接受了这条件，并且正式签了字。可是求学的经费大成问题，这使我们为难了很久，后来亲戚看见我意志这样坚强，倒不知不觉动了同情心，由一个亲戚拿出两千块钱来，放在银行里，作为某君大学的费用，我们便订了婚。

在这事件发生一年后，我在中学毕业了，我仅仅只有十八岁，——这时候，没有女子大学，别的大学也不开放女禁，所以我的出路很少，同时又因为哥哥在外国读书，家里的用款，已经动了本钱，母亲很希望我能挣点钱，帮助家庭。

于是我结束了我中学生的生活，我开始在十字路口彷徨。

第一次的教员生活

不知母亲同表哥们怎么样活动来的，我这么一个中学才毕业的十八岁的女孩儿，竟居然作了某女子中学的教员。真惭愧，我能教什么呢，国文连封信都写不通，英文程度更浅得可笑，当他们欢喜的报告我：“你的事情成功了！”我反吓了一跳，这么一个丑小鸭，竟教我在大庭广众之中，充什么先知先觉。后来我见过校长，他是一个将至五十岁的老头子，——一副酒糟鼻子，最使我起不快之感，他说请我当体操教员兼教几点钟家事园艺——教体操我虽也勉强，不过要要棍棒操操亚铃球杆，我都还学过，回家去悄悄的练习练习，也将就应付得过。至于教家事园艺，这简直是开玩笑，我又懂得什么家事？便连父族母党的称呼我都弄不清，别的更可想而知了。说到园艺，就是种花，莳种，怎样布置庭园的，这些常识我哪里有！就是现在我也拿它没办法呀，可是为了母亲的意思，我不得不接受了聘书。

到了学校里我第一先要看看校长的办公室，那真滑稽，是那么一间杂乱无章的房子，案上也没有公文函件，只堆了许多学生的大小字。——后来一打听，原来这位校长会写字，所以全校的习字都由他教，至于学校的公文呢，倒完全交给一个文书去办，他闲了便满院子里走来走去，在那些中学生的堆中挤。

再走到训育主任的房里呢，看见那位主任先生，正在绣花，大声的和娘姨谈天呢，我起先还以为是认错了，——你想一个四十多岁的旗装妇人，满脸脂粉，满肚皮脂肪的俗物——怎么会是堂堂女子中学的训育主任呢？不过校长明明是这样介绍的呀。也许是我知识浅经验少吧，我这样想着也就相安无事了。

到了操场里，我上体操课，——幸喜我学的是师范，在第四年级时，我曾实地练习过，所以脸皮还不薄，拉长了声音喊着“立定”，“稍息”，“向右看齐”一类的口号，当时自己觉得颇神气呢，就像军队中的指挥官，趾高气扬的命令着，但是那些学生，身材多半都比我高，就论年龄也有比我大的，当他们排队走过我前面时，我便不免自惭形秽起来。

那虽然心里只管内愧，可是在面子上，我却像煞有介事。在第二年的春天，我和校长商量好，要开一个春季运动会。于是我每天的替他们练习赛跑、跳远，这些硬工夫还好对付，只要学生不断的练习就可以了。最使我为难的，要教她们跳团体舞，那个时节的跳舞，我虽也学过一些，但都是杜撰的，既不是水手舞更不是什么土蜂舞，只不过从梅兰芳那里学来的一些散花舞更参照着一些西洋的步伐，总而言之，我费了一个星期的工夫才编出这一套中西合璧的花圈舞，每一个学生手里举着花圈按着一二三四的琴拍，上下左右的舞了一阵。

这个滑稽的运动会开过了，校长似乎还很满意，因为不论如何，我总替他的学校出了风头。可是我还不曾高兴几天，学生方面又发生了问题，三年级有几个学生，对于我的教书，有点不满意，她们说我念别了字，又是园艺也讲不清楚。这个消息传到我耳朵里，我真是如坐针毡，本来我自己就不愿意来教书，现在可出了丑，怎么还能装聋作哑的混下去呢。所以在春假完结时，我不得母亲的同意，就悄悄的辞了职。

辞职虽然很轻便，可是我却没有胆子回家去吃白饭。正好这时候，我有一个朋友，在安庆当小学校长，她有信约我去帮忙。我想中学教不了，小学总可以了吧，所以连忙写快信去答应了。在我一切行装都预备好了，我才回家报告母亲我辞职的经过，并请她原谅我的不得已。母亲听了我的话，怔怔的望着我道："你的哥哥们都还不曾毕业，家里用钱的地方又多，我愿你帮我两年，谁知你到底拗傲成性，一点都不能忍耐。"我受了母亲的责备也无话可答。后来我允许母亲到安庆每月仍寄钱回来，母亲仍然不高兴的叹了一口气道："随你去罢！"当夜我在家里吃过晚饭，便携了一肩行李，只身孤影的走上征途。母亲因为不放心，请表兄送我上火车。到火车站，我匆匆的买好车票，心雄万夫似的跳上车子。当车轮蠕蠕而动，我和表哥告别时，在我心头没有离愁，没有别绪，只有一股洒然的情绪，充塞着我的灵宫。我觉得这十余年时如笼中鸟般的生活，我实在厌倦了，我时时希望着离家，去过漂流的生活，因为不如此，似乎无以发泄我平生抱负——我虽是一个女孩儿，但在这时节，我的心肠没有温柔的情感，我羡慕飞仙剑侠，有时也希望作高人隐士，所以这一次离家，我是充满了欢喜骄傲，好像一只羽毛已经长成的鸟儿，从此天涯海角任我飞翔。

到了安庆时，我的朋友接我暂到她家去住。第二天才送我到学校去——这是一座省立模范小学，已经办了两年了。据说我的朋友办学还认真，成绩很好。我在这里仍然担任体操，和国文、习字、历史、地理等科。这当然我是应付得来的，不但小学的课程老底浅，况且我又有了一学期的教学经验，同时又碰过钉子，所以对于预备功课，不敢马虎，所以我在这里教书的成绩不算坏，有许多学生直到现在提到她们过去的先生黄某人，都心悦诚服的赞叹着呢。

不过在那时候，我的心是浮动的，无论到了什么地方，我都不能平静的久住下去。看命的人说我正走驿马运，所以要东奔西跑。我自己虽然不信命相，不过欢喜跑，我是不否认的。所以在安庆住了半年，我又感到这里的生活无趣，就又携着箱箧回北平去。

这时候恰巧河南女师范要请教员，我就去见我母校的校长，请他荐我去，他答应了。过了几天他叫我到学校去，又介绍我一个同去的同学。——那人姓杨，比我低一班毕业的，我们把一切的手续都办好了，那位校长又替我们开了一个送别会。在会席上，他勉励我们不少的话，当时我们觉得那情形果然严重，真像自己是个了不得的人物，此去前途必大有作为。哪里晓得，到了河南时，为了环境的腐败，积年的流弊，改无可改。那些学生因为我们的言论比较激烈，认为我们是名教的反叛，是一个可怕的危险物。而那些旧教员，又怕我们占了势力去，所以便怂恿学生们在讲堂上问难我们，把些癖典怪字，拿来考我们。从此日子就太难过了，每逢上一点钟课，就好像站了一点钟的站笼，真够受罪了。但既已接了聘书又不好撂下就走，同时自己也不服气，又怕别人讥笑，所以只好一天挨一天，好容易杨柳绿了，桃花开了，渐渐的花落叶茂，天气蒸热，暑假到了！我们如同被赦的罪囚，欢天喜地的跳出牢笼，在京汉路上，高歌激云，庆祝我们得以回来。

回来是回来了，暑假以后又怎么办呢？一度一度的流年，这样等闲过去，渐渐有点知道愁滋味了，而且母亲又时时在责备我，说我没有长性，表姊妹们又给我起了一个绰号叫“一学期先生”。

大学时代

唉！厌倦，厌倦，一切都使我厌倦，但更厌倦的是教员生活。在这时期，我有点想着嫁了罢，免得受许多苦，但是某君大学还不曾毕业，所以只得罢了，只好再另找出路，当然母亲还是要我去教书；我呢，受了这一年多的折磨，我深切的了解我的学问不够，我只能再读书，不能再教书了。正巧这时候北京女高师招收学生，我就打算去考，不过母亲极力反对，她说：“一个女孩子，已经中学毕业，就很够了，还要读书，作什么？而且我现在也没闲钱来供给你，你自己去细想想吧！”

我碰了这个大钉子后，心里非常难过。我记得为这事，我曾躲在房里哭过几天；我也想不管母亲应许不应许，我偏去考，她又拿我怎么样。不过学费呢？保证金呢？我到哪里去拿！虽然我作一年多的教员，可是我除了给母亲一部分的钱外，其余的也早用完了。现在我是阮囊羞涩，而天下事，没有钱是最没办法的。因此我便写信给我安庆的朋友，她就劝我再作半年事，自己积些钱作为学费及保证金，如再不够呢，她也可以帮我一些。我觉得这办法很好，所以在暑假后又到安庆去，在那里教了半年，省下两百块钱。又是回北京，而女高师已过了考期。幸喜我是本校的初级师范毕业生，里面还有几位熟教员，通融的结果才许我考。我想插进第一届的文科去，她们已经读了两年了，现在算是本科二年级。起初校规不许招插班生，只准暂作旁听生，以后看成绩再从新分派。我无法，便以旁听生的资格，交了二十块钱的保证金和膳宿费——旁听生有膳宿费，正科生全免——搬到学堂里去住。

这个时代的我，因受了一年多的社会磨练，从前那些不知天高地厚的轻狂脾气，完全改了。处处只感觉得自己不如人，所以当我进学校时，看见那些旧学生，趾高气扬的神气，简直吓倒了。并且我们这一班的同学，又是由各省师范毕业生，或小学教员里选拔出来的，中文都很有根底，所以我更觉得自惭形秽了。记得第一次上作文课时，先生出了一个题目是“礼记内则中的时而后言论”。什么《礼记》，我简直连看都不曾看过。因为我在中学时代所读的只是一些唐宋八大家的古文选，“四书”、“五经”中也只读过《诗经》同《孟子》。这个题目已经弄得我莫明其妙，想问问同学吧，又怕被她们笑了去，所以只好自己悄悄跑到图书馆去，找出《礼记》原文，看了，又细细的读了注解，心里才有点明白，花了一天的工夫，才把这篇文章作好，勉勉强强写了一千多字。然而再也不敢交到先生那里去，怕先生骂我不通，因此我就打听一个旧学生，我说：“国文教员他喜欢哪一类的文章？”

“嘿，”那位旧学生装腔作势的说道：“你不知道，我们这位先生书读万卷，渊博得很呢，所以我们作起文章来，每句都是有典故的，他就喜欢言之有物的文章。”

嗳哟！她的这一大串话，真是把我吓矮了半截。什么典故，我满肚搜罗，也搜不出几个典故来。而况每一句话都要用典故，这我哪里作得出来。我当时虽然这么想，但我嘴里到底不好意思说出真话来，只唯唯诺诺的离开那位旧学生。我又跑到自修室里，把我自己的文章拿出来看了一遍，数来数去，通篇仅仅用了两个典故，我想再加上几个吧，但是可怜贫穷的脑子，到底想不起来。……唉，事到如今，我只后悔小时不曾多记几个典故了。

同学们的文章都交了卷，我还只挨着不交。但是丑媳妇终须见太婆，不交不行，还是老着脸皮交了。自从交卷以后，我是一直提心吊胆，不知道先生看了我这无典故的文章，要怎样开发呢。

一天又一天的过去，作文的时节又到了。那位老先生抱着一叠改好的作文簿子，一本一本的发还我们。我的心怦怦的跳着接了卷子，打开来一看眉批上面写了一个“选”字，我不知道什么意思，暂且不管，掀开最后的批语一看，只见上面批写着“立意用语别具心裁，非好学深思者不办”。这一段改语在现在看起来，也就平常得很。而那时节，却大大不然，我竟喜欢得手舞足蹈起来。同学们见了我的样子，也都围了上来，要看我的文章。我究竟不好意思，连忙收了起来。正在这时候，只听那位老先生说，“你们都坐好，……前些时候我们不是打算出一本《文艺观摩录》吗？有许多文章可以选进去。所以凡上面有‘选’字的，请你们另纸誊清，将来收集齐了，就可以付印。”我听了这话，心里更觉得高兴，想不到我的文章也有被选的资格。从此以后，我的气焰日高，再不肯受她们的愚弄。而且那些旧学生，反倒很看重我们，——这个学期的插班生，只有我同苏雪林两人，第一学期我们是旁听生，在年假大考以后，因为我们的成绩列于最优等，所以立刻升作正班生。

在这个时期，我读书虽然很顺利，可是我的心境却很可悲。最大的原因，是为了母亲不赞成我进大学，所以不但学费不帮忙，还要时时的责备我。每当星期六回家去，总要流眼泪的。这样一来，竟弄得我“等是有家归不得”。眼看着那些同学们，兴高彩烈的提着箱箧或包袱回家去，我的心更一剑一剑的被戳着。有些同学偏不知趣的追问我：“黄！你怎么不回家去？”

我苦笑着向她们撒谎，不是说：“就回去！”便说：“要在学堂里看书。”这些对于人生毫无深刻观察力的同学们，她们哪里会看去我内心的苦衷呢！她们不关痛痒似的唯诺而去，白白的搅得我心乱如麻！

同学们一个一个走了。热闹的宿舍讲堂，学校园，这时都变成墟墓般的寂静，冷清。在这种如寺院的环境中，现在所剩下的人，除了我以外，就是那几个家在外省，飘泊异地的游子罢了——不过她们还不至像我那样伤心，仍是安静的料理一些琐事，或和朋友们出去买些零食，回来吃着谈笑。只有我独坐在走廊的木栏杆上出神，有时看着云天过雁滴泪。唉，我开始体验那较深刻的人生，我常感觉得作人无趣。我喜欢读老庄的书，满心充塞了出尘之想。不过这些出尘的意识，究竟太浮浅，遇到高兴的事情时，仍然很起劲。

在我进大学的那一年，正是五四运动的时候，这当然是个大变化，各种新学说如雨后春笋般，勃然而兴。我对于这些新学说最感兴趣，每每买些新书来看，而同学之中十有九是对于这些新议论，都畏如洪水猛兽。我还记得，在我们每星期五晚上的讲演会上，有一个同学，竟大胆的讲恋爱自由，她是一个圆面孔，身材丰腴的女孩儿，当她站在讲台上，把她的讲题写在黑板上时，有些人竟惊得吐舌头。而我却暗暗的佩服她，后来她讲了许多理论上的恋爱自由，又提出了许多西洋的事实来证明。大家有窃窃私议的，有脸上露出鄙夷的表示的，也有的竟发出咄咄的怪声的。而那位同学，雪白的脸上，涨起了红潮，她是咬牙在忍受群众的压迫呢。散会后，我独去安慰她，同情她，而且鼓励她勇敢前进。这样一来，我也被众人认为新人物，时时被冷讽热骂，有几个更浅薄的同学，常常讥讽我。因为我不懂旧文学，所以只好极力学新的——据她们的脑筋，以为新文学，是用不着学就会的。只有她们满肚皮的死四书五经，是我们这些不学无术的人望尘莫及——当然我对于这种讥讽也只得承受，无论如何，我肚子里是没有典故的。

我这么个落落难与人合的一个怪人，可是她们只好心里看不起我，面子上她们倒也不敢怎么样。第一因为我心直口快，说话虽说不上尖利，但也不算笨，而且我平常作事，又是什么都不怕，要作什么就作什么。所以我虽是一个插班生，但进去了不久，便被举为学生会的干事。这个时候正是国家多事之秋，不久就有日本人在福州打死了人的事情。这些被压迫几千年才得解放的民众，真如同发了狂似的，今日这一个团体开会发宣言，明日那一个团体请愿，游行大示威。当然这是学生会的事，我整天为奔走国事忙乱着——天安门开民众大会呀，总统府请愿呀，十字路口演讲呀，这些事我是头一遭经历，所以更觉得有兴趣，竟热心到饭都不吃，觉也不睡的干着。

而在百忙中，福建同乡会，为了本省切身的问题，联络各学校的福建同乡去开会，而我又被举为女师大福建同乡会的代表，到师大北大去开会。那里我认识许多男学生，也可以说是我第一次同男人们合作。开过几次会的结果，我又被举为大会的副主席，和一个刊物的编辑。

为了忙于工作，我更不大回家了。有一个星期六，我家里竟写信叫我回去。我正不解什么缘故，到家一问，才知道是那位和我订有婚约的某君，要和我谈谈结婚问题——因为他这时大学已经毕业了。我当时哪里有心肠结婚，便告诉他我也要等大学毕业了才结婚呢。当时他虽没有反对，不过他却劝了我许多话，觉得我一天到晚在外面奔走是可笑的，一个女人何必管那些事呢！这一次的谈话，使我发现他思想的平庸，我心里很不高兴，当晚仍回学校来。

第二天我接到某君的信，虽然满纸温和的话，但是我觉得句句都使我刺心。我于是写了一封回信，痛言我自己对人生对社会的思想，和他所建议的那种庸常生活，正相反对。同时我又告诉他，我现在读安那其[①]的无政府主义的书。这封信去后，他又给了我一封信，除了劝我不要太新，他又报告我他要去考高等文官——我看了这信，心里更不高兴，我这时正痛恨官僚政客，而且他本来是学的工程方面的东西，一个工程师要想作文官，这简直太滑稽的可笑。从此我俩的意见一天一天相去越远，感情也日渐恶化。不过他是个忠厚老实人，始终对我极温和，诚挚。偏偏那时候的我，有一点古怪脾气，总觉得一个脾气太好的男人，不是我所需要的。我羡慕英雄，我服膺思想家，我感觉得和他结婚，我心里一定不快乐。解除婚约的一念，在我心里渐渐的滋长起来。因此我心情更黯淡了，常常背人垂泪。

这时候我有几个好朋友，她们和我年龄相仿，而且有一点相同——都是志趣不凡，同时也都是喜欢玩笑。因此我们在许多同学中，另成了一个小团体，在一天上课的时候，我们四个人，悄悄的传着纸条子，不知怎么谈起战国时的四公子来，其中有一个人，便

① 安那其：无政府主义的旧译，英文为 Anaronism。

提议：我们恰巧是四个人，以后就自称四公子吧，她们便封我作孟尝君，其余三人，也各占一份。我们起了这个绰号以后，并给全班同学一个启事，后面署名是四公子同启。因此我们这个绰号，不久便传遍了全校。后来她们提起我们，总是说四公子了。

我们四个人，自从结了这个小团体以后，大家感情也日渐亲密。每每于课余之暇，各诉衷曲。这时四公子中，只有我一个人是订了婚，她们三个人，还是无主名花。所以她们对于我的事情，——尤其是同某君订婚的事情——更感到兴趣，时时探听我们间交往的经过。

有一天正是梅雨天气，窗外杨柳临风摇掩，她们三个人都在那里商量作一样的衣服，同时要征求我的同意，一回头看见我正怔坐在书案前，她们莫明其妙的都围拢来，追问我为什么发怔。我被她们一问，那眼泪更忍不住滴了下来。她们连忙拉我到操场去，一面劝慰我，一面仍在追问我。我便把我近来心头的忧郁告诉了她们，并且告诉她们，我想同某君解除婚约，我情愿独身，必等他结婚后，我再说。她们听了我这话，都觉得我神经太敏感了。并且又说当初你既那样看重他，不管家里的人反对，和他订了婚，怎么现在又解约，人家不要说你二三其德吗？我听了这话，觉得她们固然有理，但是我一想到结婚后的平凡生活，要毁了我的一切时，我仍不能承受她们的劝告。我说从前我和他订婚时，我年纪还小，并不是对他有深切的了解，不过一股义情的作用。现在他因为我的原因，大学居然毕业了，以后前途正未可量，我这时和他解除婚约，并不是看不起他，只不过各人有各人的志愿。我不嫁他，是尊重我的志愿罢了。而且我同他的性情太不相合，纵使勉强结婚，彼此也只是痛苦罢了，所以还是解除了，彼此都好。她们听了这番话，也不好再劝我。于是我便写了封信给某君，委婉的陈说解约的理由；并祝福他将来找一个和他志趣相同的人结婚。他最初不肯，并托亲戚和我解说。但经不起我执意不肯，他也只好答应了。我自从和他解除婚约后，我一直在担心。幸喜没有多久，他已经同一个很有钱的小姐结了婚，我的心才放了下来。

在这时候，我整天的看书，研究社会问题。同时我因为作编辑，和几个男学生，时常有函札来往，渐渐的从泛泛的同事，变成朋友。不久闽案了结，同乡会因为种种关系——多半是争权夺利吧，大家解体。其中有几个人，是声气相通的，于是分出来，另外又组织了一个秘密团体，叫作社会改良派，英文叫作 Social Reform 简称为 SR，一共有十五个人，每星期聚会一次，而地点都很秘密。我那时节，对于社会的经验既少，所看关于社会科学，和什么主义的书文很少，所以虽然是 SR 团体中一个会员，但究竟没有什么主张。他们便时常送我些社会主义的书看，并常常和我通信讨论。因此我的思想真有一日千里的进步了。我了解一个人在社会上所负责任是那么大，从此我才决心要作一个社会的人。

在 SR 团体中，有两个青年和我特别亲密，其中的一个郭君，比较一切的人都深沉，旧文学很有根柢，他作了很多论文登在杂志上，时常寄给我看。因此我俩的感情认识也与日俱增了。

不久我大学将毕业了，照学校的规则，在修业的最后半年，应当到各地去参观，我们全班商议的结果，想到日本去，而学校每人只肯津贴四十元；而核算起来，每人没有百元之款是不敷开销的，因此我们便商量着演新戏筹款。

新戏这时候，还是个萌芽，没有好剧本不用说，根本便连剧本也没有。而我们却是初生的犊儿不怕虎，竟胆敢自己创作剧本，——这事说来真好笑，不过也值得令人惊异，我们差不多都成了天才的演剧家，——怎么讲呢，我们自己创作的剧本，只有故事的架子和分幕，没有对话，就这样派好了人。这几个人把这故事记清楚了，便上台自己想对话。我记得那时候，我演的一出剧是《叶启瑞》——这故事大概有人还记得吧？这是一个大学生，在家乡已经娶了妻，后来在外面和一个女学生恋爱，便设法把家里的妻子害死了。那个女学生知道他这样没良心，便大骂他一顿，和他决裂了。——我便演那个女学生，在戏台下面我还不曾想好我要说些什么呢，而竟敢卖票，公演。偏偏女学生演戏是创举，所以来的人特别多，我们借的是教育部大礼堂作会场，第一天满座，第二三天便连窗户外都挤满了人。我好像作梦似的，演了三天。结果竟出于意料之外的成功。不但票价竟卖了三千元，而且报上还给了我们不少的好评，当时我们自然是得意的。不过现在回想起来，不免汗流浃背。中国枉称古文明国，无论什么东西，都是这样幼稚的！

演过戏，我们有了钱，便办赴日的手续。我们四公子更是兴致勃勃，老早就先跑到天津去，住在一个朋友家里。名义是参观天津的学校，实际呢，是大玩特玩。白天随便到一个学校里，走马看花似的参观一遍，回来后在天津的大街小巷，混逛一顿。晚上就到日本神坛里，睡在芳草地上说天讲地。那时候我的生活比较快乐些。但另一方面呢，我不知什么时候又陷入情网了。同时其他三公子，也都为爱情所困搅着。这时我们大家都有点心事，所以快乐中，不免含着眼泪。

到了日本，第一使我感觉得憎恶的，便是那木屐的繁响，和那些女人屈背弯腰的卑微样子。可是日本人的招待我们的殷勤、周到，真令人佩服，一看就知道是政治清明的国家。无论什么地方都表现着秩序井然，负责有人。不像我们中国只有人拿钱，争权利，而没有人作事，因此我们一面仇恨他们的凶狠，但一面不能不钦佩他们的力求上进的精神。

我们从横滨下船，没有停留，就坐火车到东京，住在一个协会里，休息了一夜。第二天就有日本招待团所供给的汽车五辆，载我们到各学校各大公司去参观。在东京住了两个星期，所有的学校都参观了。同时有许多中国学生团体，开欢迎会招待我们，所以终日没有停息的时候。这时我的兴趣极好，每日作日记，预备将来汇成一本游记的。

我们离开东京后就坐火车到西京，——西京的一切都和东京不同——东京是动的，而西京是静的，——拿中国地方来说，东京有些像上海，而西京就像北京了。我觉得西京给我的印象最好，那里有皇宫故址，我们在黄昏时，漫步宫墙左近，但见满地杜鹃花，鲜艳夺目，至于街上也没有东京那样拥挤紧张。就是此地的人民，也比较平和冲淡些。在这里，我们参观了帝国大学的医科，和附设的医院等。

除了参观学校，我们又到了德岛、日光等名胜地方玩了许久。德岛的山光水色至今还深印我的脑际。至于日光当然以华严泷为最出名的胜迹了。我们从日光的宿舍出发到华严泷是步行去的，其中有十余里的距离，所以到了华严泷时，大家都已筋疲力尽。但我同另外的三个同学，因为看了这三千尺的大瀑布，不禁叹为奇观，不肯即此而止，必欲穷其究极，所以我们不辞劳苦攀了软木梯到了瀑布的下面。我站在瀑布的前面，但见匹练自天而降，飞珠细沫，微溅衣襟，心胸不禁为之爽然。与此同时激起一些灵感，于是我在日记簿上写了一篇文章叫作《华严泷下》，曾在某刊物上发表，可惜我无底稿，现在这篇东西竟不知到那里去了。

玩过胜景，我们就乘船，渡海到朝鲜。参观了箕子墓后，在青年会住了几天。有一个大连学生团体，请我们吃饭。在谈话中，他们隐隐露出许多朝鲜人亡国的苦痛，并希望我国能提携他们，早谋独立的意思。我听了这话，满心悲愤，几乎落下泪来，同学们也都黯然。

离了朝鲜，坐火车到奉天。在高师住了两天，也到处去参观。使我印象最深的，就是奉天人特别不讲卫生，蚊子，苍蝇，臭虫，到处都是，我记得在饭碗里曾发现三个苍蝇，因之我不敢下箸。

从奉天又到大连旅顺，那地方简直是变相的日本。只有一两条唐人街，还依稀有点中国人特殊的风味，怪模怪样的中国小脚女人，时时点缀其间而已。

从大连回到天津，又转北平。这一个多月奔马似的生活，现在告了结束。回到学校，忙忙作毕业论文，拿了文凭，从此脱离学生生活，踏进社会。这些可歌可泣的青年生活，又成了历史上的陈迹了。所以在毕业生聚餐的那一天，大家都是满面愁容，尤其是我更觉得难堪，因为别人至少还有些美丽的幻梦——对于她们不曾经验的社会里，而我呢，是个中苦趣，已知二三，当然怀惧更深了。

但是时间是解决一切的，三年的大学生活被无情的时间送去，此后的一切，也只有让时间来解决了。

著作生活

当我小的时候，已被冷酷的环境，压迫得成了一个木然无所动于中的人物。又因为家人都料定我是没出息的，所以美丽的幻梦——我从不敢轻易沉溺，而且我也自信是个没出息的，不然为什么人人都会作的，我偏不会；人人都爱的，我偏不爱呢？

童年消逝了，我进了中学。那时候虽然比较活泼多了，可是仍然和一切的孩子一般，一天到晚，玩玩笑笑，也从来没有作过任何梦想。读书呢，也不感到兴味，只像向先生还债般，逼得紧，也念得勤，不然仍是作一天和尚撞一天钟。除了有一些灰色的阴影，掩映于心头外，什么都不觉得，也什么都不想到。直至中学将毕业那一年，我才开始看小说，开始了解小说的趣味——不过那时候还不曾有人谈过文艺，我更不知道小说也是文艺的一种。我只觉得这种书里满含着活泼的逼真的事实，这些事实可以解忧，可以消愁，可以给人以刺激，可以予人以希望。因此我放弃其他一切的书，专门看小说，在一年中我看了二百本左右的小说。不过我虽看了不少的小说，可是我还不敢妄想自己也写小说。

在我进大学的那一年，胡适先生极力提倡白话文，——同时胡先生又教我读《中国哲学史大纲》。在这个时期，我的思想进步的最快，所谓人生观也者，亦略具雏形，对于宇宙虽不能有什么新见解，至少知道想什么是宇宙，和宇宙间的种种现象，何以成、何以灭的种种哲学问题了。可是这个时期我也最苦闷，我常常觉得心里梗着一些什么东西，必得设法把它吐出来才痛快。后来读文学概论、文学史，里面讲到文艺的冲动，我觉得我正有这种冲动。于是我动念要写一本小说，但是写什么呢？对于题材，我简直想不出，最后决定还是写我自己的生活吧。但这种尝试的工作，越秘密越好，不然写不好，被人知道了笑话，因此我每每躲开他们，藏在图书馆的一个角落里，悄悄的写。过了几天，我把那写好的东西，自己读了一遍，觉得杂乱无章，心也懒了，把它藏在箱子里，——这一本没有结束的残稿，至今还不曾续好。前年我竟把它烧了，只在我创作生命上留一点忆记而已。

后来我读了几本短篇小说，我想到长篇小说结构穿插都不容易，还是去先学写短篇的罢。当时不记得取了一种什么题材，写了一篇短篇的，拿去请教文学教授陈某，——当然我的心是在紧张的跳动，我惟恐他决定我没有创作的天才，那我什么希望都完结了。这简直等于判定死刑待绞一般的难堪呢。当我战战兢兢把文章递在他手里时，我真觉得他有无上的权威。他把那小说马马虎虎看了一下，说道："你也想作小说吗？这不是容易的事呢！你这篇东西就不像小说，我看还是不写吧！"我被他这当头一棒，打得我全身挛痉起来，我满脸羞愧的接过那稿子来撕了个粉碎。

为了这件事情，我难过了几天。但是我还想写，同时我又发现这位陈某他自己就没写过小说。他所知道的只是一些"经学通论"呵一类的陈旧东西。他有时就连客观与主观都分不清楚，这么一个人难道他也懂文学吗？我这么一想，于是胆又壮了起来。我经了几天的思索，写了一篇叫作《一个著作家》——现在收在《海滨故人》的集子里。——那时候正是沈雁冰先生在编《小说月报》，我由郑振铎君的介绍认识他，便把这稿子寄给他，——当然我没有敢希望一定可以刊登，所以心情也很紧张。直等了一个多月，我看见《小说月报》居然把它登了出来。这一喜，真似于金榜题名时，从此我对于创作的兴趣浓厚了，对于创作的自信力也增加了。

但是那时候从事新文学创作的人，究竟太少。所以一般脑筋顽固的人们，对于我这种的努力，认为是可笑的，——在他们的脑筋里，只有长篇累牍东抄西剪的论文是值钱的，况且魏文帝也说过

——文人相轻自古而然——我们的时代又何独不然呢！幸而好天生就我是执拗的脾气，除非不曾拿定主意，否则，无论别人怎样冷嘲热骂，我还是我行我素。在大学的三年里，我写了十几万字的文章。其中有短篇小说，有游记，也有散文。短篇小说已集成册子，而出版问世的，就是《海滨故人》（短篇小说集)。游记有一本《扶桑印影》，就是记载日本参观的一切。可惜被一个朋友拿去弄丢了——而我又无副本——这也许是习惯，我从来写文章最难得起稿——并不是别的。我怕誊清，所以每一篇小说，因为起头的不得当，有时竟换七八张稿纸，等到头一起好，那便一直写下来，毫不困难，所以我作文章不怕结尾，只怕起头。

在我的处女作《海滨故人》出版以后，我因为生活上发生了变化，在这种变化中，我的心情是复杂的。一方面我是满足了——就是在种种的困难中，我已和郭君结了婚。而一方面我是失望了——就是我理想的结婚生活，和我实际的结婚生活，完全相反。在这种心情中，又加着家庭的琐事，我几乎搁笔半年不曾写文章。半年以后，我又继续的努力我的著作生涯。这时节所作的有《胜利以后》，《何处是归程》，《父亲》，《秦教授的失败》等短篇。又经过半年我便遭到人生的大不幸，郭君竟一病而逝。在这时节我心里当然充满绝望哀感。在我送他的灵柩回故乡安葬后，我便在故乡的女师范教了半年书。在这半年中，我所过的生活，所谓极人世之黯淡生活。但是我的心倒比较清闲了，于是又继续写文章。在这时所写的，如《寄天涯一孤鸿》，《秋风秋雨》，和《灵海潮汐致梅姊》等短篇，共收集一册名为《灵海潮汐》，约六七万字，在开明出版。

故乡的人情习惯，对于我都觉得太不惯，尤其他们作人的态度更和我格格不入。所以我住了半年，便又跑到上海飘泊着。在这个时期，我在上海大夏附中教书，就住在女生寄宿舍，每逢课余，仍继续写文章。但是自己觉得比较好的东西，到底太少。

不久接到北平朋友们给我的信，回到故都去——故都是我自幼生长的地方，我对于那地方的感情特别浓厚，所以我就辞了这方面的教职，和几个朋友一同北上。在北平，我充任平民教育促进会的文字编辑员之职，所以镇日更是笔不离手。不过这时节我所写的东西，全不是我心里想写的。比如编平民二千字课，一天到晚拿着那一千个基本生字，想尽方法，编成种种常识、歌谣等。虽然，写的也不算少，可是这些东西都不能在报纸上发表。在表面上有些人或以为我在创作的路上，已经搁浅了。而我自已呢，也感到编千字课这一类的工作太机械死板。所以只作一年，我便辞了不干。以后我便想试着写中篇或长篇的东西。有几个朋友，觉得在北平办一个书店，出一本定期刊，是很有意义的工作。于是我们几个人，每人拿出几百元来，筹备办一个书店，起名为华严——取其有文章之彩饰，而又有态度庄严之意。在书局不曾开幕之先，我们又创办了一种半月刊，叫作《华严半月刊》。我任编辑之职，因此更不能不努力写文章，我的中篇小说《归雁》就在这时期中产生了。同时我又搜集了年来所作的短篇集成一册叫作《曼丽》，这里面所有的文章，多半是在《晨报副刊》，和石评梅君所办的《蔷薇周刊》上发表过的。这些文章，我认为都不足登大雅之堂，不是为了要几个稿费而作的，便是被朋友逼出来的。在这几本东西以后，我又和李唯建君共出了一本《云鸥情书集》——这本东西之能问世，是在我们意想之外，因为那里面的几十封信，完全是我们一年以来的通信。有一次大家无意的谈起这些信，拿出来重看一遍，觉得写得很美，不像一般人的情书，在这里面，有我们真正的作人的态度，也有真正的热情，也有丰富的想象，所以我们便决定把它公开了。

在《云鸥情书集》以后，便是我所写的《东京小品》了。这本东西，是我同李君旅居日本时所写的小品文，共拟了二十个题目，而我只写了十一篇，便回国了。其余的九篇虽有题目，还没有工夫把它写齐。那已经写好的，都在《妇女杂志》上发表过，将来或能收集成册。

从日本回来后，我们就寄寓西子湖滨。我们决意不作事，修养半年，写半年文章。——本来这地方最是好写文章的地方，山青水秀，生活又非常松散，被压迫的灵感，在这美丽的环境里，随时随地都有触发的可能。况且我们这时候又最穷——文以穷而后工，如果是真的话，我们当然可以写出很好的文章了。——文章的好不好，我自己也难说。不过这半年的出产量的确不少，我写一本十万字的长篇在《小说月报》已发表了十分之八九，其余的一部分，不幸因国难而遭焚。——不然这本书在民国廿一年就可以和人们相见了。现在呢，这本书竟成了焦尾巴狗，不知哪天才能把它续起来。除了这一本长篇外，我又写了许多短篇的东西，如《地上的乐园》，《玫瑰的刺》，《苹果烂了》诸短篇，集成一册，名为《玫瑰的刺》，已交中华出版，不久或可与世人相见。

离开杭州我又到上海从事口耕生涯。可是我不敢为了机械的教书生涯，忘记我一向所努力的创作生命。所以在百忙中，我是一有工夫就写，在《申江日报》的《海潮》上我写了不少的短篇。还有《女声》上我也作了一些短文。其它如《时代》《前途》杂志、《现代》杂志上也都有我一二篇创作。这些东西我将来也想把它收集成册。在暑假中炎暑的天气里，挥着汗写成一部长篇战事小说，这本书本想出版的。不过我还要修改一次。最近我在《时事新报·青光》上发表一部中篇是《女人的心》。

由以上的事实看起来，我的创作生活，都不是很悠闲的。除了在杭州的半年，和在日本的半年，我是没有教书，其余的时间我都是一面教书一面写文章。这种的努力，我自信是为兴趣，有时也为名，但为钱的时候，也不能说没有。不过拿文章卖钱究竟是零卖灵魂，有点可怜，所以我宁愿在教书的余暇写文章了。

我创作的生活大概如此。但假使我能活六十岁的话，我未来的生命还有二十六七年呢！这二十六七年中我应当怎样呢？我知道凡认识我的朋友们，都愿意知道。不过这未来的事情，无论谁也算不定的。不过在我却不能没有一个志愿，我愿将我全生命供献于文艺。我愿我六十岁作自传的时候，我已经有一二本成功的杰作，那么我就在众人赞叹的声中，含笑长逝吧！

思想的转变

在我所述的过去生活中，也许可以看出我思想的大概来。但我觉得这十年中，我思想上有几个显然的转变期，很有关系于我的作品，所以想把它详细说：

从童年到中学时代这一节时间，虽然不短，而我的思想还没有确定的形式，姑置不论。到了大学时代——也就是我从事于创作的时代，因此就从我表现于作品上的思想来说吧。

我第一期作品《海滨故人》一书所取材的方面有关于恋爱的，有关于工厂生活的，也有关于教育方面的，但是其中除了一两篇如《海滨故人》等是真的由我生活中体验出来的东西，其余多半由于间接听来，或者空想出来的。在这本册子里，充满了哀感，然而是一种薄浅的哀感，——也可以说是想象的哀感。为了人生不免要死，盛会不免要散，好花不免要残，圆月不免要缺，——这些无计奈何的自然现象的缺陷，于是我便以悲哀空虚，估价了人间。同时，又因为我正读叔本华的哲学，对于他的“人世一苦海也”这句话服膺甚深，所以这时候悲哀便成了我思想的骨子，无论什么东西，到了我这灰色的眼睛里，便都要染上悲哀的色调了。在这时候，我的努力，是打破人们的迷梦，揭开欢乐的假面具。每一个人的一声叹息，一颗眼泪，都是我灵魂上的安慰——但是我自私了，我自己对世界这样认定，我也想拖着别人往这条路上走。我并不想法来解决这悲哀，也不愿意指示人们以新路，我简直是悲哀的叹美者。

这种思想，支配我最久，第二本的小说《灵海潮汐》，和第三本小说的《曼丽》，都未能出这个范围。不过在实际的生活上，我比从前复杂了，同时我接连着遭遇人间最不幸的死别：第一是母亲的死，在儿时我虽然不被母亲所爱，但是以后几年，为了我的努力，母亲渐渐的对我慈和；同时呢，我是个感情重于理智的人，所以对于母亲仍然有着极深的眷恋。——而且她的死是太出乎我意料之外。那时候正是年假，我放学回家，在家里住了七天，接到北平的朋友的快信，要我即刻北去，一来参加她们的婚礼，其次呢，另有要事介绍我去担任，必须当面接洽。我当时把信给母亲看过，母亲脸上露着不忍离别的热情，和声说道："差五六天就到新年了，你一去不是不能在家过年了吗？"我听了这话，又看了母亲那慈和的面容，我就想不走吧，但那时候究竟是少年，血气方刚，觉得动比静好，因此最后还是决定去了。

我走时，是早上八点钟。那时节母亲不曾起来，只坐在床上招呼我吃东西，并嘱咐我路上小心。她含着微笑，望着我走出家门。我心里不期然的发酸，眼泪滴了下来——我从来离家没有掉过眼泪，而这是第一次。

唉，谁知道这一次的别离，是我们母女间的永别。我到北平两个星期，忽然接到家里的电报说是"母病重速归！"这一吓我如失去了魂魄，当夜就动身南下。那晓得到家时，母亲已经死了两天，棺盖已紧紧的盖上了。

这是一个很大的打击。哪晓得母亲死后一年多，郭君也一病不起。这仿佛在那尚未结痂的疮痛上，又刺了一刀。这时节我对于人生才真的了解了悲哀，所以在这个时期我的作品上，是渲染着更深的感伤——这是由伤感的哲学为基础，而加上事实的伤感所组成的更深的伤感。

我被困在这种伤感中，整整几年。我只向灭亡的路上奔，我不想找新的出路。后来我又回到北平，认识了几个新朋友，是由石评梅介绍的。——评梅那时也正过着悲伤的生活，所以她很体贴我，帮助我，我俩同在一个中学教书。稍有闲暇就一同出去散步谈心。有时两人跑到陶然亭，对着累累荒坟，放声痛哭。有时尽量的吃酒，吃得人事不知。有时呢，绝早起来，跑到中央公园的最高峰上，酣歌狂舞，我们像是一对疯子。就在那个时期，我获得浪漫女作家的头衔。好在我道不孤，我因有评梅和我同情，对于这种生活仍能继续下去——哪顾得别人的冷讽热嘲。在这个时期我写了《醉后》等短篇文章。

不久评梅得了脑膜炎的急症，从她病起，直到她死，我不曾离开她。后来她搬到协和医院去，我也是天天去看她。在她临终的那一夜，正是阴历八月十六，我接到协和医院的电话，连忙坐汽车赶到那里，她正在作最后的挣扎。我看她喘气，我看她哽咽，最后我看她咽气。唉，又是一个心伤！从评梅死后，我不但是一个没有家可归的飘泊人儿，同时也是一个无伴的长途旅行者。这时节我被浸在悲哀的海里，我但愿早点死去，我天天喝酒吸烟，我试作着慢性的自杀。

可是天心还不以为足，评梅死后两三月，我又接到我大哥哥去世的消息。他遗下了几个幼小的侄儿侄女，和一个刚刚三十岁的寡嫂。唉！人非木石，这接连不断的割宰，我如何受得了？我病了。在病中我想了许多，我觉得我悲哀的哲学，和悲哀的生活已经到最高潮。这时节我若不能死，我不论对于生活上和作品上，都有转变方向的必要——因为我已经走到“山穷水尽”的地步了。

在我病好以后，我结束了我第一个时期的思想。

到了我作《归雁》的时候，我的思想已在转变中，我深深的感到，我不能再服服贴贴的被困于悲哀中。虽然世界是有缺陷，我要把这些缺陷，用人力填起来。纵然这只是等于愚公移山，精卫填海的梦想，但我只要有了这种努力的意念，我的生命上便有了光明，有了力。所以在《归雁》中，我有着热烈的呼喊，有着热烈的追求。只可恨那时节，我脑子里还有一些封建时代的余毒。我不敢高叫打破礼教的藩篱，可是我内心却燃烧着这种的渴望，因为这两念的不调协，我受尽了痛苦，最后我是被旧势力所战胜，“那一只受了伤的归雁，仍然负着更深的悲哀从新去飘泊了”。

我的《归雁》虽是以这样无结果而结果了，而我在这时期，认识了唯建——他是一个勇敢的，彻底的新时代的人物。在他的脑子里没有封建思想的流毒，也没有可顾忌的事情。他有着热烈的纯情，有着热烈的想象，他是一往直前的奔他生命的途程。在我的生命中，我是第一次看见这样锐利的人物。而我呢，满灵魂的阴翳，都为他的灵光，一扫而空，在这个时期，我们出版了《云鸥情书集》。——这是一本真实的情书，其中没有一篇，没有一句，甚至没有一个字，是造作出来的。当我们写这些信时，也正是我们真正的剖白自己的时候。在那里可以看出，我已不固执着悲哀了，我要从新建造我的生命；我要换过方向生活。有了这种决心，所以什么礼教，什么社会的讥弹，都从我手里打得粉碎了。我们洒然的离开北平，宣告了以真情为基础的结合，翱翔于蓬莱仙境。从此以后，我的笔调也跟着改变。虽然在西湖时我还写了一篇充满哀情的《象牙戒指》——那并不是我的理想。只不过忠实的替我的朋友评梅不幸的生命写照，留个永久的纪念罢了。

在这个大转变之后，我居然跳出悲哀的苦海。我现在写文章，很少想到我的自身。换句话说，我的眼光转了方向。我不单以个人的安危为安危，我开始注意到我四围的人了。最近我所写的《女人的心》，我大胆的叫出打破藩篱的口号，我大胆的反对旧势力，我更大胆的否认女子片面的贞操观。

但这些还不够。我正努力着，我不只为我自己一阶级的人作喉舌，今而后我要更深沉的生活，我要为一切阶级的人鸣不平。我开始建筑我整个的理想。

归纳上面的事实看来，这十余年来，我的思想可分三个时期：

一、悲哀时期——在这时期产生了《海滨故人》，《灵海潮汐》，《曼丽》。

二、转变时期——在这个时期产生了《归雁》，《云鸥情书集》。

三、开拓时期——在这个时期产生了《女人的心》和短篇《情妇日记》等。

以上三个时期：在第一个时期里，已确定了我的人生观；到第二个时期，我的人生观，由极度的悲哀，向另一方向转变；到了第三个时期，就是我已另开拓出一条新路来了，所谓“山穷水尽疑无路，柳暗花明又一村”了。

难道一个人的人生观，根本上也会改变吗？——也许有的人是如此的，不过我却不是这样。我不满意这个现实的人间，我伤感，一起头我就这样，其中所不同的，是从前只觉得伤感，而不想来解决这伤感；所以第二步，我还是不满意人间的一切，我还是伤感，可是同时我也想解决这个伤感；第三步呢，不满意于人间和伤感也更深进一层，但我却有了对付这伤感，和不满意于人间的方法，我现在不愿意多说伤感，并不是我根本不伤感，只因我的伤感，已到不可说的地步，这情形正好以辛弃疾的《丑奴儿》辞来形容之了。

“……少年不识愁滋味，爱上层楼，爱上层楼，为赋新辞强说愁。而今识尽愁滋味，欲说还休，欲说还休，却道天凉好个秋！”

社会经验

我大学卒业后，被安徽宣城某中学请去当教员，在那里我发现人间许多罪恶：

当我还不曾到这个学校之先，我见了这学校新聘的教务主任，他是北平师大的卒业生，也是一个经历不深的青年，所以他的理想很高，头一件：他想开通地方风气，提倡男女社交公开，职业平等，所以他自从接了那学校教务主任的聘书后，就想请一批新教员去——在这些新教员中，又请了两位女教员，我也是被请的一个。对于这件事情，我们大家都有着很好的理想，谁也没有多少社会经验，当我们到了那地方的时候，虽然有几百对亮晶晶照了奇异光波的眼睛，向我们投射，而我们还是不气馁，雷厉风行的把学校的一切改组起来。第一个礼拜彼此都在看风势的期间，因此得平安无事。到了第二个礼拜，渐渐的不对了，有几个有背景的学生，在讲堂上发难了，不是找些冷字僻典来考你，便是问些叫你不能回答的问题。每一次上课，真有点像绑到囚牢里受罪的情形，一点钟比一年还难度，只要听见下堂铃响了，禁不住要念一声阿弥陀佛。这样苦难的日子整整熬了两个多月，我这时有点后悔不该为了一百二十块钱，零卖了灵魂，但是聘书，既已接了，至少也该教完这个学期呀，忍耐吧，没有别的方法。对于功课，充分的预备，竟弄得教一点钟书，要预备三个钟头。我这种卖力气，果然有点效果，除了三五个是有作用的学生，还是待机而动外，其余的对我已有了相当的信仰。

但是社会的花样却不是这么简单，这一隙攻不进去，他们另找门路。一天下午，我们正从外面散步回来，走到学校门口时忽见一群学生，围在一起，窃窃私议，见了我们脸上更露出一种不可形容的怪相。可怜我们这些惊弓之鸟，早又怦怦心跳起来，知道大难就在眼前了。

到晚上，我们才探听出结果来，原来是当我们未来前，此地有几个老教员，——多半是本地的土棍，被新校长辞退，尤以那位国文教员，资格老，而我就不幸是抢了他的饭碗，所以他想在背地里摆布我。最初是利用学生，看看没有什么效果，于是不能不有更毒的第二步计划了，这又是什么方法呢？就是找一个不三不四的女人，故意跑到学校里，站在学生群里说："我是某某人的第三姨太太差来，请这里的两位女先生去叉麻将。"学生们听了这话，又看了这不尴尬的女人，都不禁哄然大吵起来，以为学校庄严之地，岂可有这种交游不择的女教员，因此他们就想拿这件事情，作为风潮的引火线，可是天知道，我们在这个地方，就没有认识一个人，更何从晓得某某的姨太太呢。当时我就知道这其中必另有黑幕，越想越怕。照我的意思，恨不得立刻离开这里，但其余的朋友同事们，都觉得我们不应示弱于人，他们的手段越卑微，我们越应奋斗，——好吧，我只得硬着头皮奋斗。可是自从这天事变之后，我的日子更难过——那时节我仅仅是个二十二岁的女孩儿，还不曾结婚，如果他们栽陷一些不名誉的事实，我可受不住，每天如履薄冰般，战战兢兢的度过。好容易盼到年假来了，我顾不得征求同事们和教务长的同意，我毅然决然的离开这个学校。这一生再不愿重践此地。当我上了回上海的轮船时，我不禁向苍天呼了一口长气。我哪里是去教书，我是去受了半年的宰割之罪，回到家里，我觉得我的心境竟老了十年。

从安徽回来以后，我便立志永不到外县去当教员。年假期满，我到北平师大附中去教国文，——在这个学校里，我过得很平静，学生纯洁，同事们也都是有志于教育的高尚人物，大家本本份份各尽其职，没有暗潮，没有猜忌。

后来我因为种种原因，不能住在北平，所以便辞了职到上海来。在这里我们仍然教书，同时我又作了某大学女生指导员，——指导员就是变形的学监，也是变形的高等娘姨，管家婆。那些学生小姐何尝把我放在眼里，房子里常常发现花生皮栗子壳，碰到这种事情，我只好装瞎，如果要不知趣，要训她们几句，那些学生小姐立刻让你脸嘴看。至于她们提着男朋友出入于宿舍，你也不能多管，管了立刻便有麻烦，所以结果我作了半年的指导员，并不曾指导过人，我却被她们指导了，我懂得什么叫敷衍，更明白尸位素餐才是真正的聪明人。

不过我究竟是世故太浅，虽是学到了敷衍，和拿钱不作事的本领，可是还不能安之若素，所以满了一学期，我又辞掉了，觉得还是回北平吧！——那个地方是我第二故乡，风俗人情我都还能习惯。还北平后我到一个教育会里作了一年的编辑，在许多间的房子里，全充满了各式各种面孔的编辑员，每人手里拿着笔杆绞他们的脑汁，在那些人的脸上，我发现了人生的劳苦。

编辑当腻了，我又想换一个饭碗吧。正好这时候有一个朋友找我去当校长，——我从来没有作过学校行政方面的事情，借此机会换换新也不坏，所以毫不思虑的便答应了。那里晓得刚接到委任状，就得预备碰壁，从某方面传来一个消息，旧任不想好好的交代，要鼓动学生出来挡新校长的驾。同时有人来报说是旧任手里还有一笔帐，要转过来，叫我小心别上当。哎呀！这又是些新奇事；

在我浅薄的经验中，不但没见过，就连听也不曾听过，心想算了吧，当什么校长？还是回教育会去当编辑吧，但是我又怎么发付那些新聘的教务长呀，总务长呀，训育主任呀！而且他们老早就来包围我，不容我退却；事到如今，只得向前干去。到了那学校，好容易见了旧校长，被他冷讽热嘲的排揎一顿，最后说明，须一个星期后才能来接收。

我呢，不知怎么对付，——其实一个星期的期限并不算多，不过开学之期太急促，同时还要招考新生，而且教育局长又千叮万嘱，叫我一定按期开学，这一切纠纷，真弄得我心烦神乱，又再三同旧校长接洽，请他快点交出来，结果呢，先交了一部分，勉勉强按时开学了。

开学的那一天，二百多学生齐集在大礼堂，每个人的脸上是那样涩濯猜忌，我知道我又碰见对头了。在新校长训话中，我发表了几句对学校建设及改革的意见，而那台下面的面孔竟浮着一些不相信的讪笑，唉！这些笑，比剑还凶，直戳得我心头发疼脸上发烧，可是也还不能不挣扎下去。

上课了，许多待机而发的暗潮，如鬼影般，在空中浮动着，只要在他们下课后，便可以看见三个一群，五个一伙的，不知在商议些什么。

忽然饭厅里吵起来了，菜里有苍蝇，要总务主任开除厨子。忽然寝室里又沸腾起来了，某某学生失了东西，要训育主任察问。忽然教室里大乱起来了，算术先生讲不清题解，国文先生念了别字，用错典故，请校长和教务主任另请高明的先生。

唉，一处未了，一处又来，我真不知费了多少力气，才勉强把这些问题对付了。

对于学生方面是如此，同事方面呢，也一样有着暗潮。一部分旧教员，都虎视眈眈的，专想找机会看笑话，而我所聘的新职员呢，又都不是我的夹带人物——因为我根本就没有夹带人物，都是临时找来的，当然能否称职，或忠实不，我都没有把握。而偏偏运气不好，教务主任是一个脑筋不清楚的人，排功课表，排了两个星期，还是有许多冲突的地方。有的时候把国文都排在一上午，或算术都排在一天。这真是笑话，一点不懂调剂学生的兴趣，无可奈何，我又从新找了一个朋友来，帮他排好。至于那位总务主任呢，也是常常使我麻烦，常不是米太坏不能吃，便是煤太坏烧不着，我屡次叫他买好米好煤，他把发票给我看，那上面的价钱，的确不小，是好货色的价钱。为什么货物是这样糟呢？因此我便设法派人去打听，那里晓得，又给我学了个乖，原来铺子里所开的发票，是有虚头的，你买十块钱东西，他可以给你开十五块钱的发票，有了发票，便是揩油的保障；同时我又知道他们还不仅发票上作弊，还可以刻橡皮图章，假造收据——这些事情我从前连梦都不曾梦过，现在轮到我要亲自对付了，怎能不弄得手忙脚乱；同时我又是个神经脆弱的人，这些在别人看来非当稀松的事情，而我偏偏认为是严重得要命的问题，因此便更加厌恶现实的人间，我悲观，我厌世，我打算辞职。

正在这时候，革命军到了北平，所有政界上的人都躲到关外去，我的校长位置，当然也是跟着动摇了。我本来就不愿长干下去，所以这次的摇动，我只有高兴的。不过我一时又不能卸责，必须等到委下新任来时，我才好走，所以在青黄不接的时候，我仍然维持着校务。哪里晓得，那些逐鹿的人，看我还不下台，便写了许多匿名信到市党部，告我是某某党，是反动派，要逮捕我去审问，我一个朋友在市党部作事，得了这个消息，连忙叫我暂且逃避，可怜我那时身上只有五块钱，怎么能逃？我又想我并没有什么反动的事情，怕什么，还是不逃吧。后来那位朋友极热心的劝我逃，他说："好汉不吃眼前亏。"同时他又借给我廿元钱，我却不过他的好意，便想逃到天津去住几天吧。后来到了家里和表兄们商议，他们叫我不必到天津去，只躲到我表兄的医院去住几天，风头过了，就不要紧的。我果然照他的话作了，充了几天病人。新校长委下来了，谁也不再注意我了。这时我才明白了一句古语是"匹夫无罪，怀璧其罪”。哈哈，我又演了人生的一幕剧。

此外我也当过几天大学校里的讲师和教授，这简直都有点滑稽。

我当讲师，教的是新文学。上了课堂，只能讲一些古今中外的文人的风流轶事，这是他们和她们所最高兴听的，至于讲到什么学理，那么你千万不要向他们看，如果看了，你只是自讨苦吃，——有的看小说，有的看情书，有的打开粉盒擦脂粉，有的写情书，还有的在吃糖，——你在上面叫干了喉咙，只有空气被你震荡了一下，别的再没有反应，于是我知道被人赶掉的讲师和教授，却是太不懂现代人心的笨伯。

说也奇怪，像我这样一个学无专长的人，居然也当了几天大学生欢迎的教授，不过现在回想起来，我心头只充满了惭愧和悲哀，中国今天无论什么都已经濒于破产了！

当然我的社会经验太浅薄，太窄狭，除了知识界，我不曾有过更多的生活方面，我又岂能以一隅之见，而推定全部的社会现象呢？不过这已经很够了，最高尚最神圣的知识界，还不过尔尔，其他官场中，商场中，我又何忍设想。

不过，我究竟还只是三十零岁的人，我还要生活下去，我还须受训练。我只盼望社会现象能一天一天好起来——或者就是我的神经一天一天麻木下去，不然我怕我将受不住那些更伤人的刺激呢。

（选自1934年6月第一出版社初版《庐隐自传》）

石评梅略传

天是这样的阴沉——暗淡凄凉，好像是故意形容我吧！唉！这失了群的悲雁呵！在落叶的呻吟里咽泪，在秋风萧瑟里抖颤——然而我正忆念着那与世长辞的评梅呢！咽泪值得什么？抖颤值得什么？我从惨痛中暂且逃了出来，我按定我颤动的心弦，我正襟危坐，郑重的来写评梅哀艳清幽的一生——这仅是短短的一生。但是我所写的，是否评梅所希望于我的，我就没有十分的把握了。唉！评梅我唯有秉我一片的忠诚，努力的去写，——这一点当能使你在天之灵满意吧！

一、评梅的故乡与家庭

评梅是生在山西平定的一个山城里，据她平常谈话中，我们可以知道她的故乡，是一个隔绝世尘的幽雅所在，四面都是青翠的山环绕着，虽是那地方缺少大河流，但涧泉细细，更饶一番清妙的趣味。在她的日记中也有一段说到她的山城：——

“……午餐后，同昆林上窑顶，望远山含翠，山坡上有白羊数只，游憩其间，有水，有山，有田地，有青草原，有寺院，有古塔，有磬钹声。……”

“……在黄昏时登楼一望，见暮云笼翠，青山一线，如镌天边，地上青草寸余，如铺翡翠毡，最妙的高低布置，参差起伏，各尽其趣。……”

评梅的故乡既是这样美妙的所在，自然对于她后来的文学兴趣，有深切的影响了。

再说到评梅的家庭，经济状况，是一个中等家庭，组织也很简单，父母兄嫂和一个小侄女，一共六口人，但是据她自己说："我家虽然不是大家庭，但人心不同，意见纷歧，亦大不幸事。"照她这几句话，我们可以知道她对她的家庭是不满意的，至于所以会有这种现象的原因，第一因为她的父亲性格刚强固执，她的母亲有时感到苦痛，而评梅是最同情她的母亲的，常常为了母亲的悲苦而落泪，她日记里说："……母亲在这清静的夜幕下，常常弹弄着凄切的声调，常使我在一夜枕上，流许多伤心泪。"

第二个原因，就是因为评梅的母亲是续弦的，她的哥哥却是嫡母生的，——这种的关系，在中国的家庭里，本来容易发生芥蒂。但是她的哥哥对于她的母亲，表面上据说还不错；不过他长年在外，往往三四年不回家。至于她的嫂嫂呢？一个青春少妇，带着一个幼小的女孩儿，周旋于两老之间，那心情也就很够可怜了。自然这家庭中，是不免有冷寂的空气；而评梅又是天生的神经敏锐的人，她怎么看不出这深藏的阴云呢！

二、评梅的生活

评梅的生活，虽然比较的单纯，但是也可以分为几个时代来说：

A. 童年时代　评梅童年的生活，一半是在家庭里，受严父的教育，她自幼聪明，父母自然极爱她；同时所希望她的也极大。所以当她没进小学的时候，她父亲每天在公事完竣以后，便教她识字，并且他是非常认真的教她；有时她没认熟，虽然夜深，也不许去睡，这时她的母亲，就在旁边伴着，安慰她，直到她念熟了，才一齐去睡。所以她童年的生活，一半是生活在慈母的温嘘中；一半是生活在父亲严正的教育之下。后来她进了小学，白天在学校里，跟许多天真烂漫的孩子们，一齐上课，一齐玩耍，精神更比在家里活泼了。不过晚上放学回来以后，她的父亲仍然教她念《四书》、《诗经》等，所以她的国文根底，比一般的同学好。

B. 中学时代　评梅在她省城的师范附属小学毕业以后，就直接升入师范学校。这时候她的学识和思想，都有长足的进步；再加着家庭教育的关系，所以她在学校里那功课，比一切的同学都好；每一次考试必列前第，而且她也很有干才，每逢学校里开会，她总是主持一切的一分子。她的性情很喜欢音乐，她能弹得很娴熟的风琴。她既然是各方面都能出人一头地，自然她的声誉很高，她省里的人，都认她是省里的一个才女。而且她是很有担当的人，有一次她们学校，因为学校问题闹风潮，她是很有力的分子。后来风潮平定了，学校里照章要开除她，以示惩戒，但是因为舍不得她的才学，最后又把她恢复了学籍。——在这几年中学校的生活里，她是很快乐的度过。并且父母看了她的成就，也很安慰，这时候，父亲的年纪比较大了，性情也比较慈祥了；在课余的时候，常常和她谈心，她也很能色笑承欢，所以这时候要算是她一生的黄金时代了。

C. 大学时代　评梅在山西省立女子师范毕业以后，就到北京来升学，这在她的生活里，是第一个大变化；不但是离开家庭，亲爱的父母，去过飘泊的游子生活，而且她苦痛的运命也从此开始了。

她来北京的时候，年纪很轻，仅仅是十八岁的少女，不但她的父母不放心；她自已也觉得怅惘恐怖，——她想到自己是一个天真的小孩，来到这情形复杂的北京；而且又是人地两疏的北京，她的心情真仿佛是依人小鸟，自然很容易将一颗纯真的心，贡献于或人了。况且她是初出笼儿的小鸟，她没有经验；她不知道人情的险诈，在这种的情形下，她第一步就走到不可通的荆棘道上来了。

她到北京是预备考女子高等师范的文科。但是那一年，恰巧女高师不招文科，她一方面自然很失望，但另一方面她想不进文科也好，因为她觉得自己的国文根底，很可以自己学习，不如进别的科，或者可以求得他种的技能，和多得些科学知识，因之她就考进女高师的体育科了。

当她考学校的时候，多亏了几个同乡照顾。不过她的父亲很不放心，因托了一个朋友，写信给在京的朋友照应她。当这时候，有一个少年 W 君就到女高师去看评梅——这就是她父亲辗转所托请的人。评梅见了 W 君之后，心里很得到一种安慰，凡关于不明白，或难解决的事情，都去请教他。——不过这位 W 君是住在一家公寓里，评梅觉得不便去找他；所以最初总是 W 君到学校去看评梅。——这样的过了几个月，在冰雪严寒的一天，她忽然鼓起勇气，到公寓去看他，但是不幸评梅处女纯净的心，就在这一天划上一道很深的伤痕。——当他和她从漫漫的谈话，进而为亲密的友谊的请求时，评梅稚嫩的心，不禁颤动。况且她原有善感的天性，不忍使人过于难堪的天性。她看见这位素常照应她的青年，忽然声泪俱下的，要请求她答应作他一个永远的好友；她纯真的少女之心，又怎能不为他感动呢？当时就答应了。然而评梅天生又有一种神秘的思想；她愿意自己是一出悲剧中的主角，她愿意过一种超然的冷艳的生活。因此她也希望她的朋友，也是这么一种人，但是不幸 W 君绝对不是这种人。而且 W 君又是已经有妻子的人，他对于评梅只不过游戏似的，操纵她处女的心，自然评梅是初出笼的小鸟，很容易的，就把一颗心交给他了。到评梅发觉她的理想，完全是梦的时候，她的心是伤透了。怎么样都难使她恢复，从此评梅就由她烂漫黄金的天国中，沉入愁城恨海中了。她这时了解什么是悲哀，后来虽然是咬着牙和 W 君绝交，而这种深刻的伤痛，是永远存在着。

正在这咽着眼泪，强为欢笑时，不幸又遇见一个青年天辛君——是她父亲的学生。评梅在故乡的时候，就听见他的名字，来到北京以后，最初没有见面的机会，所以都没有来往。后来在评梅将要毕业于女高师的那一年，在山西同乡会里才认识了他，彼此谈起话来，才知道是她父亲的学生。于是就缔了淡淡的友谊，但天辛君和评梅来往不久就觉得评梅是一个思想才情都很可取的女子，不由得就坠入情网了，对待评梅十分恳挚。评梅本是富于情感的女子，对于天辛的忠诚，焉能毫无所动？不过她为了W君的伤痕故，她不愿意接受别的爱了。她在日记中说：“……我不幸有W君伤心之遭运，奈何天辛偏以一腔心血溅我裙前？……人生岂真为苦痛而生耶！”虽然天辛并不能了解她一番心迹，所以他想用极忠诚的情来感动她。不过天辛也是已经结过婚的人，他既向评梅求爱，他先要找立脚的地步。并且他还疑惑评梅之所以不接受他的爱，是因为他自己没有资格。所以他竟在一年的暑假中回到家里，和他的妻离了婚。离婚以后，他曾有一封详细的信，报告评梅，评梅接到他的信后，在日记上写了以下的一段话：

> 接天辛信，详叙到家后情形，洋洋洒洒，像一篇小说，真的！并且是确实，他已得到她的谅解，而粉碎了他的桎梏，不过他此后恐连礼教上应该爱好的人也没有了！我终久是对不住他！

评梅既把她的秘密，——不能接受天辛之爱的秘密，泄漏了之后，天辛如同陡然听见半空里的一个霹雳，受了绝大的刺激，顿时肺管破裂，病倒在医院里。评梅听见了这个消息，非常悲痛，当时就到医院去看天辛，看见他那凄白的面容，很觉得难过。极力的安慰他，并且告诉他：“你若果能静心养病，我们的问题，当在你病好时解决。”天辛听了这话，果然静心的养病，并答应评梅将来为了她，就连他的事业也可以改变，——因评梅曾对于他冒险的事业，是表示不满。评梅在这种情形之下，真是九转回肠，苦痛万状，然而为了他的忠诚，也就顾不得什么了！那时候天辛简直已经可操左券了。但是不幸W君这时忽然给她写了一封信……里头说到她和天辛的事，他说：“一方面我是恭贺你们成功；一方面我很伤心，失掉了我的良友……我总觉得这个世界上，所可以安慰我的只有你，所以你一天不嫁，我一天有安慰。……”评梅接到这封信时，又勾起既往的伤痕，痛哭了一场，立刻又到医院告诉天辛，推翻她所应许他的结合。在天辛当然又是一番打击，他就因此失了康健，不久就加上盲肠炎，病死于医院中了。他死后，评梅在他的遗书中，发见他所以死的原因，是为了评梅拒绝他的爱。评梅这时候的悔恨，真到了万分，在这痛楚之中，她就决定了她自己悲惨的命运。直到她死，她没有一时一刻放下这件事的。而且她又是一个高傲性格的人，她虽是满身都负荷着不可忍的惨痛，然而她还是人前欢笑，努力的扎挣着，直到她这凄艳的一生结束了，——同时她也把这悲哀带到坟墓里。唉……

三、评梅的事业

评梅一直受的是师范教育，所以她的事业，也多半是在教育方面。她自民十二女高师毕业以后，就在师大附中，担任女子部主任，兼体育教员。民国十六年，她又兼任国文教员，及女一中、若瑟、师大各学校教员。她在教育上有很大的贡献，尤其在师大附中她的教育成绩最昭著。师大附中自民十，开始男女同校，——这是一种很冒险的试验，因为在学理上固然是利多弊少，但也要看办理的人，措施如何。如果是指导得法，当然可以在教育的制度上，别开生面。倘若所任非人，不但得不到好处，还要生出许多的枝节来。况且中国社会，又是一种复杂的社会。在这新旧过渡的时代，更是不易处理得宜。但评梅自民十二到附中任女子部主任以来，一方面她用一种理智的指导法，来指导她们，一方面用一种坦白热烈的真情，来感化她们。所以学生们对她，不是怕而守规则，而是心悦诚服的，受她的指导，有时学生作错了事，她总是极忠诚的开导她们，以至于声泪俱下。真仿佛一个温和的大姊姊，对待她的小妹妹似的。所以没有一个学生不受她的感化的。因此师大附中的女子部，自从创办以来，没有发生过什么意外的事。而且养成一种正大的优美的学风。她于学校的管理的方面，有如此的成功。现在再说到她教授方面，她也是无时无刻不在想尽方法，使学生得到益处。她平常担任的钟点很多，但是她无论怎样劳碌，从没有对于学生的课业敷衍过，常常在深夜里，替学生改卷子，而第二天绝早，又到学校去上课了。真可以算是鞠躬尽瘁死而后已呢！……所以她在教育的事业上，虽仅仅是短短五六年，然而她的贡献，实在是值得我们钦佩而纪念的。

四、评梅的作品

评梅除了在教育上努力而外，同时她还努力于文学。她作文章的时期很有几年；在她初到北京的时候，她就开始写诗，——多在《京报》、《社会日报》的副刊上发表，后来她也写小说，及短篇的散文，偶而也写剧本。文章已经整理好，而未出版的有《心海》、《涛语》，都是短篇的散文。《祷告》是一本短篇小说集。此外还有两本诗集，与民十三至十六的几年日记——这日记记得非常妙，有文学的价值，将来也可整理出版。在这几种以外，在《妇女周刊》及《蔷薇周刊》上，还有不少的作品，将来也可以收集成册。

现在更就她的作品上，——思想方面，——艺术方面，用我窥管的见解，稍说几句：

A. 思想方面　在她的作品里，我以为她的思想有三个不同的时期。在她作《梅窠漫歌》一类诗的时期，是第一个时期。她这个时期的思想，是比较的浅薄，——这自然是因为她生活的关系。她这时候的生活，还是学校与家庭单调的生活，还不曾了解什么是人生，就感情也是一种浮浅的热情。所以她这时候的作品，只有形式而无内容。等到她作《心海》和《涛语》的时期，那是第二个时期，这个时期的思想，有了长足的进步。因为她这时候的生活，比较第一时期充实多了。她了解什么是人生，她了解深刻的悲哀。她懂得社会是怎样一个东西了。但是因为她的遭遇太驳杂，所以形成她一种悲哀的人生观，因之她赞美死，她诅咒生。同时她的理智，和感情发生了极大的冲突。她一方面，想作一个以人间为游戏的玩世者，同时她又宛转于感情的桎梏之下。她一边手拿慧剑，一边手可是不放松情丝，弄得左右为人难。这一点在她平日的对付人，就可以看出来。她一方面要对付得每一个人欢喜，但同时她又觉得这是太无聊。这种的思想，无论在《涛语》和《心海》里，都可以找到证据。到她作《红鬃马》、《匹马嘶风录》的时期，这是第三个时期。在这个时期中，她的思想，是由悲哀中找到出路了，她已经能从她个人的悲海里跳出来，站在喜马拉雅山的最高峰，下观人世的种种色色，以悲哀她个人的情，扩大为悲悯一切众生的同情了。她这时期作品，不但是替她自己说话，同时还要替一切众生说话。这在她的思想上，和艺术上，都是更向上的好现象。在她临病之前，她写了一篇小说，名叫《林楠日记》。她那篇东西，对于被压迫的妇女，充满了同情。然而不幸，上帝就在这时候，把她接引了去。这一朵色香俱足的蓓蕾，不及开放，就萎谢于萧瑟的秋风里了！

B. 艺术方面　评梅的作品，有一种清妙的文风，她所采用的字句都是很美丽的。在她短篇的文章里，往往含有诗意，这是她的长处。她的缺点是在字句方面，有时失之堆砌。长篇小说的布局，有时失于松懈。不过大体上已经很有成就了。若果天再假之以数年，当然有更大的成就的，但是“天若有情天应老！”——这杳茫不可究竟的苍天，我们又有何说呢！

唉！评梅的生命收束了，我替她写这短短的略传，来纪念她吧！

十月三十日夜完稿

编者后记

庐隐是现代文学史上独特而颇有影响的女作家，小说和散文都有佳作；只是由于天不假年，三十五岁华年即辞世，作品不算很多。不过，衡量一个作家不能以作品多少为标准，关键是看他是否贡献了有独特个性的作品。庐隐自己也是这样看待文学创作的，她主张创作“唯一不可缺的就是个性——艺术的结晶，便是主观——个性的情感”。就此而言，庐隐算得上出色的作家。

我们发现，与萧红等其他女作家一样，庐隐的作品——无论小说还是散文，都有着较强的自叙传色彩。庐隐的一生虽然短暂，经历却曲折跌宕，颇富传奇色彩。她在作品中写自己的所经所历，所见所闻，所思所感，使这些作品带上了深深的个人印记。而正是由于“自叙传”的特点，也使她的作品叙事中充满情感，抒情时不离故事，以至于一些作品算小说还是算散文，颇难界定。当然，实际上也不必强作彼此之分；本书的编选，即是本此精神而为的。

庐隐一生除故乡福建之外，主要生活于北京、上海、杭州几个地方，还曾两度赴日本。在这些地方的生活，她都记录在了自己的散文里。本书的第一部分，收录的就是这样的文字。大体是按时间的先后排列的，也考虑到了地点，比如两次赴日的文字就安排在了一起，其中更多记所感的《灵魂的伤痕》、《月下的回忆》（赴日归来在大连）又放在了《东京小品》之后。这些作品说是游记亦可，但又与一般游记不同，不以名胜景观描写见长，而主要是记述旅居生活，写作者及其友人、恋人在彼时彼地的所作所为、所思所感。这些作品有着很强的叙事性，同时又有情感充溢其中，真实感人。

庐隐也写了一些带有一定象征意义的抒情性散文，篇幅不长，意向或隐或显，但都富于意境。这些作品即或有人物在其中，但也很少叙事。它们无疑是发抒情感的，但最为突出的是它们的诗意，所以它们就正所谓“散文诗”吧？看了本书的第二部分，读者当有体会。

庐隐是在五四运动不久之后开始发表作品的，起初的作品不乏议论性的杂感。这些作品不仅探讨妇女问题，而且关注思想革新和社会变革；尤其是其中针砭时弊的篇什，指向准确，观点鲜明，文笔犀利，颇见金刚怒目之势，这在女作家中怕是较为少见的。本书的第三个部分就以这样的杂感为主。

书信体的作品在现代文学史上并不鲜见，小说、散文和文论都有。其中书信体散文，庐隐可算是卓有成就者。她的这些作品，忆旧、怀人、记事、抒情甚至祭奠，都能运用自如，情文并茂，清新优美。而这些信的对象，大多是作者的挚友石评梅——现代文学史上另一位才女，波微、颦、PM、梅姊、梅窠主人，指的都是石评梅。这（以及那篇《石评梅略传》）或许可以逗起读者阅读石评梅的兴趣，几位挚友才女（另一位是陆晶清）的作品比较来读，当饶有趣味。

不仅作品带有自叙传性质，庐隐还写过一些自传性作品。这些作品不仅有助于了解作家的生平，也有助于理解作家的创作。把前边几部分的散文作品与这部分自传性作品对比来读，清晰体会庐隐作品的自叙传特点自不必说，对她的散文作品的深入理解也大有助益。缘此，本书为作家的自传留出了较大的篇幅；不待说，这些自传也是优秀的散文作品。

编　者

图书在版编目（CIP）数据

庐隐散文/杨敏选编．—上海：上海科学技术文献出版社，2013．1
ISBN 978-7-5439-5723-7

Ⅰ．①庐…　Ⅱ．①杨…　Ⅲ．①散文集—中国—现代
Ⅳ．①I266

中国版本图书馆 CIP 数据核字（2012）第 319326 号

责任编辑： 张　树
封面设计： 戴东明

庐隐散文
庐隐 / 著　杨敏 / 选编
*
上海科学技术文献出版社出版发行
（上海市长乐路 746 号　邮政编码 200040）
全国新华书店经销
北京建泰印刷有限公司印刷
开本 150×230　1/16　印张 16　插页 2　字数 210 千字
2013 年 1 月第 1 版　2013 年 1 月第 1 次印刷
ISBN 978-7-5439-5723-7
定价：25.00 元
http：//www.sstlp.com